업보 이야기

WAZA MONOGATARI

는 (주)학산문화사가 일본 와 제휴하여 발행하는 소설 브랜드입니다.

업보 이야기 業物語

니시오 이신
西尾維新

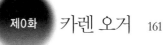

잔혹동화

아름다운 공주

아름다운 공주

지금부터 하는 이야기는 600년 정도 전에 정말로 있었던 일입니다. 하지만 지어낸 이야기라고 생각하고 들어 주시기 바랍니다. 왜냐하면 사실처럼 듣기에는 너무 오래전 이야기이고, 교훈도 없는 데다 구원도 없는 이런 이야기는 분명 지어낸 이야기라고 해 두는 편이 나으니까요.

600년 정도 전, 지금은 이미 어디에도 이름을 남기지 않은 나라에, 아주 아름다운 여자아이가 있었습니다. 유복한 귀족의 외동딸로 태어난 그 아이의 아름다움은 나라 안에 모르는 사람이 없을 정도였고, 어느 집에나 그 아이의 초상화가 걸려 있을 정도였습니다.

찰랑거리는 금발과 작은 얼굴에 커다란 눈동자, 새빨간 입술, 가느다란 목, 비칠 듯이 하얀 피부, 가늘고 긴 손가락, 잘록한 허리의 위치는 높아서, 그대로 물 흐르듯 가느다란 긴 다리로 이어졌습니다.

남녀노소, 귀천을 불문하고 누구나가 그 여자아이에게 매료되었습니다. 그 아름다움만으로 황제 폐하로부터 칭호를 받은 그 아이는

국민들에게 '아름다운 공주'라고 불리며 사랑받았습니다. 소문에 의하면, 그 모습을 보려는 많은 국민들로 그 아이가 살고 있는 성 앞은 늘 장사진을 이루었다고 합니다. 그리고 기대를 아득히 넘어서는 '아름다운 공주'의 유례없는 미모에 선물을 바치는 것이었습니다. 매일매일, 성 앞에는 선물의 산이 쌓였습니다.

"아가씨의 아름다움을 곡으로 만들어 보았습니다. 부디 받아주십시오."

음악가는 그렇게 말하고 바이올린을 연주했습니다.

"아가씨의 아름다움을 시로 만들어 보았습니다. 부디 받아 주십시오."

시인은 그렇게 말하고 낭랑한 목소리로 시를 읊었습니다.

"아가씨의 아름다움을 조각상으로 만들어 보았습니다. 부디 받아 주십시오."

예술가는 그렇게 말하고 백 개의 조각상을 만들었습니다.

하지만 어떤 선물도 공주님을 웃게 하지 못했습니다. 공주님은 아주 우울하게 선물의 산을 바라보고 있었습니다만, 우울함을 띤 그 표정마저 너무나도 아름다웠기에 아무도 공주님이 웃고 있지 않다는 것을 알아차리지 못했습니다.

"아무도 나를 봐 주지 않아."

공주님은 방에서 홀로 한탄했습니다.

"아름답다, 아름답다, 하며 칭찬하고 있지만 그 이상 아무것도 말해 주지 않아. 내가 어떤 인간인지, 저자들은 아무것도 몰라. 나의 속마음을 몰라."

그것이 '아름다운 공주'의 고민이었습니다.

분명 모두가 그녀의 아름다움에 매료됩니다. 찬양해 줍니다. 무엇보다 우선해서 그녀를 봐 줍니다. 하지만 봐 주는 것은 봐 주는 것일 뿐, 그녀가 무엇을 했는지, 그녀가 무슨 이야기를 하는지, 그런 그녀의 일거일동은 전혀 봐 주지 않는 것이었습니다.

공주님의 내면을 아무도 알아주지 않았습니다. 알려고 하지 않았습니다.

그녀가 무엇을 해도, 무슨 말을 해도, 감상은 언제나 '아름다워'라는 한마디뿐. 성공해도 실패해도, 좋은 일을 해도 나쁜 일을 해도 평가는 언제나 똑같았습니다. 무슨 일을 해도 아름답다. 잠을 자도 잠에서 깨도 아름답다. '아름다운 공주'라니, 정말 기가 막힌 작명입니다.

이런 아름다움은 그야말로 마성(魔性)이 아닐까요.

"이래서는 나에게 의지 같은 것이 있으나 없으나 똑같잖아. 나는 내 외모의 노예가 아니야. 어쩌다 우연히 타고난 아름다움 따위, 방해가 될 뿐이야. 나는 겉모습이 아니라 내면을 좀 더 봐 줬으면 좋겠어."

자신의 아름다움에 의지하지 않겠다는 이 훌륭한 뜻에 감동받은 것이, 이 나라에 예전부터 살고 있던 마녀 할머니였습니다.

원래는 소문을 듣고서 늦은 밤의 성에 숨어들었던 호기심 많은 마녀 할머니였습니다만, 공주님의 소원을 이루어 주기로 했습니다.

"아름다운 공주야. 너의 미모를 누구에게도 보이지 않는 투명색으로 만들어 줄게. 그 대신, 너의 마음이 주위의 모두에게 보이도록 만들어 줄게. 이제부터는 너의 내면에 대한 이야기를 듣게 될 거란다."

마녀 할머니가 주문을 외우고 지팡이를 휘두르자, 비칠 듯 새하얬던 공주님의 피부가 정말로 투명하게 비치게 되었습니다.

"감사합니다. 감사합니다."

'아름다운 공주'는 진심으로 감사했습니다.

역시, 그런 마음도 훤히 비쳐 보였습니다.

겉으로 보이던 아름다움이 사라지면서 드러난 공주님의 마음이 보여 주는 아름다움은 그때까지와 비교가 되지 않았습니다. 지금까지 휘황찬란한 외모에 가려져 있던 공주님의 사람됨은 할머니의 마법에 의해 가시화되어, 공주님이 성에 있어도 그 광채가 나라 구석구석까지 널리 미쳤습니다.

공주님의 아버지는 지금까지 보이지 않았던 딸의 마음이 너무나 아름다운 것에 부끄러움을 느끼고, 아침에 인사를 한 다음 순간, 발

코니에서 몸을 던져 스스로를 벌했습니다. 공주님의 어머니는 이렇게나 훌륭한 마음을 가진 딸을 낳은 것을 자랑스럽게 생각하고, 그것만으로 인간으로서 이 세상에 태어난 자신의 역할은 끝났다는 듯이 아침 식사를 마치자마자 편안히 숨을 거두었습니다.

'아름다운 공주'의 자상함을 곡으로는 도저히 표현할 수 없다고 생각한 음악가는, 그것에 상응하는 선물로 자신의 가장 소중한 것, 목숨보다도 소중한 것, 즉 악기를 연주하기 위한 두 손목을 잘라서 공주님에게 바쳤습니다. '아름다운 공주'의 현명함을 시로는 도저히 표현할 수 없다고 생각한 시인은, 그것에 상응하는 선물로 자신의 가장 소중한 것, 목숨보다도 소중한 것, 즉 시를 읊기 위한 혀를 뜯어내어 공주님에게 바쳤습니다. '아름다운 공주'의 용감함을 조각상으로는 도저히 표현할 수 없다고 생각한 예술가는, 그것에 상응하는 선물로 자신의 가장 소중한 것, 목숨보다도 소중한 것, 즉 소재를 파악하기 위한 눈을 도려내어 공주님에게 바쳤습니다.

국민들은 모두 그때까지 소중히 간직해 왔던 공주님의 초상화를 불태웠습니다. 어떻게 이런 하찮은 것을 대단한 물건이라는 듯 장식하고 있었을까 하고 생각했습니다. 그것보다도 '아름다운 공주'의 저 고결함을 보라. 저 올바름을 보라. 저렇게나 가치 있는 마음이 이 세상에 있었을 줄이야. 저것이야말로 진정한 미모라 해야 하지 않을까.

하지만 모두가 목숨보다 소중한 것을 가지고 있는 것은 아니었습니다. 그래서 마지못해 그들은, 어쩔 수 없이, 이런 것은 절대 동일한 가치를 지니지 못한다고 생각하면서도 공주님에게 목숨을 바치는 것이었습니다. 자신의 목숨, 친형제의 목숨, 자식의 목숨, 손자의 목숨을 바치는 것이었습니다. 성 앞에 쌓인 선물의 산 아닌 시체의 산이 성의 높이를 넘어서는 데에는 그리 오랜 시간이 걸리지 않았습니다.

"아아! 어찌 이런 비극이! 일이 이렇게 될 줄이야!"

자신의 마음에 바쳐진 시체의 산과 피의 강에 절망한 공주님은, 마법을 풀기 위해 마녀 할머니를 찾아갔습니다. 하지만 때는 이미 늦어서, 가장 먼저 공주님의 내면에 접한 마녀 할머니는 목숨보다도 소중한, 오랜 세월 동안 쌓인 지식이 가득 찬 머리를 공주님에게 바쳤던 것이었습니다. 할머니의 잘린 목을 앞에 두고, 공주님은 울며 주저앉았습니다.

슬픔을 부르는 그 모습이, 타인을 위해 눈물을 흘리는 아름다운 마음이 점점 더 국민을 매료시켰습니다. 그들은 앞다투어 자신의 목숨을, 혹은 목숨보다 소중한 것을 공주님에게 바쳤습니다. 공주님을 위로하기 위해, 차례차례 웃는 얼굴로 몸을 던졌습니다. 겉모습에 휘둘리지 않는 아름다운 마음에 접할 수 있었고, 그런 마음을 위해 죽을 수 있는 그들은 아주 행복해 보였습니다.

높이 쌓인 시체의 산, 아니, 시체의 성은 당연히 왕이 사는 수도며 이웃나라까지 악명을 떨쳤으나, 그러나 달려온 군대도 가까이에서 '아름다운 공주'의 위광을 느끼면, 그런 선입관이나 편견이 사라지고 마음이 깨끗해져서, 기꺼이 자진해서 그 시체의 성의 일부가 되는 것이었습니다.

"이젠 싫어. 다들 죽고 말 거야. 모두 나를 위해 죽어 버리고 말 거야. 그런데도 나는 아무도 구할 수 없어. 내가 뭔가 하면 할수록, 뭔가 말하면 말할수록 다들 죽어 버리고 말아. 이제는 나도 죽어 버리고 싶어."

하지만 죽는 것은 할 수 없었습니다. 공주님의 강한 마음이 그것을 허락하지 않았습니다. 공주님은 미치는 것도 불가능했습니다.

"그렇다면 여행을 떠나려무나."

그때, 할머니의 잘린 목이 말했습니다. 공주님이 흘린 눈물이 기적을 일으킨 것입니다. 아주 잠깐 동안, 할머니는 되살아났습니다.

"마성을 초월한 너의 아름다운 마음을 위해 죽어 버리는 자를, 언젠가는 구할 수 있을지도 모른단다. 그때까지 너는 사람들로부터 떨어져서 지내려무나. 누구에게도 다가가지 말고, 혼자서 살아가는 거야. 결코 한곳에 머무르면 안 돼. 머물렀다가는 금세 모두가 너에게 다가와서 목숨을 바치려고 할 테니까."

그렇게 말하고 할머니는 다시 숨을 거두었습니다.

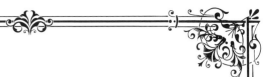

　이렇게 핏빛으로 새빨갛게 물든 성과 시체로 만들어진 성을 떠나, '아름다운 공주'는 끝없는 여행을 떠났습니다. 마녀 할머니의 저주와도 같은 충고에 따라, 더 이상 누구도 죽게 하지 않기 위해서. 누구와도 동행할 수 없는 오직 혼자만의 도피. 그녀가 흡혈귀가 되는 것은 이것보다 좀 더 나중의 일입니다만, 공주님의─키스샷 아세로라오리온 하트언더블레이드의 붉은 피에 물든 흡혈귀 전설은 여기서부터 시작된 것입니다.

　그리고 깨끗한 마음의 그녀가 자신에게 바쳐진 보잘것없는 목숨을 처음으로 구할 수 있었던 것은, 이때로부터 600년 뒤의 일이었습니다.

아름다운 공주 끝

제0화　　아세로라 보나페티

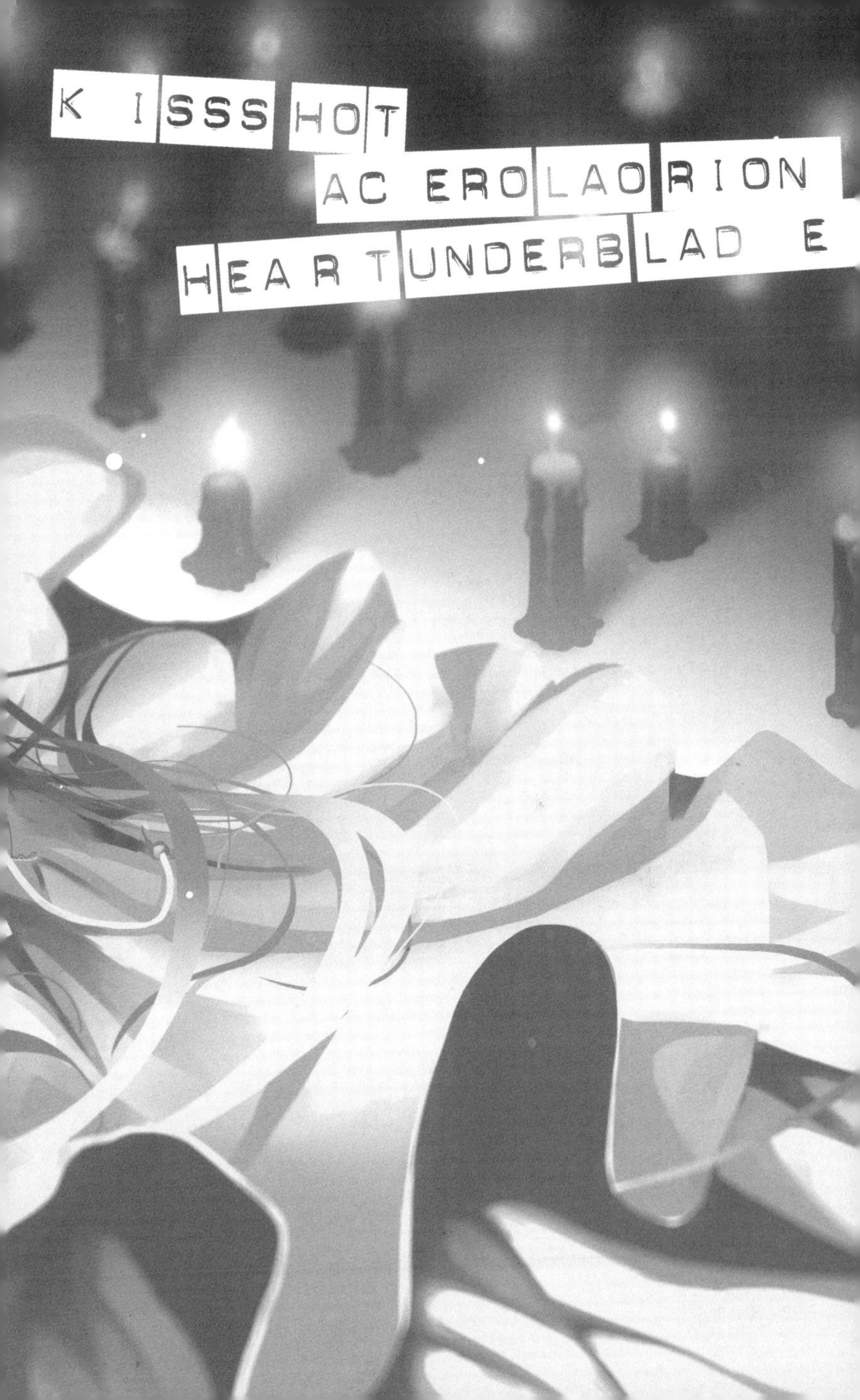
K ISSS HOT
AC EROLAORION
HEARTUNDERBLAD E

001

키스샷 아세로라오리온 하트언더블레이드라는 이름은 이 몸께서 만들어 주었다. 자기 입으로 말하는 것도 뭣하지만, 쿨하면서도 하드해서 최고로 좋은 이름이다. 최고로 멋진 여자에게는 최고로 멋진 이름을 붙여야 한다, 그렇게 생각하지 않냐?

특히 키스샷이라는 부분이 좋다.

마음에 든다.

의미를 말하자면 '입맞춤하듯이 먹어라' 정도 되는데, 뭐, 그런 의미가 통하지 않더라도 자연스럽게 전해지는 멋스러움이 있을 것이다.

이 몸께서 그렇게 이름 붙이기 전에 그 녀석은 아세로라 공주라고 불렸다.

그전에는 로라.

로라가 즉위ascension하여 아세로라 공주라는 이야기다. 뭐, 이것도 인간에게 붙이는 것치고는 그럭저럭 나쁘진 않은 이름이지만, 그래도 이건 너무 귀여운가.

허세가 느껴지지 않아.

정숙하고 품위 있는 귀한 집 아가씨라는 느낌이다.

실제로 그 녀석은 정숙하고 품위 있는 귀한 집 아가씨였으니, 그렇지, 인간이었던 시절에는 그것으로 족했을지도 모르지만,

그러나 흡혈귀가 되면 그렇게는 안 된다―용서받을 수 없다고 말해도 좋다.

그래서는 안 된다고.

들기만 해도 누구나 두려움을 느낄 만한 이름을 가져야, 흡혈귀는 비로소 한 사람 몫을 한다고 할 수 있으니까.

한 사람 몫.

아니, 한 귀신 몫이라고 해야 할까.

그래서 이 몸께서 생각해서 만들어 줬다.

첫 번째로 고귀하고, 두 번째로 멋지며, 세 번째로 외우기 쉽고, 그리고 네 번째로, 그래도 역시 입에 담기 꺼려질 만큼 사악함이 느껴지는 최고로 멋진 이름을.

멋진 여자에게 어울릴 법한 멋진 이름을.

그것이 그 공주님을 흡혈귀로 만든, 이 몸의 역할이니까.

…하지만 솔직히 말하면, 이 몸께선 그것을 조금 후회하고 있기도 하다. 아니, 네이밍 자체에 대해서는 한 치의 망설임도 없다. 그 녀석에게 딱 맞는 이름을, 그 녀석의 미래에 딱 맞는 이름을 생각해서 붙여 줬다는 자부심이 있다.

하지만 역시 이 몸께선 그 녀석에게 이름을 붙여서는 안 되었는지도 모른다고 생각하는 것이다―그 왜, 흔히 하는 말이 있잖아? 기르는 동물에게 이름을 붙이면 정이 든다고.

인간에게 정을 붙인다니, 흡혈귀로서 있을 수 없는 수치라고 ―그 정이 우정이었는지 애정이었는지, 아니면 욕정이었는지는 지금 와서는 확실치 않지만.

하지만 확실히 말할 수 있는 것이 한 가지 있다.

그것은 식욕이 아니었다.

그도 그럴 것이, 키스샷 아세로라오리온 하트언더블레이드는, 요리의 이름치고는 영 아니잖아?

002

아무래도, 또 죽어 버린 것 같다.

이 몸께서는 멍하니, 그렇게 생각하면서 천천히 몸을 일으킨다―평소대로라고 하자면 평소대로였지만, 이번 죽음은 꽤나 처참했던 모양이다.

왜냐하면 둔중하게 몸을 일으킨 이 몸의 시야에 맨 먼저 들어온 것이, 바닥을 구르고 있는 이 몸의 머리였기 때문이다―난폭하게 뜯겨 나간 듯이 뒤틀린 경부頸部.

머리는 공허한, 원망스러운 눈으로 이 몸 쪽을 노려보고 있다―몸통 쪽이 이렇게 재생한 지금, 조금 전까지 이 몸이라는 흡혈귀의 사령탑을 맡고 있었을 머리는 곧 붕괴해서 모래먼지로 돌아갈 운명이니, 그렇다면 그 원망스러운 듯한 시선도 이해가 갈 만한 것이었다.

예전에 머리가 뜯겨 나갔을 때는(절단당했을 때였던가?) 머리 쪽부터 쑥쑥 재생해서 반대로 몸통 쪽이 모래먼지로 돌아갔었으니, 대체 그 부분에는 어떠한 기준이 있는지, 본인인 이 몸조차도 알 수가 없다.

하긴 하등생물처럼 머리와 몸통이 양쪽 다 재생하기라도 했다 간 이 몸의 수가 무한히 늘어나서 아이덴티티 쪽이 붕괴해 버릴 테니 이대로도 괜찮지만.

다만, 원망스러운 시선 같은 것에는 익숙하다지만, 그 시선이 자신의 것이 되고 보니 조금 맛이 다르다─맛있는걸.

이 몸께서는 아무렇게나 손을 뻗어서 그 머리카락을 움켜쥐었다.

스스로 보기에도 참 아름다운 금발이다.

안광은 사라졌지만, 그 눈동자와 같은 금색.

흔히들 금에는 맛이 없다고 하는데, 이 몸의 금발금안은 꽤나 복잡현묘複雜玄妙하다고─덥석, 하고 이 몸께서는 그 후두부에 송곳니를 박아 넣었다. 머리카락째로, 뼈째로 먹는 것이 기본이다.

입안에서 살과 뼈와 피, 거기에 뇌수가 뒤섞여 식감이 끝내준다─안구가 뿌직 하고 터지는 느낌이, 중독될 것만 같다고.

자신의 머리를 먹는 것은 오래간만이지만, 역시 끝내준다.

소멸할 때까지의 한순간만 맛볼 수 있는 귀중한 음식이다─ 우물우물.

그 소멸할 때까지의 과정도 즐기자며, 마지막에 경추를 녹여 먹듯 입안에서 이리저리 굴리며 놀고 있는데.

"저기."

그렇게 이 몸에게 누군가가 말을 걸어왔다.

경추를 입안에서 굴리고 있는 이 몸에 대해, 그것은 방울이 구르는 듯한 목소리였다.

"전부터 여쭤보고 싶었습니다만… 그거, 맛있습니까?"

"당연히 맛있지. 이 몸의 머리이지 않나."

곧바로 대답했다.

혀 위에 목뼈를 얹고 있어서 말하기 어려웠지만, 그대로 삼키기에는 아직 사이즈가 컸기 때문에 입 구석으로 붙였다―다람쥐의 볼주머니 같은 것이다.

"다만, 맛있는지 어떤지는 별 관계없지. 설령 맛없다고 해도, 먹는다."

이 몸께서 죽인 생명은 이 몸께서 먹는다.

그것이 먹는다는 것이다.

그렇게 설명해 주자,

"그렇군요."

라면서 그 녀석은―아세로라 공주는 애매하게 끄덕였다.

좀처럼 납득이 가지 않는다는 듯한 몸짓이다.

딱히 납득해 주길 바라는 것은 아니지만, 그러나 이 몸 앞에서 전혀 쫄지 않는 그 느낌이 마음에 들지 않았다.

그러기는커녕,

"이제 그만두시는 게 좋을 거예요."

라면서, 발칙하게도 바로 이 몸을, 다른 자도 아닌 바로 이 몸을 배려하는 말까지 한다―인간 따위가, 인간 주제에, 인간답지 않은 소리까지 한다.

이 몸께서는 짜증이 나서 볼주머니 속의 경추를 일곱 개 전부 씹어 으스러뜨리고 말았다―젠장, 아직 한참 더 맛볼 수 있었는데.

"남의 식생활을 참견하는 게 아니라고, 공주님."

"자신의 머리를 먹는 식생활에 대해서도 하고 싶은 말은 있습니다만, 제가 걱정하는 것은 다른 쪽입니다."

아세로라 공주는 말했다.

그것은 실제로 걱정하는 듯한 말투였고, 그리고 사실―이 몸에게 있어서는 극히 용서하기 어렵게도―이 녀석은 이 몸을 거짓 없이 걱정하고 있었다.

그걸 알 수 있다.

정말 속이 뒤집힌다.

먹은 머리가 배 속에서 끓어오른다.

"다른 쪽이란 건 또 뭐야. 망국의 공주님께선 이 몸의 무엇을 걱정한다는 거지?"

"당신은 저를 죽이려 하는 것을 포기하는 쪽이 낫다고 말하는 겁니다―그런 일은, 절대 불가능하니까요."

과연.

그런 말을 하고 싶었던 건가.

그 말을 듣고, 이 몸께서는 이번에 어떤 식으로 죽었는가를 이해했다―그것은 지난번이나 지지난번, 그리고 그전과 같은 이유였던 것 같다.

지난번에는 동체가 파열되었다.

지지난번에는 심장이 뜯겨 나갔다.

그전번에는 산산조각으로 부서졌다.

죽는 모습은 다르지만―사인은 같다.

사인은 아세로라 공주.

인간 놈들 사이에는 '아름다운 공주'라는 이름으로 불리기도 하는 모양이지만, 그런 식으로는 절대로 부르지 않을 거고, 불러서는 안 된다고도 생각한다.

흡혈귀인 바로 이 몸을, 이번을 포함해서 네 번이나 죽인 여자를 그렇게 정서적인 이름으로 불러서는 안 된다고.

그렇게 말하자,

"저도 제가 '아름다운 공주' 같은 과한 이름에 어울린다고는 전혀 생각하지 않습니다."

라고 말하며 아세로라 공주는 고개를 저었다.

참으로 가슴 답답해 보이는 동작이라, 뭐, 그 동작은 그것만으로도 아름답다고 말할 수 있을 것이다―그 이상으로 아름다운 것은 분명 그 겸허한 자세겠지만.

"그렇습니다만 당신이 그렇게 몇 번이나 반복해서 죽는 원인이 저에게만 있다고 말씀하시는 건 당치도 않습니다―당신이 저를 죽이려고만 하지 않는다면, 당신이 죽는 일은 한 번도 없었을 테니까요."

켁.

그 말대로였다.

얌전해 보이는 얼굴을 하고, 할 말은 하고, 결코 자신의 뜻을 굽히지 않는다―이 여자의 이런 부분이 또한 '아름다운 공주'라고 불리는 이유겠지.

가장 큰 이유일지도 모른다.

강한 의지, 강한 신념.

실제로 참 대단하다.

흡혈귀를 상대로 한 발짝도 물러서지 않는 그 태도.

본의 아니게 감탄하게 되는 것도 어쩔 수 없다―이 몸께서 맞이한 최근 네 번의 죽음은, 그 감탄에 기인하고 있다고 할 수 있겠지만.

좀 더 자세히 말하자면, 사인 자체는 아세로라 공주에게 있지만 그 실행범은 놀랍게도 이 몸이었다―이 몸을 죽인 것은, 다름 아닌 이 몸이었다.

이 몸께서 이 몸을 산산조각 내서.

이 몸께서 이 몸을 뜯어내서.

이 몸께서 이 몸을 파열시켜서.

그리고 이 몸께서 이 몸의 머리를 떼어 낸 것이 이번이다.

죽은 순간의 기억이라는 건 잘 남지 않으니 이 몸께서도 확실한 건 잘 알 수 없지만, 공주님 본인에게 들은 설명대로라면 **그런 구조로** 되어 있다는 모양이다.

이 여자에게 위해를 가하려 하면, 그 직전에 무시무시한 죄악감에 휩싸여서 공격의 벡터가 전부 자기 몸으로 향하게 된다―라고 하던가.

자기파괴. 자학과 자해.

알기 쉽게 비슷한 예를 들자면 '공격을 되돌리는 능력'이라고 할 수 있겠지만, 다른 점은 그것이 '능력'이 아니라는 것과, 그렇기에 그것은 아세로라 공주로서는 전혀 컨트롤할 수 없는 반사라는 점이다.

그야 그럴 만도 하다.

공격충동도 죄악감도 전부 이쪽의 마음속에서 일어나는 것이니—동양의 표현을 쓰자면 독장獨場친다고 할까.

어이가 없다기보다는 어리석고, 우스꽝스럽기는 고사하고 상당히 높은 수준으로 완성된 희극이라 할 수 있다—'아름다운 공주'의 빼어난 아름다움에, 그것을 상처 입히려 한 자신을 용서하지 못하고 스스로 벌을 내리고 만다니.

마음이 있는지 어떤지도 의심스러운 이 몸의 가슴속에 그런 성급한 마음의 움직임이 있었다니, 고약한 농담 같은 이야기라고.

하지만 농담이 아니다.

초超 리얼한 진짜다.

실제로 이 몸께서는 이번을 포함해서 네 번에 걸쳐, '아름다운 공주'를 위해서 '아름다운 공주' 때문에, 스스로 목숨을 끊었던 것이다—죽는 것 자체는 별일 아니지만, 그러나 지금 이 몸의 꼬락서니를 트로피카레스크 녀석이 좋게 생각하지 않으리라는 것도 짐작이 가고도 남는다.

네 번이라고 말했는데, 그것은 희미하게라도 기억하는 것이 네 번이라는 의미로, 실제로는 더욱 많이, 이 몸께서 이 몸을 죽였는지도 모른다.

뭐, 바로 이 몸을 죽일 수 있는 것은 다름 아닌 이 몸 정도일 테니, 당연하다고 하자면 당연한 일이겠지만 말이야?

그렇다고는 해도 그 꼬락서니에서 벗어나는 것은 그리 어려운 일이 아니다―그러기는 고사하고, 지극히 간단하다.

아세로라 공주가 말한 대로.

말씀하신 대로.

순수하고 공정한 그 아름다운 어드바이스를 따라서, 이 여자를 죽이려 드는 걸 그만두면 되는 것이다―죽이려고 하지 않으면, 이 몸께서는 깊은 죄악감에 휩싸여 스스로를 벌하거나 하지 않는다.

죽이거나 하지 않는다.

죽이려고 하니까 죽게 되는 것이니, 죽이려 하지 않으면 죽지 않는다―더할 나위 없이 심플한 도식이라, 똑똑하신 공주님이 보시기에 이 몸의 행동원리는 영문을 알 수 없는 것이겠지.

다만.

그 어드바이스에는 따를 수 없어.

무엇보다 이 몸께서는 누군가의 어드바이스에 따르는 것을 엄청 싫어하기 때문이다―무슨 말을 들으면, 무심코 그 반대 행동을 하고 싶어진다.

그리고 두 번째로, 엄밀히 말하자면 이 몸께서는 아세로라 공주를 죽이려고 하는 것이 아니기 때문이다.

하려고 하지 않은 행동을 그만두는 것은, 불가능은 없다는 말을 듣는 이 몸께서도 도저히 불가능하다고.

이 몸께서는 이 녀석을 죽이려고 하는 게 아니다.

이 몸께서는 이 녀석을 먹으려고 하는 것이다.

살의가 아니야, 식욕이다.

"그렇습니까. 그렇다면 어쩔 수 없겠군요."

아세로라 공주는 포기한 듯 말했다.

아니, 포기하지는 않았을 것이다.

절대 포기하지 않는 굳센 마음, 그리고 절대적인 아름다움을 갖춘 그녀는, 포기하는 것이 불가능한 아름다움이라는 저주에 걸린 것에 가까운 존재이니까—이 몸 같은 괴물도 전혀 단념하지 못하고 있는 것이다.

웃기게도, 웃을 수 없게도.

어리석게도—아름답게도.

여행 중에 유괴되어 이 몸의 근거지인 '시체성'에 유폐당하고 말았다는 딱한 신세임에도 불구하고, 이 공주님은 이 몸을 진심으로 불쌍하다고 생각하고 있는 것이다.

그 자세, 그 고결함.

식욕을 돋운다고 말하지 않을 수 없다고.

"자, 맛있게 드시길. 드실 수 있다면야."

"말하지 않아도 먹을 거라고!"

그리고 이 몸은 다섯 번째로, 아세로라 공주를 향해 뛰어들었다—공교롭게도 이쪽은 식사 전에 '잘 먹겠습니다'라고 말하는 매너는 익히지 않았어.

그러니까 완전히 기습적으로 뛰어들었을 텐데, 아세로라 공주의 부드러운 피부에 송곳니를 박으려고 하는 찰나에 의식이 뚝 끊어진다.

흠.

아무래도, 다섯 번째의 죽음을 맞은 것 같다.

003

아무래도, 또 죽어 버린 것 같다.

이 몸은 그렇게 깨달으면서 앉아 있던 옥좌에서 살며시 눈을 떴다─이 뉘앙스로 보면 아무래도 이번엔 아사餓死였던 것 같다.

굶어 죽다니 별일이네.

최근 들어 식사에 불편함은 없었으니까.

식생활이 시스템화 되어서 재미없다고 생각하던 차에 정겨운 아사라니, 대체 이 몸에게 무슨 일이 있었던 거지?

"눈을 뜨셨습니까, 마스터."

공손하면서도 절도 있는, 아주 냉철한 날카로운 목소리가 난 쪽을 바라보니 트로피카레스크가 옥좌 앞에 무릎을 꿇고 있었다.

아사하여 미라가 된 이 몸께서 이렇게 눈을 뜰 때까지, 줄곧 고개를 숙인 그 자세였던 모양이다─정말 고생이 많다.

가만히 내버려 두면 언제까지나 그 자세일 것이다―그것도 재미있겠다며 한순간 장난기가 동했지만, 계속 거기에 앉아 있게 되면 이 몸께서 옥좌에서 일어날 수 없다고 생각하고,

"고개를 들어라."

라고 말해 주었다.

그것만으로도 분에 넘치는 영광이라는 듯, 트로피카레스크는 몸을 떨며 그 얼굴을 들었다―그것을 보고 이 몸께서는 '아아, 그래, 맞다. 이 몸의 첫 번째 권속은 이런 얼굴을 하고 있었지.'라고 기억해 냈다.

되살아날 때마다 이렇게 신선한 기분을 맛볼 수 있다면 죽는 것도 그렇게 나쁘지만은 않네.

흡혈귀에게 있어 죽는 것은 특기 같은 것이니.

어쨌든 난리법석을 떨 만한 일은 아니라고.

하지만 흘러넘칠 듯한 충성심과 함께 이쪽을 올려다보는 걱정 많은 트로피카레스크의 표정에는 상당한 안도가 엿보였다.

트로피카레스크 홈어웨이브 독스트링스.

첫 번째 권속이라고 했는데, 유일한 권속이라고 말하는 편이 정확할 것이다―예전에는 좀 더 많았지만 지금 이 몸의 권속은 이 녀석만 남고 말았다.

위로 오르고 올라서 첫 번째가 되었다.

그리고 그다음에는 아무도 뒤를 잇지 않았고, 남지 않았다.

그것을 허전하다고는 생각하지 않고, 애초에 옛날이었으면 모를까, 이 몸께서 최강의 불사신이 된 지금은 권속 따윈 필요 없

을 정도이지만, 트로피카레스크는 잘생겼으니까 일단 곁에 두고 있다.

있어서 방해가 되는 건 아니니 말이야.

뭐, 잘생긴 것뿐만 아니라 혼자서 부지런히 이 '시체성'의 관리를 해 주는 일꾼이고, 이 녀석이 있는 덕분에 이 몸께서 쾌적하게 지낼 수 있게 된 것이 사실이지만.

다만 부지런한 것은 본래 갖춘 자질이겠지만, 외모가 뛰어난 것은 트로피카레스크 자신의 공적이라고 말하기는 어렵다―이 몸의 공적이라고 말하는 것의 쉬움에 비하면.

어쨌든 이 녀석은 이 몸께서 피를 빨아 흡혈귀가 된 자, 원래는 인간이니 말이야―흡혈귀가 된 이상, 육체가 최적화되는 것은 당연한 일이다. 물론 소재의 문제도 있으니까 모든 것이 이 몸 덕택이라고 소리 높여 주장할 생각은 털끝만큼도 없지만, 그러나 그 반짝이는 금발금안이 이 몸에게서 물려받은 것임은 틀림없다.

"이 이상 눈을 뜨지 않으실 것 같다면, 제 몸을 공양해야 할까 생각했습니다, 마스터."

그런 소리를 하는 트로피카레스크.

정말, 충성심의 권화 같은 남자다.

권속인 이상, 그것은 극히 당연하다고도 할 수 있겠지만, 그 충성심 덕분에 유일하게 지금까지 살아남은 권속임을 생각하면 역시 이질적인 흡혈귀이긴 하다.

드물다.

아사보다 드물다.

드물기는 하지만, 그러나 재미있지는 않다.

귀중종貴重種이라고 할 정도는 아니야.

이 몸께서는 이 몸에게 맞서려는 수하 쪽을 좋아한다―하지만 맞서려 한 시점에서 잡아먹어 버리기에 그런 녀석부터 순서대로 없어져 버린 것이지만.

반대로 트로피카레스크는 이 몸에게 먹히길 바라던 시절도 있었지만, 지금 와서는 기껏해야 비상식량 취급이다.

그리고 아무래도 이번에는 그 비상식량을 먹어야 할지도 모르는 상황이었던 것 같다―무슨 일이 있었지?

죽었을 때의 시추에이션을 기억하지 못하는 것은 이 몸에게 늘 있는 일이다. 그것을 일단 트로피카레스크에게 듣는 것은 이 몸의 일과日課가 아닌 사과死課라고도 할 수 있다.

되살아나기 위한 의식이라고나 할까.

"죄송합니다. 원인 규명에 조금 시간이 필요합니다. 이래서는 정말 마스터에게 잡아먹혀도 어쩔 수 없다고 생각합니다."

그러니까 무슨 일이 있을 때마다 먹히려고 하지 말라고.

되살아난 직후니까 그다지 배고프지 않아.

"이번에 마스터께서 돌아가신 이유는, 식량난이었습니다―알아차리는 것이 늦고 말았던 것은 아무리 생각해도 수치스럽기 짝이 없는 일입니다만, 아무래도 왕국의 인간이 절멸해 버린 것 같습니다."

"왕국의 인간이, 절멸?"

이 몸 정도나 되는 인물이 멀뚱한 표정을 짓고 말았다.

트로피카레스크가 무슨 소리를 하는 건지 이 몸께서는 곧바로 이해할 수 없었지만, 그 말을 듣고 보니 흐릿하게 짚이는 기억이 없는 것도 아니었다―배가 고파서 식사를 하러 나갔는데, 인간이 하나도 보이지 않아서 망연자실한 듯한 기억.

먹을 것이 없다.

굶주리고 목말랐던―메마른 기억.

"…모르는 사이에 전쟁이라도 있었나?"

"그런 건 아닙니다."

너무나도 죄송하다는 듯이 트로피카레스크는 부정했다.

뭐가 되었든 이 몸의 말에 이의를 제기하는 것이 괴로운 모양이다―뭐, 그 지나친 충성심이야 어쨌든, 분명 그렇다.

잠에서 깨어난 지 얼마 되지 않아 머릿속이 흐리멍덩한 상태라고는 해도, 정말 멍청한 소리를 하고 말았다―인간 놈들이 전쟁을 하는 건 늘 있는 일이지만, 설령 이 왕국이 전쟁에 졌다고 해도 빈 공간에는 다른 나라에서 인구가 유입될 테니까.

그런데도 불구하고 흡혈귀가 식량난에 허덕일 정도의 절멸 상태에 빠졌다는 것은… 역병 같은 건가?

이 몸의 음식들이 상해 버렸다는 건가?

"역병이라고 할 수도 있겠지요."

트로피카레스크는 조용히 끄덕였다.

이 몸의 말에 수긍할 수 있는 것이 더 없는 기쁨이라고 말하는 듯하지만, 그 기쁨도 억누르고서.

"다만, 아름다움이라는 이름이 병입니다만."

"뭐어?"

"마스터. '아름다운 공주'라는 동화를 알고 계십니까?"

004

경국지색傾國之色이라는 말은 알고 있지만, 하지만 그것에 빗대어서 말하자면 트로피카레스크가 들려준 '아름다운 공주'는 망국지색亡國之色이었다.

그 아름다움만으로 나라를 멸망시킨 공주님.

대량학살의 프린세스.

흥미로운 동화였다.

뭐, 실제로는 그런 바보 같은 이야기를 진지한 얼굴로 이야기하는 트로피카레스크의 모습이야말로 재미있던 부분이지만, 하지만 그것을 제외해도 흥미가 끌린다.

아니, 식욕이 끌린다.

입맛을 다시지 않을 수가 없다.

"뭐야, 요컨대… 자기 나라를 망하게 만들고 자기 나라에서 쫓겨난 공주님이 유랑 끝에 이 왕국에 도달했고, 그래서 이 나라가 멸망했다는 얘기냐?"

"네."

진지한 얼굴로 말하는 트로피카레스크.

너무 진지해서 웃음이 나온다.

"왕족이나 귀족을 포함한 모든 국민이 자발적으로 '아름다운 공주'에게 목숨을 바친 듯합니다—서로 앞다투어 자신에게 가장 소중한 것을 바침으로써 공주의 아름다움에 보답하려고 했던 것입니다."

"단지 그곳에 있는 것만으로 한 나라를 멸망시키다니, 그 여자, 대체 어떻게 된 괴물이냐고."

이 몸께서는 장난치듯이 말했지만,

"괴물이 아니라, 인간입니다."

하고 트로피카레스크는 어디까지나 진지한 눈치였다—주인님이 장난칠 때 정도는 적당히 맞춰 달라고.

그러니까 네 녀석은 아무리 시간이 지나도 비상식량이라고.

"인간 여자입니다—그 여자는 그렇게 지금까지 많은 나라를 멸망시켜 온 듯합니다. 그저 여행을 하며 통과하는 것만으로."

"과연, 역병이로군."

무시무시한 역병이다.

흡혈귀도 종종 역병으로 간주되지만, 아무래도 그 여자는 역병 그 자체인 것 같다—뭐, 아름다움을 추구하는 인간의 모티베이션은 일종의 병이라고도 할 수 있지만.

불치병일지도.

겉모습을 최적화하고 싶어 한 끝에, 스스로 이 몸에게 피를 빨리기를 원한 인간도 지금까지 무수히 많았을 정도다—대개의 경우, 그런 녀석은 통째로 잡아먹어 버리는 게 보통이지만.

어쨌든 불로불사를 바라는 것과 마찬가지로, 자신의 아름다움을 추구하는 것은 인간의 본성이며 업보이기도 하겠지.

"좋아. 결정했다, 트로피카레스크. 이번 부활의 첫 식사는 그 공주님을 먹기로 하자—오래간만의 식사로는 더할 나위 없겠지."

"엇… 마, 마스터, 그건."

여기서 처음으로 트로피카레스크가 무릎을 꿇고 있던 자세를 풀고 초조한 듯 일어섰다—무슨 일에도 동요하지 않는 이 남자가 당황한 모습은 꽤나 유쾌했다.

팔 한쪽 정도라면 먹어 줘도 괜찮다고 생각할 정도로—아니, 그래도 역시 최초로 먹는 것은 그 '아름다운 공주'다.

이 몸의 고집이다.

빈속에 들어가는 것은 특별한 음식이어야 한다—공복일 때야말로, 어설픈 것을 먹으면 안 된다.

폭음폭식도 야식이라면 괜찮겠지만, 잠에서 깨어난 직후의 브랙퍼스트에는 배려가 있어야 한다.

뭐, 흡혈귀니까 브랙퍼스트도 야식이지만.

원래 인간인 트로피카레스크를 배려한 조크였지만, 이 꽉 막힌 흡혈귀는 표정 하나 변하지 않고(아니면 그냥 넘어간 것뿐일까),

"외람된 말씀을 드립니다만, 마스터, 그 일은 그만두시는 것이 좋지 않을까 합니다만…."

그렇게 재빨리 보고했다.

죄송스럽게도, 정말 죄송하다는 듯.

납작 엎드려 고개를 숙이고 있다.

"부디, 다시 한 번 생각해 주십시오. 제발, 아무쪼록."

"왜 그러느냐, 트로피카레스크. 이 몸에게 또 굶어 죽으라는 소리냐? 이번엔 되살아날 거라고 장담할 수 없다―이 나라의 인간이 절멸했다면 더욱 그렇다."

이 몸께서는 흡혈귀이며, 이 몸께서는 흡혈귀이기에 물론 인간을 먹고 살아가지만, 그러나 인간이 있기에 흡혈귀이기도 하다―그것은 음식이나 영양소라는 의미뿐만 아니라, 그 존재를 두려워하는 인간들이 없다면 귀신도 악마도 존재할 수 없다는 의미다.

사람을 잡아먹고 사는 이 몸을 두려워해(혹은 숭상해) 주는 녀석들이 있기에 이 몸께서는 이렇게 옥좌에 군림할 수 있다는 것이다―국민이 없으면 나라가 성립할 수 없는 것과 같다.

"하, 하지만 '아름다운 공주'는 조금 전에 보고 드렸다시피 웬만한 괴물보다 훨씬 흉악한―"

"트로피카레스크, 이 몸의 종. 네놈, 이 몸께서 그 여자의 포로가 되지 않을까 걱정하는 게냐? 이 몸께서도 인간 놈들과 마찬가지로 매료된 끝에 공주님에게 목숨을 바칠 거라 생각하는 게냐?"

"다, 당치도 않습니다."

그렇게 말하고 트로피카레스트는 이번에는 넙죽 엎드렸다―무릎을 꿇는 정도라면 몰라도, 이 몸의 권속인 주제에 너무 꼴사나운 자세를 취하지 말라고 야단치고 싶은 참이지만, 이 이상 황송하게 만들어서 바닥을 뚫고 내려가도 곤란하다.

이러니까 주인님이라는 것도 귀찮다.

이 몸에게 어울리지 않는다고.

그렇다지만 노예라는 것도 만만찮은 존재라, 그렇게 거의 바닥에 엎드리다시피 한 자세를 한 채로 트로피카레스크는 계속해서,

"그, 그러시다면 우선 주변에 있는 시체부터 드셔서 체력을 회복시킨 다음에는 어떠시겠습니까, 마스터ㅡ저는 그렇게 위기를 넘겼습니다."

라고 말했다.

텅 빈 위장에 특별한 음식을 집어넣고 싶다는 이 몸의 희망을 거의 무시한 제안은(주변에 있는 시체라고?), 그래도 트로피카레스크로서는 아슬아슬한 타협점일 것이다.

그런 약아 빠진 구석은 싫어하지 않는다.

하인으로서 믿음직하다.

다만, 그렇다고 해서 이 몸에게 타협은 있을 수 없다.

그것과 이것은 다른 문제다.

식량 문제다.

인간이든 흡혈귀든, 자신의 식습관이라는 건 쉽게 바뀌는 게 아니라고.

"알겠냐, 트로피카레스크. 네놈이 어떤 식으로 영양을 보급하든 그건 네놈 마음이다. 네놈에게 이 몸의 방식을 강요하지는

않고, 그럴 생각도 없다―그러니까 네놈도 이 몸의 방식에 참견하지 마라."

죽은 자를 먹든 시체를 먹든, 마음대로 해라―그것은 네놈의 취향이지, 이 몸의 취향이 아니다.

이 몸께서는 말했다.

"이 몸께서 먹는 건, 직접 죽인 인간뿐이다."

005

죽여서 먹는다.

그것이 이 몸의 신조다.

흡혈귀로서의, 그리고 식도락가로서의.

양보할 수 없는 선이다.

인간에 대해서는 특히 그렇지만, 인간 이외의 생물에 관해서도 그렇다―반대로 말하면, 자신이 죽인 음식 이외에는 가능한 한 먹고 싶지 않다고.

물을 마시는 것도 괴로울 정도다.

아무리 그래도 그렇게까지 철저히 하기는 어렵지만, 수분은 혈관에서 흘러나오는 것만을 섭취하고 싶다―충실한 수하인 트로피카레스크의 말로는 그런 편식은 들어 본 적도 없다는 듯하고, 동류인 흡혈귀들에게도 이단시되고 있는 꼴이다.

그런 이 몸께서는, 그런 식생활로는 오래 살 수 없다며 다 안다는 듯한 얼굴로 하는 충고를 듣기도 했다―다만 그런 흡혈귀 동료는 지금 와서는 한 명도 살아 있지 않지만.

이 몸에게 충고 같은 걸 했다간 무슨 꼴이 되는지 그 몸에 가르쳐 주었지만, 물론 그런 녀석들도 이 몸께서는 제대로 먹었다.

죽여서 먹는다. 그리고 죽였다면 먹는다.

죽인 이상에야 독이든 맛이 없든 반드시 먹는다―절대 남기지 않고, 먹어치운다. 이것은 이 몸의 룰이며, 변경은 인정되지 않는다.

그러니까 '아름다운 공주'의 아름다움에 홀려서 스스로 절멸했다는 이 나라 국민들의 시체를 먹는 일은 절대 있을 수 없다―설령 아무리 맛이 있더라도.

먹지 않는다.

직접 죽이지 않은 이상, 먹지 않는다.

뭐, 이 몸의 소생을 기다리기 위해 시체를 먹으며 연명했던 트로피카레스크를 나무랄 생각은 조금도 없다―이 몸의 권속이라 해서 이 몸과 같은 메뉴를 먹을 필요는 없다.

좋아하는 것을 좋아하는 방식으로 먹는다.

이 몸께서 보기에는 그것이 오래 사는 비결이다.

그래야만 한다.

지금은 이 몸의 배가 '아름다운 공주'를 먹고 싶은 기분이니까, '아름다운 공주'를 먹는다―망국지색을, 죽여서 먹는다.

마음대로 먹는다. 죽여서 먹는다.

그렇게 결정했다.

결정한 것을 결정한 대로 하는 것이 이 몸이다.

뒤집어 말하면, 그런 위험한 여자는 언제 누구에게 죽을지 알 수 없으니, 얼른 죽여서 먹어야 한다.

먹을 기회를 놓치고 만다.

그렇게 되어서, 이 몸께서는 옥좌에서 일어섰다―엎드린 채로 완고히 움직이지 않아서, 어쩔 수 없이 트로피카레스크의 등을 밟고 성을 나섰다.

"따라오지 마라, 이 몸의 종복. 장소도 알려 주지 않아도 된다. 음식을 찾는 것부터, 이 몸의 식사는 이미 시작된 것이다."

이 몸에게 밟혀서 만족스러운 듯한 트로피카레스크에게 그렇게 명령했다―식사는 혼자서.

그것도 이 몸의 룰이었다.

정확히는 이 몸과 음식, 단둘이서.

뭐, 이건 그렇게까지 엄격하게 준수하려는 룰은 아니지만.

혼자가 되고 싶을 때에는 편리한 룰이다.

"알겠습니다. 충실한 하인은 돌아오시기를 기다리겠습니다―부디 아무쪼록 조심하시길. 다녀오십시오, 마스터."

"아. …그렇지, '마스터' 같은 흔해 빠진 경칭으로 이 몸을 부르지 마라―잠에서 깬 지 얼마 안 되어서 알아차리는 게 늦어 버렸는데, 그런 평범한 호칭을 허락한 기억은 없다고."

돌아보지도 않고 그렇게 말하자, "죄, 죄송합니다!"라며 트로피카레스크가 바닥을 뚫고 들어가는 소리가 들렸다.

그 수리는 뒤로 미룬 듯이, 다시 한 번 트로피카레스크는 이

몸을 배웅하는 말을 했다—이 몸을, 이 몸에게 어울리는 호칭
을 말한다.

"다녀오십시오, 수어사이드마스터. 결사決死이자 필사必死이자
만사万死의 흡혈귀, 데스토피아 비르투오소 수어사이드마스터."

"그거면 됐다."

듣기만 해도 기분이 좋아진다.

데스토피아 비르투오소 수어사이드마스터—쿨하고 하드한
이 몸께만 어울리는, 쿨하고 하드한 이 몸의 이름이다.

006

이 몸께서 머무르는 성인 '시체성'이 '시체성'이란 이름인 것
은, 이 몸께서 붙인 이름이라서가 아니다.

생각해 봐, 이 몸께서 붙인 것치고는 너무 장식이 없잖아?

하지만 그렇다고 이 몸이 전혀 관계가 없는가 하면 그런 것도
아니지만—아주 오래전, 이 왕국에 압정을 펼쳤던 한 임금님에
게서 유래한다.

나라의 안팎으로 시체의 산을 쌓았던 그 임금님은 '시체왕'이
라 불렸고, 그런 임금님이 살고 있었기 때문에 '시체성'이다.

뭐, 내력이 좋지 않아서 다음 대의 임금님은 다른 곳에 새로운
성을 세워서 가족과 가신들 전부 그쪽으로 이주했다고 한다—
그 이사비용으로 대체 얼마나 많은 혈세가 들었는가를 생각하면

그것 나름대로 나라가 기울지 않았을까 하고, 상당한 모순을 느끼지 않을 수 없었지만, 어쨌든 그로 인해 텅 비어 버렸다는 내력이 있는 폐성에 바로 이 몸께서 살게 된 것이다.

그렇다기보다는 텅 비어 버린 '시체성'에 이 몸이라는 괴물이 '솟아났다'고 표현하는 것이 맞을 것이다―'시체성'에서 살해당한 인간의 원한이나 원념이 한 마리의 흡혈귀를 낳았다.

전설이 태어났다.

사연이 있는 폐성에, 사연이 있는 전설이.

저 어리석은 왕이 학살한 사람 수에 어울리는 스케일의 요괴가 탄생했다고 해석하면, 과연 이 몸의 강대함도 설명이 된다―그래서 이 몸께서는 이 설명이 맘에 든다.

사실인지 어떤지는 모르지만.

자신이 태어난 이유를 제대로 말할 수 있는 녀석은 없잖아?

확실한 건 그 옛날 '시체왕'이라 불렸고, 살던 장소가 '시체성'이라고 불린 인간이 있었다는 것뿐이다―다만 그 '시체성'에서조차 평생 본 적이 없지 않을까 싶은 광경이 성 밖에 펼쳐져 있었다.

시체, 시체, 시체.

하여간 사람이 잔뜩 죽어 있다.

왕국의 모든 국민이 죽어 있다.

마구마구 죽어 있었고, 더 죽을 수 없을 만큼 다 죽어 있었다.

그것은 물론 트로피카레스크에게 들었던 보고대로의 광경이긴 했지만, 상상을 아득히 초월하는 절경이었다―등에 날개를 돋아나게 해서 하늘을 날아 이동할 수밖에 없을 정도로 발 디딜 틈도 없는 상태였다.

상공에서 내려다보니, 더욱 절경이었다.

상상을 불허하는 절경이다.

'시체왕'으로부터 세월이 흘러, 현재의 왕 치세에서 이 나라는 상당히 평화로운 왕국이었을 텐데(물론 이 몸 같은 괴물이 서식하고 있는 점을 빼면, 이지만), 그런 목가적인 이미지는 근본부터 뒤집혀 있었다.

평화는커녕, 평지조차 없다.

쌓이고 쌓인 사체가, 마치 지도를 다시 그리기를 강제하는 것 같았다―동화에 신빙성 같은 것을 요구하는 쪽에 문제가 있고, 이 몸께서도 사실은 걱정 많은 트로피카레스크가 호들갑을 떤 것뿐일 테니 그렇게 마음 설레는 디테일에 너무 기대하지 않도록 주의했을 정도였는데… 이래서는 '시체성'은 고사하고 진짜 시체로 성을 쌓았다고 하는 '아름다운 공주'의 동화 내용에도 어느 정도의 진실이 있을지도 모른다.

그렇다면 가슴이 두근거리는걸.

이 몸께서 장래에 먹게 될지도 몰랐던 음식 후보인 인간을 이렇게나 대규모로 못쓰게 만든 것은 용서하기 어렵지만(덕분에 연쇄적으로 이 몸께서 아사해 버린 것은 이쪽의 부주의이므로 불문에 부쳐도 좋다), 그것에 필적할 만한 아름다움을 갖추고 있다면 그것만으로도 배부르다.

식량의 량糧은 분량의 량量이 아니라고.

하여간 옛 '시체왕'이 지배했고 지금은 '아름다운 공주'에 의해 멸망한 왕국은, 산이나 연못까지 포함하면 나름대로 광대한 국토면적을 자랑했기에, 그 안에서 단 한 명의 인간을 찾는다는 건 아무리 음식 찾기부터 식사가 시작된다고 주장하는 이 몸으로서도 상당히 뼈를 깎는 고생일 것이라 생각했는데, 이 절경으로 보기에는 뼈도 제대로 깎일까 말까 한 연골이라는 느낌이다.

이렇게 말하는 것도 위에서 내려다보면 명백한 것이, 국민의 시체로 길이 만들어진 상황이었기 때문이다―내비게이션이라고 하던가? 즉, 시체의 수가 증가하는 방향으로 향하면.

죽음의 냄새가 진한 쪽으로 계속 가면, 그것이 '아름다운 공주'가 머무르는 곳이다―발자국보다도 또렷하게, 순리에 맞았다.

증식하는 죽음.

이 몸께서도 옛날에는 '지나간 자리에 풀 한 포기 나지 않는다'라든가 하는 소리를 들었던 몸이지만, 이 공주님은 그런 흔한 관용구로는 표현할 수 없는 미모를 갖춘 듯하다―기대된다.

아름다움이라는 건 맛에 중요한 포인트니까 말이야.

인간도 동물이나 물고기를 먹을 때, 겉모습으로 음식의 우열을 정하잖아? 크기나 형태, 광택이나 살집.

신선함이라는 요소도 있던가?

한 나라를―아니, 그것은 고사하고 여러 나라를 신나게 멸망시킨 미녀라는 건 얼마나 깊은 맛이 날까? 이렇게 되면 너무 기대하지 않도록 자제하는 것도 어려웠다.

그렇게 되어, 이 몸께서는 상공에서 시체의 길잡이를 따라가 게 되었는데, 그러나 도착한 곳은 뭐랄까, 아름다움과는 거리가 먼, 무너져 가는 폐가였다.

시체더미의 그늘에 가려져서, 아니, 시체에 파묻히다시피 해 서 하마터면 못 보고 지나칠 뻔했다고―아무래도 여행하는 공 주님은 이 폐가에 체재하고 있는 듯한데, 어라라, 진짜냐? 이 몸이라면 비바람을 피할 때라도 쓰고 싶지 않을 정도로 바람이 불면 와르르 분해될 듯이 초라한 건물인데.

건물이 세워져 있다기보다는 건물이 무너져 있다는 느낌이다.

회오리바람에 휩쓸려 온 장작이 우연히 집 형태로 쌓였다는 말을 듣는 게 그나마 납득이 갈 듯한 상태인데―하지만, 확실히 그 안에는 인기척이 있었다.

음식의 소리가 들려온다니, 흡혈귀라고 해서 오컬트 같은 소 리를 할 생각은 없지만, 그런 쪽 감각은 있는 편이다.

본능―아니, 괜히 뭔가 있어 보이는 척하지 말고 그냥 평범하 게 식욕이라고 불러야 할까.

어쨌든 뼈대만 간신히 남은 집에 있다면, 스페어립처럼 먹어 볼까 하고 이 몸께서는 공주님을 그릇에 담을 방법을 생각하며 착지하고, 살짝 문(처럼 보이는 널빤지)을 열어 보았다.

흡혈귀는 허가받지 않으면 실내에 들어갈 수 없다는 룰은, 이 몸께서 정한 룰이 아니니까 깨뜨리기로 하자.

애초에 이렇게 허름한 건물에 들어가는 데 허가 같은 건 필요 없을 거 아냐.

건물이 무너질 리스크를 생각하면, 인간 쪽이 오히려 출입금지인 거 아닌가?

이 몸께서는 정말로 이런 곳에 음식이 '있다'고 판단한 자신의 감각을 의심하기 시작했지만, 그러나 본격적인 가택수색을 시작할 것도 없이, 찾던 사람이 맥없이 나타났다.

토방에서.

불이 붙은 아궁이에서 보글보글 냄비를 끓이고 있었다.

검소한 옷차림에 에이프런을 걸치고 직접 요리를 하는 그 모습에 전혀 공주님 같은 느낌은 없었다―하지만, 그렇지만.

그 옆얼굴의 아름다움은 필설筆舌로 다할 수 없었다.

혀 위에 얹고 싶을 정도로.

007

아무래도, 또 죽어 버린 것 같다.

눈을 뜨자, 바로 앞에 그녀가 있었다.

그녀의 얼굴이 있었다.

토방에 쓰러진 이 몸을, 발칙하게도 그 여자는 무릎베개를 해주고 있었던 모양이다―망국지색.

이 몸의 그것에 뒤지지 않는, 이 몸의 그것보다도 빛난다고 인정할 수밖에 없는 금빛 머리카락.

은색 오른쪽 눈에 동색銅色 왼쪽 눈.

정면에서 보자(아래쪽에서 올려다보자, 라고 해야겠지만) 그 미모는 더욱 두드러졌다—아니, 조형의 완성도에 대해서도 물론 그렇지만, 바로 이 몸을 무릎베개로 받쳐 보인다는 그 담력이 뭐라 말할 수 없을 정도로 아름다웠다.

왜냐하면 이 몸께서는 바로 조금 전까지 죽어 있었으니까—낯선 시체에 무릎베개를 해 준다는 것은 어지간한 정신으로는 할 수 있는 일이 아니라고.

"괜찮으신가요?"

그렇게 물어보는 목소리도 더없이 다정했다.

이 몸께서 한 번도 발해 본 적 없는 톤이었다.

"……."

그렇다고는 해도 미녀의 무릎베개를 감상하는 취미는 없었으므로 이 몸께서는 일단 상반신을 벌떡 일으켰다—그리고 갓 되살아나서 얼빠진 머리를 긁적이면서,

"이 몸께선 얼마나 오랫동안 죽어 있었지?"

라고 공주님에게 질문했다.

정말 얼이 빠졌다.

물어봐야 할 것은 얼마나 죽어 있었는가가 아니라 어째서 죽었는가, 이다—또 아사인가? 아니겠지, 이 감각은 산산조각 났던 육체가 재생했을 때의 소생감이다.

누구에게, 어떤 공격을 받았지?

설마 이 가냘픈 공주님에게 공격당했을 리가—

"죽어 있었던 것은 아주 잠깐입니다. 그리고 당신을 죽인 것

은 당신 자신입니다."

아무래도 질문의 의도를 파악해 주었는지, '아름다운 공주'는 물어보지 않은 부분까지 대답해 주었다.

그런데, 영문을 모르겠네.

이 몸 자신?

"당신은 자살했습니다. 저를 죽이려고 해서."

더더욱 영문을 모르겠다.

무슨 소릴 하는 거지, 이 녀석?

몹시 의아해 하는 이 몸의 반응을 보고,

"당신이 어째서 저를 죽이려고 하는지… 나름대로의 이유가 있으리라는 건 이해합니다만, 부디 단념하세요. 모처럼 되살아난 목숨을 헛되이 하지 마세요."

그렇게 '아름다운 공주'는 계속해서 말했다.

무슨 소리를 하는 건지 의미를 알 수 없는 것은 여전했지만, 하지만 이상하게도 이 여자가 거짓말을 하는 것이 아니라는 점만은 알 수 있었다.

이 녀석의 말이라면 틀림없이, 이 몸을 죽인 건 이 몸이겠지 —잘 생각은 안 나지만, 분명 음식으로서 '아름다운 공주'를 발견한 이 몸께서는 곧바로 사냥으로 이행했음이 틀림없다.

자급자족.

죽이고 먹는다.

되살아난 지 얼마 되지 않아 또렷한 공복감은 없었을 텐데 그렇게 걸신들린 듯 서두른 건 참으로 이 몸다운 흡혈충동이었지만, 그 공격력이 이 몸 자신에게 향했다는 것이다.

산산조각.

결국, 다진 고기인가.

"카캇."

이 몸께서는 웃었다.

소리 내어 웃은 것은 대체 몇 년 만이었을까.

"즉, 그건가―네놈의 아름다움을 상처 입히는 것에 망설이기는커녕, 그런 폭거를 행하려 한 스스로를 용서하지 못하고 이 몸께서는 자살을 시도했다는 소린가."

"그런 것입니다."

새침하게 끄덕이고 공주님은 일어섰다―그리고 아궁이 쪽으로 향했다. 냄비를 불에 계속 올려놓고 있었다는 것이, 이 몸께서 곁에 있는 것보다 리스키하고 중요한 문제라고 말하는 것처럼.

"이봐라. 이 몸께선 괴물이라고."

"그런 모양이군요."

"흡혈귀다."

"그러십니까. 설마 실존했을 줄이야."

"인간을 죽이고 먹는 몬스터다."

"그러면 그 행동은 저를 잡아먹으려던 것이었군요―응해 드리지 못해서 죄송합니다."

"……."

"왜 그러시죠?"

"아니…."

"배가 고프시다면 함께 드시는 건 어떤가요? 지금 막 포토푀가 완성된 참입니다."

그렇게 말하고서 공주님은 냄비를 두 손으로 잡고, 아궁이에서 들어 올려 폐가의 안쪽으로 향했다.

"이 몸께서는 직접 죽인 생물밖에 먹지 않아."

이 몸께서는 음식으로부터의 유혹에 대해 단호히 선언했지만, 그러나 죽이는 데 실패한 음식을 상대로 할 대사가 아니기에 조금 반성했다.

모양새 나지 않는 말을 했다는 것은 이 몸에게는 죄악이다─물론, 자살충동에 휩싸일 정도는 아니지만.

뭐, 속죄하려는 건 아니지만(나라를 멸망시킨 녀석을 상대로 속죄라니, 말이 되냐), 이 몸께서는 공주님을 따라서 무너져 가는 집의 안쪽으로 들어갔다.

대접을 받아 주지(먹지는 않겠지만).

그 움직임을 보더니,

"성함을 여쭈어도 되겠습니까?"

라고 질문해 왔다.

인간 따위에게 이름을 댈 필요는 없다는 생각을 가진 흡혈귀도 적지 않지만, 이 몸께서는 자기 이름을 말하는 것이 싫지 않으니까 대답해 준다.

자랑스러운 이름이다.

자랑스럽지 않다면 거짓말이라고.

"결사이자 필사이자 만사의 흡혈귀―데스토피아 비르투오소 수어사이드마스터다."

"수어사이드마스터 님인가요."

"'님'은 필요 없어. 이름 그 자체가 경칭이다. 이 몸께서는 그냥 이 몸이라고 부르지만, 네놈은 상관 말고 수어사이드마스터라고 편하게 불러라."

"알겠습니다."

어쩌면 식당일지도 모르는 방의, 혹시나 테이블일지도 모르는 나뭇조각에 냄비를 내려놓으며,

"저는 아세로라입니다."

라고 그녀는 자기소개를 했다.

스커트 끝자락을 집고 기품 있는 동작을 하면서―조잡한 이 몸께서 매료되어 버릴 듯한 세련된 몸짓은 둘째 치고… 아세로라?

"'아름다운 공주' 아니었어?"

"그건 제가 어릴 적의, 경칭 아닌 멸칭입니다. 지금은 저를 그렇게 부르는 사람도 없어졌습니다."

없어졌다.

그것은 전부 '아름다운 공주'에게 목숨을 바치고 죽었다는 의미일까? 그렇다면 트로피카레스크의 정보는 조금 오래된 모양이다.

아세로라라고.

맛있어 보이는 이름이군.

"아세로라라는 건 퍼스트네임인가? 패밀리네임인가?"

"어느 쪽도 아닙니다. 저는 이미 가족의 이름을 댈 자격이 없으니까요—아버님으로부터 받았던 로라라는 이름도, 지금 와서는 도저히 쓸 수 없습니다."

"……."

동화에 따르면 이 공주님의 가족은 가장 먼저 딸의 아름다움을 접하고 죽었다고 했던가.

그 동화도 대체 얼마나 정확한지는 알 수 없지만, 뭐, '아름다운 공주' 같은 우쭐하는 이름으로 부르지 않아도 된다면 그보다 나을 것은 없을까.

"그렇다면 아세로라 공주라고 부르도록 하겠어."

"뜻대로 하세요. …저는, 애초에 프린세스도 무엇도 아니었지만요."

어째서 이렇게 되어 버린 걸까요—그렇게 천천히 고개를 기울이며 우울한 듯 말했다.

그 별 생각 없는 동작에 끝없는 식욕이 환기된 이 몸께서는, 자기도 모르게 손톱을—

008

아무래도, 또 죽어 버렸던 것 같다.

이렇게 단기간에 두 번이나 연속해서, 그것도 같은 상대에게 죽은 것은 이 몸의 기나긴 흡혈귀 생활에서도, 물론 식생활에서도 처음 겪는 경험이었다—뭐, 본인의 말로는 어디까지나 이 몸께서 혼자 멋대로 죽었을 뿐이고, 아세로라 공주 자신은 아무것도 하지 않은 모양이지만.

이번에는 심장을 뜯어내 버렸는지, 되살아나서 최초에 느낀 감촉은 아직도 두근두근하고 맥동하는, 오른손에 쥐어진 심장이었다.

가슴 안쪽의 심장은, 이미 재생되어 있는 것 같다.

흠.

자신의 심장을 보는 것은, 이건 너무 익숙해졌네.

이 몸께서는 인간이 사과를 통째로 베어 무는 것처럼 자신의 심장에 송곳니를 박아 넣었다—'죽이면 먹는다'는 철칙이다.

산산조각이 나면 역시나 불가능하겠지만, 그 룰은 대상이 자기 자신이라도 변하지 않는다.

우걱우걱.

와우, 쥬시~

과연 이 몸의 심장.

생기가 넘치는군—죽어 있지만.

"불사신인가요. 과연 대단하군요, 수어사이드마스터."

그렇게.

직접 만든 포토푀를 먹으면서 진심으로 감탄한 듯 아세로라 공주가 말했다.

이 몸이 흡혈귀라는 것을 알았으므로, 조금 전에 무릎베개를 했을 때 정도로 걱정하지는 않았던 모양이다―그것을 조금 아쉽다고 생각하는 마음이 있었는데, 이것이 아름다움의 포로가 되었다는 것인가?

"칭찬해 주시니 영광이기 이를 데 없다고, 아세로라 공주. … 이 몸께서 또 너를 먹으려고 하다 반격당한 거지?"

"네, 말씀대로입니다. 하지만 마음에 두지는 마세요, 수어사이드마스터. 제가 너무 아름다운 것이 잘못입니다."

듣기에 따라서는 그렇게 오만한 대사도 또 없겠지만, 아세로라 공주는 아무래도 두 번에 걸친 이 몸의 죽음에 대해 진심으로 책임을 느끼고 있는 듯했다.

느끼지 않아도 될 책임을.

그런 마음의 아름다움이 더욱 주위의 마음을 꺾어 버리는 것이겠지―이 몸도 멍하니 있다가는 공주님이 그런 생각을 하게 만든 것을 염려하다가 또다시 자해할지도 모른다.

그렇게 죽어 가는 인간을.

이 여자는 대체 몇 명이나 봐 왔을까?

"아무래도 저는 이 나라에도 다대한 민폐를 끼치고 만 것 같습니다."

민폐 정도가 아니라고.

망했어, 흡혈귀가 굶어 죽을 정도로 철저하게.

망국지색.

"금방 떠날 테니 용서해 주세요. 아무래도 이 나라에도 제가 찾는 분은 계시지 않았던 모양입니다."

"……?"

찾는 분?

음식 찾기라는 의미는 아니겠지만, 뭐야, 이 녀석도 누군가를 찾고 있었던 건가?

아, 그러고 보니 그런 동화였지?

구원할 목숨을 찾아 나서는 유랑의 여행길―그렇다, '아름다운 공주'는 그런 동화였다.

아니, 그것보다도… 떠난다?

어이, 이봐.

그런 짓, 용서할 수 있을 리 없잖아.

"정말 제멋대로군."

이 몸께서는 말했다.

다른 나라로 간다는 건 정말 말도 안 되는 짓이라는 마음에서 나온 대사였지만, 하지만 그렇게 말하는 만큼의 트집을 잡는 것도 아니다―그러기는커녕, 흡혈귀가 하기에는 부끄러울 정도로 지당한 지적이었다.

"네놈이 원하는 누군가를 찾기 위해 대체 얼마나 많은 사망자를 낼 셈이냐고. 네놈 한 명의 구원을 위해 대체 몇 개의 나라를 멸망시킬 거야."

"저에게 죽으라고 말씀하시는 건가요?"

조금은 동요할까 생각했지만, 하지만 예상과는 반대로 아세로라 공주는 태연하게 대답했다―그 부분의 갈등은 이미 끝났다고 말하는 것처럼.

죽으라고 할 생각은 없지만.

왜냐면 이 몸께서 죽이고, 이 몸께서 먹을 거니까.

"제가 죽으면… 제가 스스로 목숨을 끊으면 저는 편해질지도 모릅니다. 그렇지만 언젠가 다시 같은 문제가 일어났을 때, 똑같이 스스로 목숨을 끊어야만 하는 저 같은 누군가를 구할 수 없게 됩니다."

"……."

말이 복잡해서 이해가 잘 안 가지만, 어쨌든 괴롭고 힘들어서 죽음을 선택하는 것은 도망치는 것이라는 사상인가?

핫, 올바르구먼.

다만 그 올바름은 너무 아름다워서 약한 자에게는 독이 된다 ―이 녀석은 그런 식으로 다양한 국가에서 다양한 국민을 학살해 온 것이겠지.

독살.

아름다움이라는 독에 의한 독살.

마녀의 저주.

하지만 이렇게 되면, 이 녀석 자신이 가공할 만한 마녀나 다를 바 없다―뭐, 이 녀석이 어떤 목적을 갖고 어떤 라이프스타일을 선택하더라도 그것은 개개인의 의식 문제이며, 이 몸과는 상관없다.

…라고는 말할 수 없었다.

상대가 인간이든 흡혈귀든, 다른 이의 가치관에는 되도록 잔소리하지 않는 것이 이 몸의 스타일이지만(잔소리를 하는 건 스프뿐이다), 이 녀석의 목적과 그것에 기초한 라이프스타일은 이 몸에게는 직접적인 해악일 수밖에 없다.

이것은 꼭 이 몸께서 아세로라 공주를 잡아먹으려 하면 이 몸께서 자살해 버리기 때문이라는 근시안적인 소리를 하는 것이 아니다.

이 녀석이 자신, 그리고 세계의 장래란 것을 구하기 위해 이대로 유랑 여행을 계속하면, 최악의 경우에 인류의 멸망까지 가능하기 때문이다―미래를 구하기 위해 현재를 죽이는 고결한 의식은, 그런 비참한 결말을 맞이할 가능성이 현저히 높다.

이 몸께서는 괴물이다.

괴물이며 몬스터인 흡혈귀다.

인간 따위가 어찌되든 알 바 아니다―라는 소릴 할 수 있을 리 없다. 그러기는커녕, 사활 문제다.

불사신이지만, 불사신이기에 생기는 사활 문제.

안 그래도 이 왕국이 멸망한 탓에 식량난에 빠져 아사했던 이 몸이다―음식을 구하기 위해 절실히 유랑해야만 하는 건 오히려 이 몸 쪽이고, 가는 길마다 아름다움에 의한 학살을 계속한다면 먹을 기회를 빼앗기는 것도 이만한 것이 없다.

아세로라 공주의 아름다움에 관련된 문제는 이 몸에게도 결코 미미한 문제가 아니었다.

이것은 이것대로 식량 문제다.

인간이 절멸한다면, 괴물도 절멸한다.

먹이사슬.

절멸도 또 사슬처럼 이어진다―연결된다.

간과할 수 없다고.

…그렇지만, 그렇다고 해서 그러면 어쩌면 좋지?

이 몸께서 여기서 이 공주님을 꿀꺽 먹어 버리면 모든 문제가 해결되지만, 그러나 그럴 수 없으니 이렇게 어쩔 방법이 없는 패러독스에 빠졌다―아니, 냉정하게 생각해라.

생각하는 건 싫지만, 호불호를 따질 상황이 아니다.

그리고 생각해 보면 바로 이 몸, 결사이자 필사이자 만사의 흡혈귀인 데스토피아 비르투오소 수어사이드마스터와 '아름다운 공주'인 아세로라 공주의 이해는 의외로 일치하고 있다.

아세로라 공주는 인간을 죽이고 싶지 않고, 이 몸께서는 인간을 죽이고 싶다. 아세로라 공주는 살아 있어서 괴롭고, 이 몸께서는 아세로라 공주를 잡아먹지 못해서 괴롭다.

어떤가, 수요와 공급이 멋지게 맞물리고 있지 않은가―이 상황을 활용해야 한다.

해야 할 일은 식사의 사전준비다.

걸근거리다 두 번이나 실패했다. 두 번이나 자살했다.

"저기 말이다, 아세로라 공주."

이 몸께서는 그렇게 말을 걸었다.

이 몸답지 않게 신중을 기했다.

이 몸께서는 지금부터 이 녀석을 구슬릴 생각이지만, 그러나 악의를 가지고 속이려 드는 건 위험하다.

악의는 그대로 이 몸에게 되돌아온다.

자해와 자학의 충동으로서.

그러니까 어디까지나 공주님의 뜻에 맞추는 형태로, 합의를 노려야만 한다─요리 순서가 뭐가 이렇게 복잡하지.

"계획은 있나? 지금까지 해 오던 대로, 멸망시킨 나라를 떠나면, 다음에 도착한 나라에는 네가 찾는 누군가가 있다고 생각하는 거냐? 다음 나라에도 역시 똑같은 일을 반복할 뿐 아닌가?"

"…오해가 있는 모양입니다만, 저는 가는 나라 전부를 멸하고 있는 건 아닌데요? 그렇게 되지 않도록, 부족하나마 최대한의 배려를 하고 있습니다."

"다만 한계가 있겠지. 정말로 부족해. 네놈의 의식을─네놈의 미의식을 부정할 생각은 전혀 없지만, 생각도 없이 여행을 계속하는 건 무모하다고 충고하지 않을 수 없군."

충고.

받는 것을 가장 싫어하는 이것을, 설마 이 몸께서 하게 될 줄이야.

맞지 않는 일에도 정도가 있다.

"그건, 분명….."

하지만 괴물의 그런 충고를 일축하지 않고 진지하게 받아들이는 아세로라 공주였다.

정말이지 성실하다.

인간이라면 죄악감에 공주님의 그런 모습을 본 시점에서 자살을 선택했을지도 모르지만, 이 몸께서는 흡혈귀라서 아직 아슬아슬하게 세이프인 모양이었다.

"무모하다고 하셔도 저는 그 밖의 방법을 모릅니다. 이렇게 방랑을 계속하는 것 외에는 답에 도달할 수 없습니다."

"아니, 그렇지만도 않아."

이 몸께서는 말했다.

여기다.

"알겠냐, 아세로라 공주. 네놈은 본의가 아니었다 해도 이 왕국을 멸망시켰다―그것은 이미 끝난 일, 신경 쓰지 말라고는 하지 않겠지만, 어쩔 도리가 없는 일이지. 바꿀 방법이 없는 흔들림 없는 사실이다. 하지만 이 상황을 유효하게 활용할 수는 있다."

"유효하게―활용."

"이제 와서 서둘러 떠나지 않더라도, 이 왕국 아닌 망국亡國에 머무르는 한, 네놈이 이 이상 누군가를 죽일 염려는 없다는 얘기다."

죽일 염려고 뭐고, 더 이상 죽일 인간이 없다는 이야기지만 어쨌든 거짓말은 하지 않았다.

허용 범위의 표현이다.

"무슨 말씀이십니까. 당신을 죽일 염려가 있지 않습니까, 수어사이드마스터. 당신이 저를 잡아먹으려 하는 이상, 저는 여기에 계속 머무를 수는 없습니다―당신을 죽이게 되고 마니까요."

엄청 진지하게 말하고 있다.

자신이 잡아먹히는 것이 싫기 때문에 하는 말이 아니라, 이 몸께서 자신을 잡아먹으려 하는 것으로 이 몸께서 자살하는 것이 싫기 때문에, 라고—사람이 좋다고 해야 할까, 아니면 역시 아름답다고 해야 할까.

다만, 그것도 역시 쓸데없는 걱정이다.

그렇다기보다, 걱정은 필요 없다.

"이 몸께서는 불사신의 괴물이라고. 결사이자 필사이자 만사의 흡혈귀—데스토피아 비르투오소 수어사이드마스터다. 죽는 것 따윈 아무것도 아니야. 알겠냐, 공주님. 말해 두겠는데, 그런 녀석은 또 없다고—네놈 곁에 있으면서도, 죽고 또 죽어도 되살아난다. 이 몸께서는 네놈과 상담해 줄 유일한 존재라고."

"상담을?"

이것은 '아름다운 공주'의 명석한 두뇌에도 전혀 예상 밖의 의견이었는지, 그녀는 놀란 듯한 표정을 지었다.

"그래. 이 몸께서는 보다시피 괴물이지만, 그것뿐만은 아니야—조금이나마 마술에 관한 지식도 있다. 인간이 아닌 존재의 소양이라는 거지. 그러니까 마녀가 네놈에게 걸었다는 저주를 풀 방법을 생각하는 협력 정도는 해 주겠다—어때?"

"……."

요컨대, 라면서.

잠시 생각한 끝에 아세로라 공주는 이 몸을 똑바로 바라보았다.

그 시선은 강했고, 비극의 공주라고 형용할 수 있을 만한 연약함은 전혀 엿볼 수 없었다—마녀의 저주 따위와는 무관하게,

방심하다간 퇴치당할지도 모른다.

"저에게 협력해 주시는 대신, 당신은 저를 이 영토에 붙들어 두면서 저를 잡아먹을 기회를 찾고 싶다는 겁니까?"

명답.

좀 더 정확히 말하면, 이 녀석의 아름다움을 어떻게든 조리해서 인간을 절멸시킬 수 없을 정도까지 약하게 만들 수 있다면, 분명 이 몸께서는 이 녀석을 잡아먹을 수 있을 것이라는 계산이다.

말하자면 복어의 독을 제거하는 작업 같은 거다.

이해의 일치.

어지간한 정도가 아니라고.

이렇게까지 이해가 일치하는 관계가 또 있을까?

아세로라 공주의 목적이 이루어진다면, 동시에 이 몸의 식욕도 충족된다—인류는 더 이상의 국가가 멸망하지 않게 되고, 아무도 손해 보지 않는 플랜이라는 느낌이라고.

생각하는 걸 싫어하는 이 몸께서 즉흥적으로 날조한 것치고는 썩 괜찮은 레시피 아닌가?

"알겠습니다. 당신과 손을 잡을 수밖에 없어 보이는군요, 수어사이드마스터."

아세로라 공주는 한숨과 함께 말했다.

우울해 보이는 그 동작도 아름답다.

아니, 아름다운 것은, 목적을 위해서라면 이 몸 같은 괴물과도 손을 잡는다는 그 강한 의지 쪽인가.

아니면, 여기서 거절하면 '불완전한 제안'밖에 하지 못했던 이 몸께서 또다시 목숨을 끊을지도 모른다는 생각에 타결한, 그런 배려야말로 가장 아름답다고 해야 할까.

하여간 뭐든 괜찮다.

이 몸께서는 죽여서 먹을 수 있으면 뭐든 괜찮다.

그 룰만 지킬 수 있으면 그 밖의 것들은 대부분 어떻게 되든 괜찮다.

"그러면, 잘 부탁드리겠습니다."

비유로 말하는 것이 아니라, 아세로라 공주는 실제로 이 몸을 향해 오른손을 내밀어 왔다—종족에 따라서는 손으로도 에너지 드레인이 가능한 흡혈귀를 상대로, 몇 번을 봐도 정말 놀라운 담력이다.

무릎베개를 해 줬을 때는 넓적다리부터 먹어 주겠다고만 생각했는데, 이렇게 되면 가슴살부터 먹고 싶어질 정도라고.

악수라는 건 이 왕국의 습관이 아니지만, 뭐, 이제부터 당분간은 서로의 문제를 해결하기 위해 모인 파트너이니, 그 정도는 맞춰 줘도 될까 하고 이 몸께서는 아세로라 공주의 오른손을 맞잡았다.

처음으로.

그녀의 피부에, 그녀의 살에, 옷 너머로가 아니라 직접 닿았다—먹혀 들어가는 듯한 그 부드러움, 기분 좋은 감촉에.

이 몸께서는 넋을 잃었고, 그리고.

009

　아무래도, 또 죽어 버린 것 같다.

　요컨대 전설이라 불리는 흡혈귀인 이 몸께서는, 동화처럼 이야기되는 '아름다운 공주'인 아세로라 공주와 만나서 거래를 맺는 데만 세 번이나 죽었다는 것이다.

　뭐 이런 런치미팅이 다 있냐(밤이지만).

　하지만 어찌됐든 저찌됐든, 바람직한 소득이 있는 교섭이 이루어졌다는 것만은 확실하며, 그것을 성과라고 봐야 할 것이다 ― 세 번에 걸친 이 몸의 죽음은, 결코 헛된 죽음도 아니거니와 개죽음도 아니었다.

　굳이 말하자면 귀鬼죽음인가.

　귀신처럼 죽었다고.

　그리하여 이 몸께서는 아세로라 공주를 '시체성'에 초대했다 ― 임시라고는 해도 협력관계를 맺은 이상, 곁에 있어 주지 않으면 곤란하다고. 이 몸께서는 1초라도 이런 폐가에 머무르고 싶지 않았고, 귀중한 음식을 계속 이런 장소에 보관하는 의미도 없었다.

　악의나 적의가 있는 공격에 대해서는 철벽같은 방어력을 자랑한다고 평가하지 않을 수 없는 '아름다운 공주'도, 단순히 세월의 경과로 노후된 건물의 붕괴로부터는 몸을 지킬 수 있을 리 없다.

자연현상을 상대로는 어쩔 방법이 없다고.

유랑하는 몸인 이상, 근검절약을 중요시하는 듯한 아세로라 공주는, 일시적이라고는 해도 성에 머무는 것은 말도 안 된다며 고사하려 했지만(정말 검소하네), 절멸했다고 여겨지는 국민 중 만에 하나라도 생존자가 있었을 경우를 생각하면 이렇게 누구라도 무작위로 다가올 수 있는 장소에 계속 머무르는 것은 위험하다고 설득했다.

설득공작.

진짜 서툴다고.

아세로라 공주가 아니라 무구한 국민이 위험하다, 자칫하다가는 '아름다운 공주'의 소문을 들은 다른 나라 국민이 국경을 넘어올 가능성도 있다고, 어쨌든 서투르나마 이 몸께서는 되는대로 늘어놓았다─그곳에 가면, 이 몸께서 거주하는 '시체성'은 본래의 내력 때문에 사람들이 두려워해서 제정신인 인간이라면 아무도 가까이 오려고 하진 않을 테니, 새로운 희생자가 발생하는 일은 없을 것이다.

쓴소리를 한 건지 달콤한 말을 늘어놓은 건지 스스로는 판단할 수 없지만, 이렇게 되돌아보니 이 몸께서도 음식의 기분을 맞춰 주는 능력이 엄청 좋아졌다.

음식의 맛도 엄청 좋아졌으면 좋겠는데 말이야.

물론 그 부분도 포함해서 아세로라 공주는 초대에 응한 것이겠지만─기분을 맞춰 주고 있는 건 과연 어느 쪽일까?

말할 것도 없이 악명 높은 흡혈귀로서는 절세 미녀를 우격다

짐으로 유괴해서 성에 유폐한다는 것이 왕도겠지만, 상대가 절세 미녀라기보다 절멸 미녀가 되면 그럴 수도 없다―유혹해 꾀어내는, 정확한 의미에서의 유괴를 시도하지 않을 수 없었다.

그렇다고는 해도 거대한 '시체성'을 앞에 두고 어안이 벙벙해진 눈치였던 아세로라 공주의 모습을 보니, 다소 속이 후련하다고 할까, 한방 먹여 주었다는 기분이 들었다.

세 번 연속으로 죽는다는 추태를 보인 상황이니, 다소나마 위엄을 보이지 않으면 앞으로의 관계성에 지장이 생긴다.

굉장하다고, 이 몸께서는.

성주라고.

다만 아세로라 공주는 꼭 성의 위용에 놀란 것은 아니었던 모양인지,

"다, 당신은 이런 커다란 성에 혼자 살고 계셨던 건가요…?"

라는 리액션을 보였다.

정신적으로 빈곤한 흡혈귀로 생각하는 모양이다.

어떻게 이럴 수가.

외로운 흡혈귀라는 이미지가 정착되고 말겠다.

이 몸께서는 마치 변명하듯이, "아니, 혼자는 아니다. 충실한 권속과 함께 지내고 있다."라고 설명했다―설명하자마자, 까맣게 잊고 있던 트로피카레스크가 기억났다.

생각해 보면 식사를 하고 오겠다고 말하고 유유히 성을 나섰다가 결국 아무것도 먹지 못하고 맥없이 돌아왔으니 부끄럽지만, 뭐, 노예 앞에서 허세를 부려 봤자 소용없을 것이다.

"으음. 동거인이 계신가요… 그렇다면 제가 머무르는 것에 대해 그분에게 허가를 받지 않아도 괜찮은가요?"

정말이지 자신이 소유한 그 흉악함, 흉악한 아름다움과 달리, 일일이 걱정하고 배려해 주는 여자다—흡혈귀의 노예까지 배려하려 하다니.

이 몸께서는, 사후승낙이어도 전혀 문제없다, 이 몸의 충실한 권속이 주인인 이 몸의 결정에 반대의견을 표명하는 일은 있을 수 없으니까, 라고 설명해 주었다.

"절대 반대입니다. 대체 무슨 생각이십니까, 마스터. 마스터가 지내시는 성안에 하등한 인간을 불러들이다니 있을 수 없는 일입니다."

…맹렬한 반대에 부딪쳤다.

아세로라 공주를 우선은 응접실에 앉혀 놓고 옥좌에 돌아와서, 자신의 능력과 건축기술을 동원하여 바닥을 한창 수선하고 있던 트로피카레스크에게 간단히 사정을 설명해 준 순간, 충실한 권속은 이 몸께서 옥좌에 앉는 것도 기다리지 않고 무릎도 꿇지 않고, 정면으로 이 몸의 플랜을 부정했다.

"저에게 마스터뿐만 아니라 하등한 인간까지 돌보라고 말씀하시는 겁니까. 너무하십니다."

"네놈, 이 몸을 돌보고 있다는 생각이었냐…."

굉장한 직업의식이다.

그건 그것대로 노예근성일지도 모르지만.

지금이라도 울음을 터뜨릴 듯한 트로피카레스크에게 하마터

면 뜻을 굽힐 뻔했지만, 아슬아슬하게 버티고서 이 몸께서는,

"이건 결정사항이다. 네놈의 의견을 구할 생각은 없다."

라고 단언했다.

"그리고, '마스터' 같은 평범한 호칭은 쓰지 마라."

"시, 실례했습니다, 수어사이드마스터."

기억이 났다는 듯이 간신히 무릎을 꿇는 트로피카레스크―하지만 고개를 숙이지는 않고, '번뜩'하고 이 몸을 응시해 온다.

노예근성이기는 해도 상당한 근성이다.

너무 낮춰 보고 있었군―내려다보고 있지만.

충성스러운 것뿐인 바보인가 하는 생각도 했지만, 그런 것도 아닌 듯하다.

자리에 어울리지 않는 조금 엉뚱한 일이기는 했지만, 이 몸께서는 뒤늦게나마 권속의 의외의 일면을 발견하고 조금 즐거운 기분이 되었다.

"걱정하지 마라. 네놈에게 인간을 돌보게 할 생각은 없다―그렇다기보다, 오히려 너는 아세로라 공주에게 절대 다가가지 말라고 미리 못을 박아 둘 생각이었다."

"아세로라 공주… 어떻게 이럴 수가, 하, 하등한 인간의 이름을, 기억하고 계신 겁니까, 수어사이드마스터."

깜짝 놀란 듯이 말하는 트로피카레스크.

주인님의 기억력을 뭘로 보는 거야.

고유명사 정도는 기억할 수 있다고.

게다가 네놈도 원래는 인간이었던 주제에 하등하다, 하등하다

하며 잘도 그렇게 연호할 수 있구나, 부끄러워하지도 않고.

아니면.

본래 인간이었기에 품는 혐오감인가.

동족혐오—옛 동족혐오?

뭐, 이 몸처럼 천성적인 흡혈귀도 인간의 원념에서 태어난 것은 틀림없고, 인간이 대체로 하등하다는 의견에 대해서는 기본적으로는 동의한다.

일부러 개개인을 기억해서 구별할 필연성은 없을 것이다.

다만, 그 여자는 다르다.

아세로라 공주는—'아름다운 공주'는 하등한 인간이 아니다.

지극히 상등上等한 인간이며, 지극히 상질의 고기다.

기억할 만한 가치가 있다.

그렇기에 트로피카레스크에게는 주의를 주어야만 한다.

"결사이자 필사이자 만사의 흡혈귀인 이 몸이기에 저 공주님의 방어벽에 눈 하나 까딱하지 않을 수 있었지만, 네놈 정도의 흡혈귀는 잠시도 못 버틸 거다—대면한 순간 산산조각이 나 버리겠지."

대면한 순간 산산조각이 나 버렸던 건 이 몸이었고, 그러니까 '눈 하나 까딱하지 않았다'는 아무리 그래도 허세가 지나쳤지만, 어쨌든 여기선 단단히 못을 박아 둬야만 한다. '아름다운 공주'의 미모가 인간이 아닌 존재에도 통한다는 것은 이미 몸으로 확인했다.

"그, 그렇다면, 더욱… 더더욱 그렇습니다, 수어사이드마스터. 그런 위험인물을 성내에 들이다니… 성을 관리 감독하는 제 입장에서는 간과할 수 없는 사태입니다."

관리는 그렇다 쳐도 감독까지 하고 있다는 생각이었냐 — 역시 일대일로 관계성을 쌓다 보면 눈치채지 못하는 측면도 많이 생기는 법이구나.

다른 곳에서 요소를 끌어들이는 것은, 그런 의미에서도 보람이 있는 일일지도 모른다.

"끈질기구나, 트로피카레스크. 그쯤 해 둬라. 이 몸께서 한 번 이렇다고 정한 것을 뒤집었던 적이 있었느냐?"

"꽤, 꽤 있었다고 생각합니다만…."

으으음.

뭐, 그런가.

아, 있지, 있어.

애초에 동화에 나오는 공주님을 잡아먹겠다고 결정하고 외출한 주제에 그 공주님과 함께 돌아왔으니, 이래서는 이 몸의 결단력이나 신념의 강함을 의심받더라도 어쩔 수 없다 — 다만, 그래도 이 몸께서는 어디까지나 자신이 결정한 것을 가능한 한 관철할 셈이었다.

이 몸 나름대로, 이 몸답게.

애초에 이 몸께서는 공주님을 성의 만찬회에 초대한 건 아니다 — 오히려 만찬회의 메뉴로서 초대한 것이다.

말하자면 식료품의 매입 같은 것이다.

그렇게 생각하면, 주인이 이렇게 부지런히 일한 모습을, 노예는 오히려 칭찬해야 하는 것이 아닐까.

"네놈의 말대로 상당히 조리하기 까다로운 식재라서 말이야—통째로 삼킬 수는 없어 보인다. 먹을 수 있도록 꼼꼼하고 성실하게 준비를 해야 한다고 판단했다. 그러니까 그런 얼굴 하지 마라. 물론 돌보는 건 이 몸께서 하겠다."

"다, 당신께서 음식을 돌보신다니, 할 수 있으시겠습니까? 결국 제가 하는 것이 아닌지…."

"당연히 할 수 있지."

마치 버려진 강아지를 주워 온 어린아이가 부모에게 허락을 받는 것 같다고 생각했지만, 어쩌면 그것은 그리 빗나가지 않은 비유일지도 모른다.

상황으로서는 아주 흡사하다.

다른 점은, 이 몸께서는 주워 온 인간을 음식으로 보고 있다는 점인가.

"할 수 있다고 결정했다. 이 몸께서 결정했다. 즉 결정되었다. 그렇기에 아무런 문제도 없다—문제 같은 것이 있을 리도 없다는 것이 이 몸의 답이다. 뭐, 그렇게 오랫동안 머무르게 할 생각도 없다. 저 미모의 벽을 돌파해서 공주님을 죽일 수 있게 되기까지의 기간이다—그리 오래 걸리지 않을 것이야."

"…알겠습니다."

어떻게 되더라도 저는 모르니까요, 라며 참으로 떨떠름하게, 마지못해서 한다는 느낌은 있었지만, 원망스러워하는 느낌마저 있었지만, 간신히 트로피카레스크는 '아름다운 공주'가 머무르는 것을 허락해 주었다.

어째서 이 몸의 성인데 일일이 부하의 허락을 받아야 하는 걸까, 하고 이 몸께서도 이상하다는 생각이 들었지만, 그러나 이렇게 주인과 노예의 관계도 쉽지만은 않다는 이야기다.

어쨌든, 여기까지 생각 외로 수고를 들이게 되었지만, 이 몸에게 본론은 지금부터였다.

"그래서 말이다, 트로피카레스크. 네놈의 의견을 듣고 싶다만."

그렇게.

조금 전에 의견을 들을 생각은 없다고 선언했던 권속에게, 이 몸께서는 질문했다.

"어떡해야 '아름다운 공주'를 죽일 수 있다고 생각하지?"

010

오해를 두려워 않고 말하자면, 노 플랜이었다.

무위무책이었다.

아니, 식사를 위해서였지만, 계책은 없었다.

그때는 무슨 수를 써서라도 공주님이 여행을 떠나는 것을 막으려고 지혜를 짜내고, 아무 생각 없이 다른 나라로 향해서는 안 된다며 주절주절 둘러대며 설득하긴 했지만, 아무 생각 없었던 것은 이 몸 쪽도 거의 다를 바 없었다—그러기는 고사하고 더욱 생각이 없었던 건 이 몸 쪽이었다.

마녀의 저주를 풀 방법을 함께 생각해 주겠다고 말하긴 했지만, 구체적인 아이디어가 있었던 것은 아니다.

전망이 서지 않았다.

마술에 대한 조예도 없는 것은 아니라고 했던 것은 결코 거짓말은 아니었지만, 그러나 그건 정말로 '없는 것도 아닌' 레벨이었고 저주를 푼다든가 다른 저주로 상쇄시킬 수 있는 것은 아니었다.

음식의 사전준비를 위해, 우선은 무엇보다 '아름다운 공주'를 이 '시체성'이라고 하는 냉암소에 보관하는 것을 우선하긴 했지만, 이제부터 대체 어쩌면 좋을까 하면 오리무중五里霧中이라고 할 수밖에 없었다.

흡혈귀니까, 원래 안개로는 변화할 수 있으므로 사방이 안개 속이라도 헤매지는 않지만….

이거 참.

"그런 이유로 네놈의 지혜를 빌리고 싶다, 트로피카레스크. 네놈은 확실히, 인간이었을 무렵 마술사 가문에 있지 않았던가?"

"아득한 옛날의 이야기입니다."

주인으로부터의 물음에 곧바로 쌀쌀맞게 대답하는 트로피카레스크―심술을 부리느라 그렇게 말하는 것이 아니라(그것도 있을지 모르지만), 이 품격 있는 남자는 '인간이었던 시절의 자기 자신'을 떠올리는 것이 싫은 것이겠지.

뭐, 마술사라 해도 최상급부터 최하급이 있기 마련이고, 그 시절의 이 남자는 별로 좋은 취급을 받지 못한 듯하니, 그 기분이 이해가 안 가는 것도 아니다(지금도 결코 좋은 취급을 받고 있다고 말하기 어렵다고 생각하지만 말이야).

이해가 안 가는 것도 아니지만, 현재 상황은 그런 델리케이트한 속사정을 하나하나 챙겨 주고 있을 상황도 아니다—이 몸께서는 '아름다운 공주'가 아니라서 걱정해 주는 것과는 인연이 없다.

걱정되는 타입이다. 앞날이.

"요컨대 저 녀석의 '아름다움'은 흡혈귀로 말하면 '매료' 같은 것이겠지?"

이 몸께서는 트로피카레스크의 심중을 전혀 눈치채지 못한 무신경한 흡혈귀인 척하며 나름대로의 해석을 꺼내 보았다.

매료.

이 몸에게도 트로피카레스크에게도 있는 흡혈귀의 대표적인 '능력'이다—권속 만들기의 전 단계 같은 것으로, 인간에게 대한 정신간섭, 말하자면 일종의 최면술인데 대상을 매혹한다는 의미에서는 '아름다운 공주'의 미모와 통하는 부분이 있을 것이다.

그 효과는 대상자의 정신력에 따르지만, 우리는 그런 힘을 컨트롤 할 수 있다—온오프가 가능한 것이다.

그렇다면 컨트롤 불능으로 생각되는 '아름다운 공주'의 미모도, 하기에 따라서는 온오프가 가능하도록 만드는 것도 가능하

지 않을까 하는 제안이었는데 트로피카레스크는,

"아니요, 전혀 다른 것입니다."

라고 완전히 부정했다.

이 몸에 대해서 안 된다고 못을 박는 것에 배려가 없어지기 시작했다.

좋아, 좋았어.

"애초에 '아름다운 공주'에 걸려 있는 것은 저주라고는 말할 수 없습니다."

"저주가, 아니라고?"

"굳이 말하자면 축복일까요. 그 여자는 축복받은 상태입니다."

마치 보고 왔다는 듯이 말하는 트로피카레스크—인간이었던 시절의 기억을 아무리 싫어해도, 역시 세 살 버릇 여든까지 가는 법인가.

자기 영역에 대해서는 일가견이 있는 듯하다.

"축복, 이라니?"

"주위를 매혹하는 '아름다움'은 어디까지나 그 여자 자신의 것이며 마법도 마술도 관계없는 것입니다—마녀는 기껏해야 그 아름다움을 가시화시킨 것뿐입니다."

"흠. 가시화란 말이지."

그렇게 지당한 말이라는 듯 끄덕여 보았지만, 잘 모르겠다.

아름다움을 가시화.

내면의 아름다움—이라고 했던가.

요리로 말하자면, 맛을 말하는 건가.

보기 좋게 담거나 꾸민 것이 아닌 부분.

"그렇다면 반대로, 아름다움을 보이지 않게 하는 마법을 걸면 되는 것 아닌가?"

저주의 상쇄—다.

눈에는 눈, 이에는 이.

저주에는 저주.

그것이 저주라고 한다면, 한 번 더 저주를 걸면 된다.

"그것도 어렵겠지요. 옛날이라면 몰라도, 지금 와서는 저주를 포함한 모든 마법은 '공격'으로 간주되어 술자 본인에게 돌아올 우려가 있습니다—십중팔구 그렇게 되겠지요. 완전방어. 예를 들면 우리가 '아름다운 공주'를 '매료'하려 한다면, 역으로 우리가 '매료'당하게 될 것이 틀림없습니다."

"…죽여서 먹으려고 하면, 역으로 죽어서 먹힌다는 의미인가? 다름 아닌 이 몸께서? 이 데스토피아 비르투오소 수어사이드마스터가?"

농담처럼 물어보아도, "그런 일도 있을지 모릅니다."라고 어디까지나 시리어스하게 트로피카레스크는 대답하는 것이었다.

"지금 이 상황이 어떻게든 성립하고 있는 것은 어디까지나 수어사이드마스터와 '아름다운 공주'의 이해가 '언뜻 보기에' 일치하고 있기 때문이라고 짐작됩니다."

트로피카레스크는 '언뜻 보기에' 부분을 강조해서 말했다—기만이라고 말하고 싶은 모양이다.

"기만입니다."

대놓고 말했다.

"'아름다운 공주'의 소원에 맞춰 주는 형태로 그 여자를 성에 불러들인 주인님의 발상에는 이 트로피카레스크, 놀라움을 금할 수 없었습니다만, 만약 이제부터 한 수라도 잘못 쓰게 된다면 '아름다운 공주'에게 향한 악의는 주인님 자신에게 그대로 돌아오게 될 것입니다."

"뭐, 그 부분은 각오하고 있지만 말이다."

이미 세 번이나 죽은 몸이다.

이제 와서 죽음을 피하겠다고 생각하지는 않는다.

세 번이나 되돌아온 것은, 악의라기보다는 식욕이지만.

"이 이상의 반대는 하지 않겠습니다만, 그렇지만 수어사이드 마스터, 적어도 태세를 정비하는 것부터 시작해야 하지 않겠습니까? 태세라고 할까, 몸 상태 말씀입니다만… 공복인 상태로 임할 상대는 아니라고 생각합니다."

"그것도 이미 결정했다. 이 몸의 빈 배에는 맨 처음에 그 여자를 넣을 거다."

전채도 식전의 술도 불필요하다.

엄밀히 말하자면 이미 자신의 심장을 먹었지만, 그건 이 경우에 세지 않아도 괜찮겠지.

"…알겠습니다. 그러면 제 쪽에서도 뭔가 방법은 없는지 조사하도록 하겠습니다─마술적인 접근도 포기하지 않고 찾아보려 노력하겠습니다. 그러므로 주인님, 부디, 부디 서두르지 마시고 사전준비는 신중하게 하시기를, 부탁드립니다."

"그래, 당연하지. 그렇게 몇 번이나 반복해서 부디, 부디, 하지 않아도 돼. 수어사이드마스터의 이름을 가진 이 몸께서도, 일부러 죽고 싶은 건 아니니까."

트로피카레스크에게는 그렇게 보증했지만, 그러나 그 뒤에 이 몸께서는 다시 두 번이나 서둘러 '아름다운 공주'에게 달려든 끝에, 목숨을 잃게 된 것이었다.

수어사이드마스터의 이름에 부끄럽지 않게.

011

이 몸께서는 그다지 머리가 잘 돌아가는 편인 흡혈귀는 아니지만, 그래도 다섯 번이나 죽으면 역시나 알게 된다. 이 음식의 사전준비를 위해서는 더욱 발본적인 대책이 필요하다.

식욕이 당기는 바람에 아무리 신중을 기하려고 마음먹어도 금세 조급해져서 죽일 방법만 생각하게 되는데, 그래서는 아무리 시간이 지나도 결말이 나지 않는다.

슬슬 배도 고파지기 시작했다.

배와 등은 바꿀 수 없다는 말이 있는데, 지금은 등가죽과 뱃가죽이 달라붙을 지경이다―필요한 것은 의식개혁이다.

이 몸의 의식에 개혁이 필요한 것은 물론이고 공주님 쪽에도, 말하자면 일종의 쿠데타가 필요했다.

아세로라 공주도 변화해 줘야 한다.

소재 자체의 맛은 가능한 한 살리고 싶지만, 그래도 조미료는 필요했다―양념을 바꿔서, 먹기 쉽게 만든다.

충실한 권속, 트로피카레스크 홈어웨이브 독스트링스는 하등한 인간의 성내 체재에는 생각하는 바가 있으면서도 조리방법을 조사하기 위해 이곳저곳을 돌아다니고 있는 듯하지만(하여간 충성심 덩어리다), 그가 돌아오기만을 기다리고 있을 수만은 없다―부하에게 전부 맡겨 두는 것은 성미에 맞지 않는 것이다.

음식 궁합도 맞지 않는다.

…참고로 성미에 맞지 않는다는 말이 나와서 말인데, 트로피카레스크에게 약속한 대로 음식의 관리는 이 몸 혼자 전담하고 있다.

인간용 식료품을 조달하고, 인간용으로 조리하고, 아침점심저녁으로 준비한 방에 가져다주고 있다―아침과 밤은 둘째 치고, 이 몸에게는 원래 자고 있을 시간인 한낮에 내놓는 것이 지옥 같았지만, 그것도 사전준비의 일환이라고 생각하면 참을 수 있었다.

이 몸께서는 관에서 수면을 취하므로 성에 있는 침대는 지금까지 거의 사용한 적이 없었는데, 그 베드메이킹까지 이 몸의 일이었다.

트로피카레스크가 외출한 상태라 다행이다.

부지런히 인간을 돌보는 이 몸의 모습을 부하에게 보일 수는 없다.

하지만 식재료는 쾌적하게 지내게 해야만 한다.

익숙하지 않은 환경에 의한 스트레스로 맛이 떨어지게 되면 곤란하다.

"자기 앞가림 정도는 스스로 하겠습니다."

당연하지만 고결한 의식을 갖고 있기에 그렇게 사양하는 듯한 말을 하는 '아름다운 공주'였지만, 글쎄, 그건 수상했다.

원래부터 자라 온 환경이 너무 좋은 경향이 있다.

물론 스스로 살아갈 능력은 있겠지만, 하지만 나라에서 쫓겨난(멸망시키고 쫓겨난) 유랑 여행―어린 여자 한 사람의 여행이 지금까지 가능했던 것은, 주위의 서포트가 있었기 때문이리라는 것은 거의 틀림없었다.

입고 있는 옷부터, 지나치던 사람들로부터의 '공물'이었다는 모양이다―뭐, 그것을 받아 주지 않으면 목숨을 바치려 할지도 모르므로 아세로라 공주의 입장에서는 그런 참견을 무시할 수도 없었겠지만.

다만 지금 와서는 옷을 갖다 바치는 고마운 통행인은 이 왕국에 한 사람도 존재하지 않으니, 그것도 이 몸께서 준비해 줄 필요가 있었다―근검절약을 제일로 삼는 공주님에게는 미안하지만, 음식은 이왕이면 보기 좋게 담는 편이라서 말이야.

아주 고저스한 드레스를 맞춰 주었다―무엇을 입어도 어울리는 녀석에게 드레스 같은 건, 맞춰 주는 보람도 없지만.

뭐, 트로피카레스크의 걱정과는 반대로, 이 몸께서는 음식 돌보기를 문제없이 하고 있다는 이야기다.

관리에 어떠한 문제가 있었을 경우, 그것이 그대로 죽음으로 이어질지도 모르므로(사실, 돌보던 중에 두 번 죽었다), 생각보다 상당히 전전긍긍하게 되는 브리딩이었다.

하지만 언제까지나 이런 일을 하고 있을 수는 없다.

아무리 불로불사라고는 해도.

"그렇게 되었으니 아세로라 공주. 네놈도 의식을 바꿔 달라고."

"…그건 요컨대, 당신에게 잡아먹히기 위해 본인인 저에게 의식을 개혁하라고 말씀하시는 거죠, 수어사이드마스터?"

알겠습니다, 라며 끄덕이는 공주님.

정말로 알아듣기는 한 걸까.

가는 곳곳마다 학살을 반복하는 용서 없는 미모의 소유자는, 자포자기하고 있는 것이 아닐까 하는 생각도 들었지만, 그러나 이 여자는 그런 약해 빠진 멘탈도 아닐 것이다―오히려 터프하며, 그 터프함이 문제를 크게 만들고 있다고도 할 수 있다.

별맛 없게 변해 버릴지도 모른다.

"저도 이번 기회에, 할 수 있는 일은 뭐든지 시도해 보려 생각하고 있습니다―하지만 수어사이드마스터. 구체적으로 의식개혁이란 어떠한 행위를 가리키는 것인가요?"

"이 몸의 충실한 부하가 한 말인데, 네놈에게 걸려 있는 현상은 마녀의 저주에 의한 것이라기보다는 네놈 자신의 아름다움에 의한 부분이 크다고 한다. 그렇다면 대책을 세워야 할 것은 마녀의 저주 쪽이 아니라 네놈의 아름다움 쪽이 아닐까?"

"……?"

애초에 자신의 '아름다움'에 대해 제대로 자각하고 있다고는 말하기 어려운 겸허한 자세인 아세로라 공주에게는, 이 몸께서 한 말이 제대로 전해지지 않은 듯하다.

혹은, 이 몸의 설명이 서투른 것뿐일지도 모르지만.

그렇지만, 이해하게 만들어야만 한다.

자각하게 만든다.

이 레시피는 극히 복잡한 공정을 밟지 않으면 안 된다—트로피카레스크의 등을 밟는 것과는 전혀 다르다.

"요컨대 말이지, 아세로라 공주. 네놈의 아름다움에 홀린 인간이 무엇보다도 소중한 목숨을 바치려고 한다는 구조를 바꾸기 위해서는, 네놈이 **아름답지 않게 되면 된다**고 이 몸께서는 말하고 있는 거다."

"…그래서는 문제가 해결되지 않는 것 아닌지요? 살아 있는 것이 싫어졌으니까 자살한다는 것과 큰 차이가 없습니다."

말 한번 딱 부러지게 하는 녀석이다.

흡혈귀 상대로 무서운 걸 모르네.

물론, 그 말이 맞다.

그리고 이 몸에게도 그런 해결은 바라던 바가 아니다—이를테면 의식을 변혁한 결과, 겸허한 자세나 동정심과 배려, 고결함이나 선함, 윤리관을 아세로라 공주가 내팽개친다면 더 이상 학살은 일어나지 않을 것이다.

사람은 죽지 않는다.

어딘가에서 나라가 계속 멸망하는 일은 없다.

하지만 그것은 아세로라 공주가 바라는 형태의 해결이라고는 도저히 말할 수 없고, 이 몸께서 바라는 해결도 아니다―그 레시피로는 소재의 맛을 전부 살리지 못한다.

맛이 변해 버린다.

"일단 좀 들어 보라고, 아세로라 공주. 정말로 아름다움을 포기할 필요는 없어―그런 식으로 **보이게만 하면 돼.**"

보기 좋게 담고, 꾸미는 것의 문제다.

그렇게 이 몸께서는 말을 이었다.

이제부터가 가장 중요한 부분이다.

"보이게…만 한다?"

"듣기로는, 원래 외모의 아름다움에 혹해서 아무도 네놈의 내면에 눈길을 주지 않았다는 것이 일의 발단이지 않았나? 그랬기에 네놈은 마녀에게 부탁하게 되었어―겉모습에 혹하지 않고 모두가 네놈의 내면의 아름다움에 푹 빠지게 되었지. 그랬지? 그 내면을 버리라는 말은, 물론 하지 않겠다."

말해 봤자 불가능할 테고 말이야.

그럴 수 있었다면 고생할 일도 없다.

가능했다면 이미 한참 옛날에 실행되었을 '의식개혁'이다.

이 몸께서 식욕을 억누를 수 없는 것처럼, 아세로라 공주는 고결함을 억누를 수 없는 것이겠지―그건 괜찮다, 그걸로 족하다.

그렇기에 좋다―하지만.

"하지만 내면은 바꿀 수 없다고 해도 **거동을 바꾸는 것**은 가능하겠지."

"거동…이라고 하시면?"

"간단히 말하면 '나쁜 녀석'인 척을 하라는 이야기라고 할까."

나쁜 사람인 체하는 거다, 라고 이 몸께서는 말했다.

"그 고상한 말씨와 기품이 떠도는 행동을 지금 당장 그만두는 거다—그것으로 네놈의 아름다움의 본질이 변할 리는 없을 테니, 상관없겠지?"

"……."

생각에 잠기듯이 입가를 누르는 아세로라 공주.

아주 사려 깊은 자세였지만, 이 몸께서는 냉엄하게 "그 자세도 이제 취해서는 안 돼."라고 지적했다.

"앞으로 생각에 잠길 때는 팔짱을 끼고 생각하도록 해라. 입가에 손을 대지 말고. 그래도 생각하는 내용에 변화가 있는 건 아니겠지. 제스처는 달라도, 사고의 본질은 완전히 불변이다."

"파, 팔짱을 낀다고요…."

그런 행동은 한 번도 해 본 적 없다는 듯 당황한 기색을 보이는 아세로라 공주—욕심을 말하자면 의자 위에서 책상다리를 한다든가, 침대 위에서 뒹굴면서 생각에 잠겨 줬으면 좋겠지만, 갑자기 그 정도로 수준 높은 요구는 할 수 없을 것이다.

수준이 높다기보다는 수준이 낮은 것이지만.

할 수 있는 일부터 차근차근 하는 거다.

"이제부터는 드레스도, 좀 더 화려한 디자인을 준비하지—식사도 커틀러리cutlery를 사용하지 않고, 접시의 요리를 손으로 집어 먹는 거다."

"소, 손으로?"

믿기지 않는다는 듯한 반응이었지만, 이 몸께서는 몰아붙이듯이 "생각하기에 따라서는 예리한 날붙이를 사용해서 식사를 하는 쪽이 야만적이지 않을까?"라고 설복시키려 한다.

설득 기술만 좋아져 간다고.

무엇이 야만적이고 무엇이 그렇지 않은가, 이 부분은 문화의 문제이며 보는 방식의 문제다—그리고 보는 방식의 문제야말로, 말하자면 초점이었다.

눌어붙게 만들어야 할 초점이다.

어떻게 보이는가—어떻게 보는가.

"하, 하지만, 수어사이드마스터. 저는⋯."

"그 '저는'이라는 공손한 말투도 당장 그만두는 거다, 아세로라 공주. 그 아름다운 일인칭을 한 번 입에 담을 때마다 백만 명이 죽는다고 생각해라—앞으로는 자신을 그냥 '나'라고 부르는 거다."

"나, 나라고요⋯. 하아⋯ 그렇다면 말투 자체도 바꾸는 편이 나을지도 모르겠군요⋯. 좀 더 오만하고 기분 나쁜 어미를 쓰는 쪽으로."

아세로라 공주는 진지한 표정으로 끄덕였다.

스스로 아이디어를 내는 부분을 봐도 역시 이해가 빠르다.

그 빠른 이해력도 문제고, 그렇게 생각에 잠기는 얼굴도 앞으로는 하지 말아야 할 행동이지만, 그것 역시 갑자기 개혁할 수 있는 부분은 아닐 것이다—우선은 바꿀 수 있는 곳부터 바꿔 나간다.

꾸준히, 혹은 조금씩.

"나쁜 녀석이 되라고는 말하지 않을 거고, 사악함에 물드는 것 따윈 네놈에게는 도저히 불가능하겠지. 할 수 없는 일을 하라고는 하지 않겠어. 그러니 나쁜 녀석인 척을 해라―다른 표현으로 말하자면, 네놈은 '사실은 좋은 녀석'이 되면 되는 거다."

겉으로 보이는 아름다움은 내면의 아름다움을 숨길 수 없게 되었다―그것이 마녀의 저주이자 '아름다운 공주'의 축복.

그렇다면 내면은 어디까지나 그대로 유지하면서, 겉으로 보이는 아름다움 쪽만을 포기한다면, 그런 방법이라면 저주나 축복의 룰의 허를 찌르듯이 내면을 덮어 숨길 수 있을지도 모른다.

요리로 예를 들자면.

겉을 싸서 굽기―다.

아세로라 공주는 이 이상 죽이지 않아도 되고.

그리고 죽을 수 있게 된다.

⋯전부 가설이다.

다만 시험해 볼 가치가 있는 가설이었다.

기미를 보는―독이 있는지 없는지를 검사하는 시식이라고 할까.

어쩌면 눈 뜨고 볼 수 없을 정도로 우스꽝스러운 짓을 하고 있는 것일지도 모르지만, 다만 이보다 더할 수 없을 정도로 우리는 진지했다.

"알겠습니다. 아니, 알겠다."

강한 결의와 함께 아세로라 공주는 크게 몸을 젖혔다―그런 거만해 보이는 자세도, 태어나서 처음으로 취하는 것이겠지.

"지금부터 저는, 아니, 나는, 될 수 있는 한 천박해 보이게 행동하도록, 노력하겠습니다. 하겠다. 수어사이드마스터, 당신을 본받아서!"

"……."

최후의 한마디는 참으로 불필요한 말이었지만, 노력은 인정하도록 하자―그렇게 되면, 아세로라 공주라고 하는 너무나도 기품 있고 큐트한 이름도 바꾸는 편이 좋을지도 모르겠네.

특별히 구애되는 건 없는 것 같으니, 이 몸께서 뭔가 어울리는 메뉴 이름을 생각해 줘야 할지도 모르겠다―흐릿하게나마, 실로 오래간만에 보았을 희망의 빛에 기운이 넘치는 공주님을 앞에 두고, 이 몸께서는 그런 생각을 했다.

012

"겉으로 보이는 아름다움에 사로잡히지 않는 저주에 걸린 '아름다운 공주'에 대해, 겉으로 보이는 꼴사나움으로 맞불을 놓는다니, 그 정도까지 가면 역설이라기보다는 일종의 풍자로군요."

정보수집 활동에서 오래간만에 '시체성'으로 귀환한 듯한 트로피카레스크의 그 목소리에 이 몸께서는 각성했다―아무래도, 또 죽어 있었던 것 같다.

가볍게 아사했던 것 같다.

아사에 가볍고 무겁고는 없겠지만.

굳이 말하자면 위장이 비었으니 가볍겠지―자신의 고기 조각밖에 먹지 않았던 이 몸의 위장은, 오랫동안 텅 비어 있는 상태다.

지금이라면 무엇을 먹어도 속이 묵직해질지도 모른다―그건 딱히 괜찮지만.

"수어사이드마스터?"

이상하다는 듯이 그렇게 묻는 것을 보니, 아무래도 충실한 권속에게 이번 죽음은 들키지 않은 것 같다―들켰다면 큰일이 날지도 모르기 때문에(억지로 먹이려 할지도 모른다), 그 부분에 대해서는 안심하며 이 몸께서는,

"풍자란 말이지⋯."

그렇게 적당히 말을 맞추며 이야기를 진행했다.

"그것도 좋을지 모르겠군. 실제로 그 공주님의 존재는 풍자적이지."

"호오. 그렇다는 말씀은?"

주인의 말에 흥미진진하다는 듯이 몸을 내미는 트로피카레스크.

주인에게서 교훈을 얻겠다는 자세는 훌륭하지만, 하지만 이 몸으로서는 적당히 맞장구를 치는 정도로 한 대사였으므로 '그렇다는 말씀은?'이고 뭐고, 말씀하신 것 이상의 의미는 없다.

말해 보고 싶었을 뿐이다.

다만, 그렇게 말하기도 어렵다.

어쩔 수 없이 이 몸께서는 자신이 굶어서 죽었던 것과 적당히 말을 맞춘 것을 감추기 위해 말을 계속 이어 나갔다―이것은 이것대로 '척'하는 걸까.

"생각해 봐라. 본래 인간의 가치관에서 절대적인 정의였을 아세로라 공주가, 절대적인 악이었을 이 몸이나 네놈보다 많은 인간을 학살했다고 하는 구조 자체가 애초에 풍자적이지 않느냐. 풍격 있는 풍자다. 그 여자가 고매한 이상을 추구한 결과가 수많은 왕국의 멸망이라고 한다면 참으로 얄궂은 일이지."

"너무 깨끗한 물에는 물고기가 살 수 없다는 말이 있지요…. 다만, '아름다운 공주'에게 목숨을 바친 인간 놈들은 필시 행복했으며, 바라던 바였으리라고 추측합니다만."

그것도 풍자인가.

아니, 진리인가.

아세로라 공주 자신이 그것을 마음에 두고 아무리 한탄하며 슬퍼하더라도, 어떤 의미에서 그런 것은 목숨을 바치는 쪽에게는 관계없는 것이다―그만두라고 간청한들, 아마도 소용없었을 것이다.

풍자라고 할까, 그 부분은 무시無視다.

올바름이나 아름다움을 위해 죽고 싶다, 목숨을 바치고 싶다고 하는 극히 기능적인 본능을 멈출 수는 없다―왜냐하면 고결한 '아름다운 공주'로서는 그들 보통 사람의 가치관을.

나아가서는 마음을, 사실은 전혀 이해할 수 없기 때문이다―

이해할 수 없기에 공주님은 공주님일 수 있다.

속물이나 범인凡人의 기분을 알 수 없기에 '아름다운 공주'.

고귀한 의식.

혹은 이렇게 생각해 볼 수도 있다.

아세로라 공주는 국민에게 죽음이라는 구원을 가져온 것이라고―그들의 인생은, 아세로라 공주를 목격하는 것으로 완성되니까.

완성되고―완결되니까.

뭐, 그렇다고 해서 '네놈을 위해 죽은 녀석들은 그것으로 만족했으니까 신경 쓰지 마'라는 논조가 통할 정도로 저 아세로라 공주도 알기 쉬운 녀석은 아닐 것이다.

그렇게 딱 잘라 결론 내릴 수 있다면 고생할 것도 없다.

이 몸께서도 고생하지 않을 거다.

하지만, 그렇다면 잘라 내지 않으면 된다.

달걀을 깨뜨리지 않으면 오믈렛은 만들 수 없다―는 말이 있는데, 그렇다면 삶은 달걀을 만들면 된다는 이야기다.

조리인의 실력이다.

"아름다움을 잃지 않은 채로 아름답게 보이지 않게 만든다―그런 것이라면 퇴마의 주술이 참고가 될 것 같습니다."

"퇴마의 주술? 응? 뭐야, 그건. 마술인가?"

"아뇨. 마술이라고 할 정도의 것이 아닙니다. 우리 같은 괴이한 존재에게 자기 자식을 빼앗기지 않도록 부모가 하는 민간전승 같은 것입니다―어린아이에게 일부러 인상이 나쁜 이름을 붙여서 악마의 눈에 들지 않도록 한다는 식의."

악마라면 오히려 나쁜 이름 쪽에 마음이 끌릴 것 같지만, 뭐, 일리는 있다.

나름의 맛이 있다―또 다른 맛이 있다.

그건 특별히 '아름다운 공주'에 국한된 이야기가 아니라, 미모라는 것은 리스크이기도 하다―그 미모를 자신의 것으로 만들려다가 재앙이 찾아오는 일도 있다.

그래서 어린아이에게 괴상한 이름을 지어 주어서 액운을 막는다, 그렇게까지 하지 않더라도 치장하지 않고 수수한, 혹은 조금 특이한 옷차림을 해서 재액의 표적이 되지 않도록 하는 것은 인간의 지혜라고 말할 수 있을 것이다.

아세로라 공주도 그 아름다움 때문에 이 몸의 매입 대상이 되었음을 생각하면, 그곳에서 새로운 교훈을 생각할 수도 있겠다 싶지만, 이 몸께서는 교훈을 토해 내는 생물이 아니다.

인간을 먹는 괴물이다.

죽여서 먹는다. 먹기 위해 죽인다.

…다만 지금의 이야기는 아세로라 공주에게 새로운 이름을 생각해 줄 때의 참고가 될 수 있을 듯했다. 번쩍 하고 떠오른 것을 즉흥적으로 붙여 줄까 했지만, 그러나 이 몸께서 이름을 붙이게 되면 그저 나쁜 이름이나 이상한 이름을 붙일 수도 없다.

해 볼까, 숙고라는 것을.

"음? 왜 그러십니까, 수어사이드마스터."

"아니, 아무것도 아니다."

아세로라 공주를 부를 이름을 고안하는 중이라는 것은 아직 트로피카레스크에게는 감추고 있다―'하등한 인간 따위'의 이름을 기억하는 것만으로도 그 난리였는데, 이름을 지을 생각까지 한다는 걸 알게 되면 이 충실한 부하가 또다시 히스테리를 일으킬지도 모르기 때문이다.

그렇게 되면 귀찮다.

이 이상 성가신 일을 떠맡고 싶지 않다.

식욕감퇴로 이어진다.

"다만 육체적인 아름다움을 원해서 흡혈귀가 되려고 하는 자가 있는 한편으로, 그러한 시도를 하는 자도 있다니, 인간이란 것도 참 어지간하다는 생각이 드는군."

"정말 그 말씀대로입니다. 인간의 어리석음과 천박함은 구제할 방법이 없습니다."

이 몸의 의도와는 전혀 다른 동의를 하면서 트로피카레스크는 어깨를 축 늘어뜨려 보였다―이렇게 되면, 본래 인간이니까 인간에 엄하다는 수준을 뛰어넘는 인상이다.

인간이었던 시절부터 인간을 혐오했던 걸까?

그런 트로피카레스크를 보고 이 몸께서는 문득 떠올린다―아니, 그것을 트로피카레스크를 보고 떠올렸다고 하면 이 부지런한 노예에게 너무 배려가 부족하다고 해야 할 테니 갑자기 아무런 계기도 없이 떠올린 것으로 하겠는데, 사실 흡혈귀에게 피를 빨려서 권속이 된 인간은 육체의 상태가 최적화된다.

그것은 겉모습이 미화된다고 표현해도 같은 의미가 된다.

역시나 나라를 망하게 만들 정도까지는 되지 않더라도, 트로피카레스크는 바로 이 몸에게 피를 빨린 것에 의해 인간이었던 시절보다 더욱 나은 생김새가 되었다고 할 수 있다.

근육질이 되었을 테고, 키도 더 커졌을지도 모른다—질병과도 인연이 없으며 몸 상태도 좋다면 그렇게 되는 것도 당연하다.

불로불사란, 그런 것이다.

불사신의 의미.

하지만 거기에 멈춰서 생각해 보면, 흡혈귀가 된다는 것으로 영원한 생명과 함께 육체적인 아름다움을 획득할 수 있다고 치고, 그렇다면 정신적인 아름다움 쪽은 어떻게 되는 걸까?

불사신의 의미라기보다, 이쪽은 불사신의 결말이라고도 할 수 있다.

솔직히 말해, 지금 와서는 음식이라고는 해도 원래는 같은 종족이었을 인간에 대해 차별적인 발언을 되풀이하는 트로피카레스크가 아름다운 정신의 소유자라고 말하기는 어렵다.

이 몸에 대한 충성심은, 뭐, 아름답다고 말하지 못할 것도 없지만, 그 이외는 전혀 돼먹지 않았다—충성심은 바꿔 말하면 노예근성이며, 그 부분을 높이 평가해도 좋은지 어떤지는 역시 의논의 여지가 있을 것이다.

그리고 트로피카레스크를 옥좌에서 내려다보며 거만한 소리를 의기양양하게 말하고 있는 이 몸께서도, 물론 고결한 마인드의 소유자라고는 도저히 말할 수 없을 것이다.

아세로라 공주가 지향하는, '천박'한 존재다.

이건 데스토피아 비르투오소 수어사이드마스터와 트로피카레스크 홈어웨이브 독스트링스의 주종관계만이 특별하다는 이야기가 아니라, 공평하게 말해서 흡혈귀니까 기품 있다든가, 긍지가 높다든가 하는 건 아니라고 생각된다.

물론 겉모습이 단정하니까 마치 신사숙녀처럼 보이고, 언뜻 보기에 내면까지 고귀하며 상류사회의 주민처럼 새침한 얼굴을 하고 있는 흡혈귀가 태반이지만, 그러나 흡혈귀인 이상 상류사회는커녕, 지하사회의 주민이다.

애초에 사회성 같은 건 가지고 있지 않다.

폐쇄된 커뮤니티 안에서 군림하고 있을 뿐이다.

이 몸의 이야기로 돌아오면, 이렇게 '시체성'을 주거지로 삼고 있어도, 정치가 가능한 것도 아니고 통치가 가능한 것도 아니다 —그런 지혜와는 무연한 구르메gourmet다.

몸을 뒤로 젖히는 카리스마성은 있어도, 그런 걸로 배가 부르지는 않는다고.

맛있는 것을 죽여서 먹으면 그것으로 만족하니까, 그 내면은 인간보다도 천하다고 자학적으로 말할 수도 있을 것이다—물론 이 자학은 일종의 여유이기도 하지만.

인간보다도 먹이사슬의 상위에 있다는 여유.

그 여유는 '아름다운 공주'의 겸허한 자세와는 큰 차이다.

"뭐… 아마도 장생長生에, 내면적인 아름다움 따윈 필요 없다는 소리겠지."

이 몸께서는 그렇게 결론지었다.

그렇다.

내면적인 아름다움이라 말할 수 있는 윤리관이나 정의감, 약자를 불쌍히 여기는 마음이나 다른 종족까지 구하려 하는 자세는, 아마도 장생을 위해서는 전혀 도움이 되지 않는 것이겠지.

아니, '전혀'는 말이 과했다.

누군가를 염려해 주고, 모두와 사이좋게 지낸다는 커뮤니케이션 능력은 분명 장생의 비결이 틀림없다―하지만, 그것에도 한도가 있다.

적절한 정도라는 게 있다.

살려고 마음먹으면, 어쩔 수 없이 저속한 수단을 취해야만 하는 때도 있다―만약 흡혈귀화한 것에 의해 건전한 육체뿐만 아니라 건전한 정신성까지도 획득했다면, 과거 같은 종족이었던 인간을 음식으로 삼는 죄악감을 견디지 못하고 스스로 목숨을 끊을지도 모른다.

그러니까 흡혈귀의 정신성은 본질적으로 천박한 정도가 딱 좋을지도 모른다―영원한 생명의 대가라고 말해야 할까.

수명이 짧기에, 아름답게 살 수 있는 것이 인간인가.

뭐, 그런 논리로는 수명이 짧은 세균 같은 것이 가장 아름답다는 이야기가 될 수도 있겠지만, 그 부분은 일단 놔두고.

우리는 아무리 장생하더라도, 설령 '매료'의 능력을 최대한으로 구사하더라도, 평생 '아름다운 공주'의 경지에 다다르는 일은 없다.

장생하면 장생할수록.

그건 딱히 슬픈 일은 아니지만, 그것을 슬프다고 생각하지 않는 것이 흡혈귀의 한계일지도 모른다―뭐, 그런 이 몸이기에 아세로라 공주의 견본이 될 수 있었으니 좋게 생각해 둬야 할까.

"역시 무슨 일이라도 있으셨습니까, 수어사이드마스터. 조금 전부터 생각이 많으신 모양입니다만… 설마, 제가 눈치채지 못하는 사이에 아사하셨던 건 아니겠죠?"

예리하네.

이 몸께서는,

"그러니까 아무 일도 아니다. 이 몸께서 아무 일도 아니라고 말했으니 아무 일도 아닌 거다."

라면서 노골적으로 얼버무렸다.

"그것보다 트로피카레스크. 너의 정보수집 쪽에는 수확이 있었나? 이 몸의 플랜도 확실한 성과가 있을지 어떨지는 확실치 않다―보다 확실성을 높일 제안이 있다면 들어주지 못할 것도 없다."

"아니요, 죄송합니다, 수어사이드마스터. 유감스럽지만 보고할 만한 일은 없습니다. 정보수집을 하려고 해도, 어쨌든 왕국의 국민들이 전멸해 버려서 말이지요."

걸어 다니기도 쉽지 않은 상황입니다, 라고 트로피카레스크는 말했다.

하늘을 날면 되지 않느냐고 생각했는데, 그러고 보니 트로피카레스크는 아직 날개를 만들 수가 없었다―그러니 이동은 육로.

시체를 헤쳐 나가면서 행군.

그건 필시 고생이 많았겠지.

위로하고 싶은 참이지만, 그러나 성과가 없어서는 그러기도 어렵다―결과를 내지 못한 자를 칭찬하는 건 서투르다.

"사체가 부패하기 시작해서, 먹거나 묻거나 태우거나 하며 보이는 범위에서는 가능한 한 처리해 두었습니다."

"그건 훌륭하군. 잘 했다."

"?"

억지로 칭찬해 보았지만, 트로피카레스크는 이상하다는 듯 반응할 뿐이었다―뭐, 엉뚱한 칭찬을 받아도 '과분한 말씀이십니다'라고는 되지 않는 건가.

정말이지 주인에 적합하지 않다.

"일단 이렇게 성으로 돌아왔습니다만, 어떻게든 청소작업을 마쳐서 길을 터놓았으니, 이제부터는 국외까지 정보수집의 범위를 넓히려고 생각하고 있습니다―'아름다운 공주'의 고국을 방문해 보는 것도 좋지 않을까 하고 생각하고 있습니다."

"고국. 어딘지 알아낸 건가?"

"아니요, 제가 파악하고 있는 것은 어디까지나 동화이니까요. 하지만 모델이 된 것으로 보이는 망국에는 몇 군데 정도 후보가 있습니다."

"과연. 믿어 볼 만하겠군."

그렇게 말하긴 했지만, 그러나 지금은 그쪽으로 얻을 수 있는 것은 없어 보인다―트로피카레스크에게 맡기기로 하고, 이 몸께서는 이 몸의 플랜을 실행할 수밖에 없을 것 같다.

즉, 아세로라 공주를 '나쁜 사람인 체하게 만든다'라는 플랜을 ─'사실은 좋은 녀석'이라는 건 대개의 경우 '가끔씩 좋은 녀석'일 수밖에 없지만, 그 캐릭터도 그 공주님이라면 분명 잘 소화할 것이다.

맛을 떨어뜨리지 않고, 이 몸에게 잡아먹히기 위한 노력을 게을리하지 않을 것이다─지금도 자기 방에서 천박하게 행동하기 위한 연습을 스스로 하고 있을 것이 틀림없다.

"그릇에 담긴 세련된 모습을 바랄 수 없게 된 것은 아쉽긴 하지만, 멋들어지게 먹는 것만이 요리는 아닐 테지. 조잡한 쪽이 맛있다고도 하니 말이야─중요한 건 맛이다. 속에 든 것, 속맛이다. 그러고 보니 인간 세계에도 가장 중요한 것은 겉모습이 아니라는 말이 있다고 한다."

"알고 있습니다. 진실 중 하나이기는 하겠지요. …그렇지만 '아름다운 공주' 본인은 무슨 생각일까요?"

"응? 무슨 생각이라니?"

"아뇨, 분명 주인님의 소망은 그 플랜으로 이루어질지도 모릅니다─주인님의 식욕은 채워질지도 모릅니다. 설령 그 플랜이 순조롭게 끝나지 않았다고 해도, 또 다른 방법을 생각할 수도 있겠지요. 그렇지만 '아름다운 공주'에게는, 가령 플랜이 성공적으로 끝나도, 그때는 주인님의 송곳니에 찔리게 되는 때나 마찬가지입니다. 그렇다면 '아름다운 공주'의 목적은 어디에 있는지 알 수 없게 된다─그렇게 생각하지 않으십니까?"

"……."

확실히 그렇다.

이 몸께서는 이 몸의 입장에서 자기본위로만 생각했기에 자칫 착각을 할 뻔했는데, 그 녀석은 딱히 이 몸에게 잡아먹히고 싶은 것은 아닐 것이다―그 녀석은 인간을 학살하고 싶지 않고, 나라를 멸망시키고 싶지 않을 뿐이다.

하지만, 가령 그것이 실현되었다고 해도, 그 순간 이 몸에게 잡아먹히게 된다면 그건 본말전도가 아닐까?

그런 부분을 다 알고서 인간이 아닌 존재인 이 몸과 동맹을 맺고 이 '시체성'에 입성했다고 해도―

그 뒤에, 저 공주님은 대체 어쩔 생각이지?

013

어쩌고 뭐고.

분명 저 공주님은 이 몸에게 얌전히 먹힐 생각이겠지.

이제 와서 저 녀석은 자신의 목숨 같은 건 아깝지 않을 것이다.

수백만 명, 자칫하면 수천만 명의 인간에게 목숨을 바치게 만들었으면서, 자기만은 목숨을 부지하려 하다니, 그런 뻔뻔스러운 생각을 할 수 있을 만한 여자는 아닐 것이다.

아무리 정신적으로 궁지에 몰린다고 해도 그 녀석이 자살하지 않고 지금도 살아서 여행을 계속하고 있는 것은, 그것이 문제의 해결이 되지 않기 때문이다.

이 몸께서 보기에는 자살도 훌륭한 해결이라고 생각하지만, 그러나 그녀의 의식으로 보면 그것은 문제의 포기이며 해결은 아닌 것이겠지.

그리고 아세로라 공주는 바라는 해결을 얻을 수 있다면 죽어도 된다고 생각하고 있다―좀 더 말하자면, 목숨과 맞바꿔서 '아름다운 공주'의 동화를 완결시킬 수 있다면 그것으로 나쁘지 않은 거래라고 생각하고 있겠지.

그건 반드시 해피엔딩인 건 아니며 동화를 듣는 이가 만족할 만한 상쾌한 결말은 아니겠지만, 그래도 장래에 계속 이야기될 동화에는, 뒷부분이 없거나 중간에 내팽개친 것이 아닌 어떠한 결말이 필요하다는 것이 공주님의 세계관이라는 이야기다.

시시해.

라면서 섣불리 끊어 버릴 수도 없나.

그런 세계관 덕분에 이 몸께서는 극상의 육질을 맛볼 수 있는 것이니, 오히려 감사하다고 생각해야 할지도 모른다―그렇지만, 역시 어딘지 모르게 납득되지 않는 응어리도 남는다.

목숨보다 소중한 것.

목숨과 맞바꿔서라도 얻고 싶은 것.

하지만 그런 건 역시 이상 속의 존재라고 생각한다―그건 영원의 생명을 가진 흡혈귀에게는 영원히 이해할 수 없는 것일까?

그렇다면 하찮은 것은 이 몸 쪽인가.

아름답지 않은 것은 이 몸 쪽인가.

뭐, 좋다.

어쨌든 이 몸께서는 '아름다운 공주' 개조계획을 계속해서 집행할 수밖에 없다―식사를 위해서라고는 해도, 언제까지나 인간을 돌보는 것은 역시 지긋지긋하다.

돌보기 담당 따위, 주인 이상으로 어울리지 않다.

애초에 트로피카레스크에게는 맡길 수 없는 일이긴 하지만, 저 노예가 다시 정보수집을 위해서 성에서 나간 이상, 개조계획은 이 몸 혼자서 계속할 수밖에 없어.

뭐, 내면까지 바꿀 생각은 아니니까, 개조계획이 아니라 분식粉飾계획이라고 하는 편이 정확하려나?

1인칭이나 말투, 행동거지에 대한 지도는 철저히 하고 있고, 식사도 커틀러리를 세팅하지 않을 뿐만 아니라, 되도록 자연의 정취가 풍부한 요리를 준비하도록 노력했다.

복장은, 유감스럽게도 아직 시행착오 단계다.

기품이 넘치는 드레스 같은 건 말도 안 되는 짓이지만, 그렇다고 과도하게 노출이 많거나 스커트에 슬릿이 들어가든가 하면 묘한 색기가 풍기게 된다.

색기와 아름다움은 가까운 구석이 있다고 판단할 수 있으므로 그 부분은 바라던 바가 아니다―속칭 '촌스러운 패션'을 유념하면 좋을지도 모르겠지만, 아무리 식욕을 위해서라고는 해도 이 몸에게도 양보할 수 없는 선이라는 센스가 있다.

아세로라 공주에게도 있을 것이다.

어느 정도가 너무 고급스럽지 않고, 너무 화려하지 않고, 그러면서도 속에 든 것을 망칠 수 있는 패션인지, 정말이지 골머리가 아팠다.

뭐, 그 부분은 아직 검토의 여지가 있다.

그렇게 생각하며 이 몸께서는 오늘도 오늘대로(기분 상으로는 오늘 밤도 오늘 밤대로, 일까) 음식에게 먹이를 주러, 그리고 공주님의 레슨을 위해서 그녀에게 배정된 방으로 향했다―이 몸에게는 노크라는 풍습이 없으므로 아무렇게나 문을 연다.

그것이 잘 한 것이었을까, 잘못한 것이었을까.

이 몸께서는 생각지도 못한 광경을 보게 되었다―방의 중앙에서 아세로라 공주가 믿기지 않는 행위를 하려 하고 있는 것이었다.

공주님은 방에 있던 은촛대를 들어 올려서, 떨리는 손으로 그 촛대 끝을 지금이라도 막 자신의 오른쪽 눈에 찔러 넣으려 하고 있는 것이었다.

은색으로 빛나는 그 안구에.

생각하는 건 서툴지만, 생각하기 전에 움직이는 것은 특기였다―이 몸께서는 한순간에 운반해 온 요리접시를 내던지고, 흡혈귀로서의 순발력을 최대한 발휘해서 방 안으로 뛰어들었다.

오른손으로 촛대를 낚아채고 왼손으로 아세로라 공주를 떠민다―움켜쥔 촛대는 은제였기에 조금은 손바닥에 타는 듯한 아픔이 느껴졌지만, 뭐, 이 몸에게는 살짝 스친 찰과상 정도다.

찰과상이라기보다는 화상이지만.

떠밀린 공주님 쪽은 노렸던 대로 제대로 침대 쪽에 쓰러졌다
―드러누운 채로 이 몸을 보면서,

"수, 수어사이드마스터!?"

하고 깜짝 놀란 얼굴을 했다.

깜짝 놀란 건 이쪽이다.

이 몸께서는 분노가 느껴지기까지 했다.

"바보냐, 네놈은! 왜 이제 와서, 지금 와서 갑자기 목숨을 함
부로 하려는 거냐!"

괴물이 할 말로는 생각되지 않는 실로 도덕적인 대사였지만,
거짓 없는 본심이었다―이 공주님에게는 목숨과 바꿔서라도 이
루고 싶은 소원이 있지 않았던가?

여기서 자살 같은 걸 했다가는 모처럼 소중히 키워 온 음식이
못쓰게 된다는 마음 이상으로, 이 녀석이 자살하려고 했다는 사
실 자체에 이 몸께서는 분노하고 있었다.

하지만, 그건 아무래도 이 몸의 지레짐작이었던 모양이다.

흔히 있는 일이다.

아세로라 공주는 "오해입니다, 수어사이드마스터."라고 말하
며 침대에서 일어나서 해명했다.

"아, 아니, 오해다, 수어사이드마스터."

고쳐 말했다.

품위 없게.

"결코 저는, 아니, 난 자살하려고 했던 것이 아닙니다. 아니다
―다만, 만약 그런 식으로 한쪽 눈을 도려내면, 그, 그렇죠… 해

적 같아서 좀 있어 보이지 않을까 하고 생각해서요—생각해서 그랬다."

이 몸의 서슬 퍼런 기세에 몹시 당황했는지, 최근 들어 몸에 배기 시작한 말투가 오락가락하고 있었지만, 뭐, 그 부분은 됐다—적어도 그 자해 행위의 의도는 전해졌다.

있어 보인단 말이지.

뭐, 해적의 아이패치는 꼭 한쪽 눈을 도려낸 결과는 아니지만, 그녀가 현재 하고 있는 노력의 일환이라고 해석하면, 오히려 훌륭한 배짱이라며 이 몸께서는 아세로라 공주의 '천박함 강사'로서 칭찬해야 할 장면이었을지도 모른다.

하지만 이 몸께서는,

"두 번 다시 하지 마라."

라고 말했다.

"노력은 인정하지만 조금 빗나갔군. 목적을 위해서는 수단을 가리지 않는 네놈의 노력에는 감복했지만, 그런 짓은 아무런 해결도 되지 않는다."

"어, 어째서인가요?"

그렇게 질문해서, 이 몸께서는 어째서인지 이유를 생각했다—억지를 부렸다고 말해도 될지 모른다.

"이 몸 같은 불사신이라면 몰라도, 네놈 같은 인간은 육체에 입은 상처를 완전히 회복할 수 없지 않느냐. 있어 보이는 체를 하든 허세를 부리든, 그건 어디까지나 '척'이며 '그렇게 보이게 만드는' 것뿐이어야 한다. 정말로 상처를 입어서 어쩔 거야. 그래서는 네놈에게 목숨을 바친 인간들과 똑같은 행동이 되지 않느냐. 네놈은 '아름다운 공주'가 아니게 되는 과정에, 일절의 희생을 치러서는 안 된다―그래서는 죽는 것으로 문제를 해결하려는 것과 마찬가지겠지."

문제의 포기다.

그렇게 이 몸께서는, 언젠가 아세로라 공주 자신이 했던 말을 그대로 되풀이하는 모양새가 되었다.

"그렇지요…. 말씀하신 대로입니다. 죄송합니다, 수어사이드마스터. 반성하겠습니다. 그 말씀이 맞습니다. 부디 용서해 주세요."

그렇게까지 낙심하는 모습을 보니 괜히 어색함이 느껴지기까지 한다―아니, 어색함이 아니라 뒤가 켕기는 건가. 그렇다면 위험하다. 죄악감에 또다시 이 몸께서 자살하게 될지도 모른다.

어쨌든 이 화제를 이 이상 계속하는 것은 좋은 생각이 아니라고 판단한 이 몸께서는,

"말투가 또 엉망이 되었구나. 아니, 엉망이 되지 않았구나."

그렇게 이 문제에 대해서는 일단 정리하기로 했다.

"그렇군요. 그렇군. 내 실수했구나, 수어사이드마스터."

앉은 자세를 바로 하고, 아니, 엉망으로 하고, 거만하게 사과하는 아세로라 공주―음, 그 정도가 좋다. 아니, 나쁘다고 해야 하나? 너무 생각이 많아서 뒤얽히기 시작한 것 같다.

"으음."

그렇게 일단락되고 나서야 이 몸께서는 간신히 실내를 둘러볼

만큼 여유가 생겼는데, 정신을 차리고 보니 방 안이 심하게 어지럽혀져 있었다.

촛대뿐만 아니라 모든 가구의 위치가 전에 봤을 때와 바뀌어 있었다—넘어져 있다든가 뒤집혀 있다든가.

이 몸께서 방 안으로 뛰어들었을 때 깜빡 회오리바람이라도 일으킨 건가 하고 생각했지만, 아무래도 그런 것은 아닌 듯하다—이 '배치 변경'은 아세로라 공주가 한 것 같다.

노력의 일환, 인가.

방을 어지럽히는 것으로 '나쁜 사람인 척'을 하고 있다고 생각하는 모양이다—뭐, 이건 확실히 도저히 '아름답다'고는 말할 수 없는 꼬락서니이지만.

방향성이야 어쨌든, 역시 이 공주님은 기본적으로 노력가인 듯하다.

아쉽게도 그 노력이 지금까지는 역효과밖에 낳지 못했다는 이야기다.

사람을 죽이지 않기 위해 생각한 폴리시가, 사람을 죽인다는 악순환.

정말 어떻게 해 볼 방법이 없다.

다만, 다시 자세히 살펴보니 방을 어지럽힌 방법에는 아무래도 일정한 규칙이 있는 듯했다—전부 같은 간격으로 흩어져 있다.

제작자의 센스를 감추지 못하고 있다.

보는 방식에 따라서는, 이것 또한 아름다움이 있다고 말할 수 있는 배치일 것이다.

아직 갈 길이 멀어 보인다고 생각하며, 이 몸께서는 "카캇." 하고 웃었다.

"뭐, 뭔가 우스운가요?"

아세로라 공주는 뜻밖이라는 듯 질문했다. 정말, 이 몸께서는 무엇이 우스워서 웃은 걸까―아직 갈 길이 멀어 보인다는 것은 절망해야 할 상황이지 웃을 상황은 아닐 텐데.

"아니, 그냥 네놈에게 본보기를 보여 준 것뿐이다. 그야말로 뭔가 있어 보이는, 멋진 웃음의 본보기를 말이다."

얼버무리기 위해 그렇게 말했지만, 그러고 보니 이 몸께서는 아직 이 공주님의 웃는 얼굴이라는 것을 본 적이 없다는 것을 깨달았다.

웃는 얼굴을 본 적이 없고, 웃음소리도 들은 적이 없다.

엄밀히는, 잡아먹으려 하다가 자살했을 때의 기억은 확실치 않지만, 설마 이 녀석이 그런 장면에서 미소를 지으리라고는 생각하기 어렵다.

눈앞에서 누군가가 자살하는 것을 웃으며 본다니, 그건 흡혈귀나 할 행동이겠지.

"네놈, 웃은 적이 없는 거냐?"

원래부터 표정이 빈곤한 여자다.

놀라거나 당황하거나 할 때 정도 외에는 표정을 무너뜨리지 않는다―혹시 일부러 무표정하게 있는 건가?

상류계급의 여자는 감정을 겉으로 드러내면 안 된다는 에티켓

일까―그렇게 생각했지만, 사실은 정반대였는지,

"제가 선불리 웃으면, 나라가 멸망하니까요."

라고 아세로라 공주는 말했다.

결코 과장하는 이야기는 아닐 것이다.

사소한 표정 하나가 타인의 목숨을 앗아 가게 된다면, 표정을 죽이는 습관이 몸에 배어도 이상하지는 않을 것이다―별것 아니다, 이 몸께서 발안할 것도 없이, 이 공주님은 무의식중에 자신의 아름다움을 감추기 위한 노력을 항상 하고 있었다는 것이다.

하지만, 웃지 않는다는 것은 따분한 인생일 것이다. 스트레스가 고기의 맛에 나쁜 영향을 미칠 우려가 있다―즉각 대책을 세워야 한다고.

"그러면 아세로라 공주, 네놈은 이제부터 이 몸께서 보여 주었던 본보기를 따라 웃으면 된다. 그거라면 아름다움과는 거리가 멀지."

"카, '카캇'이라는 그 웃음입니까. 그것이냐?"

"그렇다. 이렇게다. 카캇."

"카캇."

우등생인 아세로라 공주도 역시나 갑작스런 무리한 요구에는 제대로 대응할 수 없었는지 어색한 미소가 되었지만, 첫걸음치고는 합격점이다.

"그거면 되겠지. 그 미소라면 누구도 죽거나 하지는 않을 거다."

"가, 감사합니다. 아니, 수고하였다. 카캇."

"제대로 하고 있다, 아세로라 공주. 아니, 제대로 엇나가고 있다. 요리를 다시 만들어 올 테니, 그때까지 계속 연습해라."

그렇게 지령을 내린 뒤에 이 몸께서는 복도로 나갔다―실내로 뛰어들 때에 내던진 접시는 다행히도 깨지지 않았다.

요리는 사방으로 튀었지만.

그것을 보고, 뭐라 말할 수 없는 기분이 된다.

이 몸께서는.

아무것도 말할 수 없게 된다.

물론, 모처럼 만든 요리가 못쓰게 된 것이 원통하다는 기분도 있지만, 그러나 그 이외의 기분도 있었다.

뭐, 공주님에게 바닥에 떨어진 요리를 먹으라는 것은 잔혹한 요구다―아직은 그렇게까지 야성적으로 행동할 순 없을 테지.

거기까지 가면 내용물에 영향을 주게 될 것이다.

외면과 내면.

선을 긋기 어려운 부분이지만….

실은 동일한 것 같다는 생각도 든다.

자신의 안구를 도려내는 것도 불사했던 그녀다, 시킨다면 그런 행위도 할지 모르지만, 그러나 어설프게 강요했다가는 그것이 교도教導가 아닌 학대라고 판단되어 그 '공격'이 자신에게 되돌아올 우려가 있다.

"아얏…."

요리를 주워 모으고 있으려니 오른쪽 손바닥의 화상이 아팠다

—불사신이라고는 해도, 은으로 만든 물건에 의한 대미지이기에 회복이 더디다.

　최근에는 아무것도 먹지 않았으니 더욱 그렇다.

　정말이지, (설마 이렇게 흔해 빠진 대사를 이 몸께서 하게 되리라고는 생각하지 않았지만), 손이 많이 가는 공주님이로군.

　가볍게 끝낼 수는 없는 건가.

　만일을 위해, 방에서 뾰족하거나 날카로운 물건들은 치워 두는 편이 좋을지도 모르겠군—음?

　문득 거기서 깨달았다.

　그러고 보니 오른손에는 대미지가 남아 있지만, 왼손은 아무렇지도 않아—이럴 수가, 아세로라 공주를 떠밀었는데?

　상처 하나 없다.

　아무것도 되돌아오지 않는다.

　멀쩡하다.

　"……?"

　떠민 곳이 푹신푹신한 침대여서 노 대미지였기 때문에 공격이라고 간주하지 않은 걸까—뭐, 아마도 그런 것이겠지.

　다만, 그렇다고 해도 이건 어디까지나 운이 좋았던 것뿐이라고 생각해야 했다.

　이쪽에서 섣불리 아세로라 공주에게 접촉한다는 것은 죽음을 의미하니까.

　이 이상의 죽음은 피해야만 한다.

　불로불사인 이 몸이라고 해도, 무한히 죽을 수는 없으니까.

문 너머에서,

"카캇."

하고 계속해서 졸렬한 웃음소리가 들려왔다.

흥.

노력은 인정하겠지만, 이래서는 이 몸께서 최고로 기분이 좋을 때 발하는 쿨하고 하드한 웃음소리를 가르치는 것은 아직 먼일이 될 것 같다―그렇게 생각하자, 역시 자연스럽게 이 몸의 뺨은 살며시 힘이 빠지게 되는 것이었다.

014

아무래도, 또 죽어 버린 것 같다.

역시 또 아사다.

역시 또 옥좌에서 죽어 있었다.

게다가 이번에는 트로피카레스크에게 들켰다.

"적당히 해 주십시오, 마스터. 앞날을 생각해서, 부디 식사를 해 주십시오. 만일 일이 이 지경에 이르렀는데도 계속 아무것도 들지 않겠다고 하시려거든, 저의 목을 쳐 주십시오."

그런 식으로 이 몸을 몰아붙이는 노예를 상대로, 마스터가 아니라 수어사이드마스터라고 부르라고 말할 생각은 들지 않았다.

그럴 타이밍도 아니었고.

트로피카레스크의 말은 옳다.

치가 떨릴 정도로 옳다.

"제 눈이 닿지 않는 곳에서 대체 몇 번을 죽으신 겁니까—결사이자 필사이자 만사의 흡혈귀이신 당신이라 해도, 아무리 그래도 너무 많이 죽으셨습니다."

들을 것도 없었다.

다만 그 말의 올바름을 인정하고서도 이 몸께서는 절식을 행하고 있는 것이다—이 배에 처음으로 넣는 것은 '아름다운 공주'라고 정했다.

결정했다.

처음에는 그냥 문득 떠오른 생각이었지만, 지금 와서는 절대로 양보할 수 없는 일선이다. 저 공주님을 처음으로 먹을 수 없다면, 이 몸께서는 이 몸이 아니게 된다—두 번 다시 스스로를 수어사이드마스터라고 부를 수 없다.

그 정도로 이 몸께서는 깊이 얽매여 있었다.

'구舊 수어사이드마스터'라고 자기를 소개하는 것은 사양하고 싶다고.

"이제 와서 포기할 수 있겠냐. 이 몸께서 저 공주님에게 얼마나 투자했다고 생각하는 거냐. 이 몸께서는 마치 숙련된 집사처럼 바지런히 아세로라 공주를 돌보고 있다고. 이미 상당히 좋은 상태까지 왔어—집사다운 모습이 그렇다는 게 아니라, 조리인으로서 보기에 좋은 상태까지 왔다고. 앞으로 조금만 더 참으면 이 몸께서는 극상의 식사를 맛볼 수 있다는 거다."

"앞으로 조금만 더, 라는 건 어느 정도의 기간인지요?"

평소부터 말 그대로 숙련된 집사처럼 바지런히 이 몸을 돌보고 있는 트로피카레스크는, 오늘 밤은 한 발짝도 물러서지 않았다.

이 몸께서 딱 부러지게 물러서지 않겠다고 선언했는데도, 물러서지 않고 이 몸과 대치한다.

"애초에 당신께서는 정말로 '아름다운 공주'를 먹겠다는 생각이 있으신 겁니까?"

"…그 말은 흘려들을 수 없군."

"제 말을 듣지 않으시겠다면, 그렇다면 부디 제 목을 쳐 주십시오."

트로피카레스크는 집요하게 반복했다.

집사執事인 만큼, 집요執拗하게.

혹은 집유執幼하게.

그런 짓은 못 할 거라고 깔보고 있는 게 아니라, 이 녀석은 오히려 그렇게 해 주길 바라는 것이겠지.

죽인다면 먹는다는 이 몸의 소신을 숙지하고 있는 트로피카레스크는, 일부러 이 몸에게 죽는 것으로 이 몸에게 자신을 먹게 만들려는 것이다.

약아 빠진 녀석이다.

감탄은 한다.

다만, 그 수법에 넘어갈 줄 알고?

그 수급은 안 먹을 거다.

이 몸께서는 어디까지나, 아세로라 공주를 처음으로 먹을 거다.

 "그렇다면 지금 당장 드시면 되는 것 아닙니까―사전준비는 이미 충분할 테지요."

 "그러니까, 앞으로 조금만 더 기다리면 된다고 말하지 않나. 밑간은 거의 끝냈지만, 아직 다 익지 않았다. 여기까지 와서 실패는 하고 싶지 않아. 완벽을 기하고 싶다고 주의하는 건 당연한 일이겠지. 그렇지 않다면 뭐라는 거냐."

 "송구스럽지만 말씀드리겠습니다. 마스터는 저 인간을 돌보시는 동안, 애착이 생기신 것 아닙니까?"

 트로피카레스크는 말하는 정도로는 송구스러워하지 않고 그렇게 말했다.

 주인인 이 몸을 노려보듯이 하며.

 "…무슨 의미냐."

 "이대로 계속 '아름다운 공주'를 이 '시체성'에서 기르실 생각이 아닌가 하고 여쭙고 있는 것입니다―부디 아니라고 대답해 주십시오."

 아니다.

 그럴 리가 없다.

 그래서는 마치 이 몸께서 '아름다운 공주'의 포로가 된 것이나 마찬가지가 아닌가―이 몸께서는 어디까지나 그 녀석을 음식으로서 보고 있다.

 잡아먹기 위해서 기르고 있는 것이다.

 여기서 이 몸이 위엄을 내세우며 강하게 주장한다면 트로피카레스크는 그것을 믿을 것이다―적어도 믿을 수밖에 없을 것이다.

하인으로서 다른 선택지는 없다.

그렇다면 그렇게 해야 했는지도 모른다.

목을 쳐 줄 수 없었다면, 최소한 의지해야 할 주인으로서의 말을, 노예를 위해 던져 줬어야 했다.

하지만 그럴 수 없었다.

그런 말을 듣고서야 비로소, 자신이 그런 생활도 나쁘지 않겠다고 생각하고 있음을 알아차렸기 때문이다.

이거 실수했군.

아세로라 공주가 스스로를 찌르려는 모습을 보고 어째서 이 몸께서는 그렇게 초조해졌던가―'아름다운 공주' 분식계획은 앞으로 갈 길이 멀어 보인다고 망연자실하면서도, 어째서 이 몸께서는 미소를 짓지 않을 수 없었던가.

그 답을 들은 듯한 느낌이 들었기 때문이다.

공주님을 기르는 동안에 기르는 것 자체가 즐거워지고 말았다는 본말전도를 수하에게 간파당했다는 부끄러움은 있었지만, 그러나 그 기분을 부정하는 말을 하는 것 자체가 이 몸에게는 불가능했다.

그 이전에, 트로피카레스크도 은제품에 닿아 화상을 입은 이 몸의 손바닥을 이미 눈치챘을 것이다―이런 모습을 보이고서, 이제 와서 무슨 말을 하겠는가.

그래서,

"그런 건 아무래도 상관없으니 얼른 보고를 해라. 네놈의 의무를 다해라, 트로피카레스크 홈어웨이브 독스트링스."

라고 난폭한 어조로 명령했다.

그것으로 무엇이 얼버무려지는 것도 아닌데.

"…수확은 없었습니다. 이전에 말씀드렸던 대로, 국경을 넘어서 '아름다운 공주'의 고국에도 발을 넓혀 보았습니다만…."

트로피카레스크는 더 이상 불만을 숨기려 하지도 않았지만 명령에는 따랐다―있어서는 안 될 반항적인 태도야 어쨌든, '아름다운 공주'를 먹을 수 있는 방법을 찾았다면 기뻐하며 보고했을 테니 거짓말을 하지는 않을 것이다.

이 몸과는 달리.

"어쨌든 '아름다운 공주'를 자세히 아는 자일수록, 자신의 목숨을 바치는 경향이 있으므로―대책을 세울 방법이 없고, 소문조차도 거의 모이지 않는 상황입니다."

변명을 늘어놓는 것으로는 생각되지 않았다.

변명을 늘어놓는 쪽은 오히려 이 몸 쪽일 것이다―어지간히.

아니, 이 몸의 경우에는 변명조차 아니다.

단순히 부끄러움을 감추는 행동이다.

흡혈귀가 할 짓이 아니다.

"그런가. 그렇다면 지금의 방법에 집중하는 수밖에 없겠군."

수고 많았다, 라고 성과를 거두지 못한 것에도 상관하지 않고 부하를 칭찬했지만, 트로피카레스크는 전혀 기뻐 보이지 않았다.

지금의 방법에 집중할 수밖에 없다는 말의 어조가 들뜨고 말았던 것을 눈치챈 걸까.

그렇게 생각하니 좀 찜찜해서, "거의, 라고 했지. 그렇다면 조금은 소득이 있었던 것 아닌가?"라며 이 몸께서는 그다음을 재촉했다.

"으음… 그건, 조금은 있습니다. 하지만 그건 일부러 말씀드리기에도 바보 같은, 동화 같은 이야기라서요."

"동화? 좋지 않은가. '아름다운 공주'도 동화이지 않았나."

저주에 저주로 대항한다는 안은 끝장났지만, 그러나 동화에 동화로 대항하는 것은 그 대안이 될 수 있다.

솔직히 말해서 나쁘지 않은 아이디어라고 생각했다기보다는 풀이 죽은 노예를 격려하기 위해서였는데,

"됐으니까 말해 봐라."

그렇게 다시 재촉했다―다만 이 몸의 이 배려는 트로피카레스크에게는 쓸데없는 배려였을 것이다.

가능하면 그것은 보잘 것 없는 사소한 것으로, 이대로 보고하지 않고 놔두고 싶은 정보였을 것이다―그것을 억지로, 이 몸께서 말하게 만든 것이다.

"특정한 어떤 동화인 것이 아니라, 인간사회의 일반적인 전승 같은 것입니다만."

그렇게 전제하고서 트로피카레스크는 말했다―실제로 그것은 보고를 받아도 별 소용없는, 도움이 되지 않는 정보였다.

"공주님에게 걸린 저주를 푸는 것은 왕자님의 키스밖에 없다

고, 옛날부터 정해져 있는 듯합니다."

"…카캇."

어이, 이봐.

그 말을 듣고 어쩌라는 거냐, 이 몸에게.

옥좌에서 거들먹거리고 있기는 해도, 이 몸께서는 왕자님은커녕, 괴물이라니까?

015

진지한 이야기로, 왕자님의 키스란 것이 '아름다운 공주'에 걸린 저주인지 축복인지를 해제할 수 있는 유일한 방법이라고 한다면, 더 이상 손쓸 방법이 없다고 말하지 않을 수 없다.

아세로라 공주의 유랑 여행이 그 왕자님과 만나기 위한 것이었다고 한다면, 그야말로 이야기로서는, 혹은 동화로서는 깔끔하게 성립할지도 모르지만, 현실적으로 봐서 그런 왕자님이 실존하리라고는 생각하기 어렵다.

이 몸께서 그렇지 않다는 것은 물론이고.

어디의 얼간이가 자기 나라를 멸망시킬지도 모르는 공주님을 받아들인다는 거지? 그런 왕자님은 너무나도 정치적 센스가 없다.

통치자로서의 자격이 없다.

가령 나라 전부를 내던지고 모든 국민을 배신해서라도 아세로라 공주를 구제하려 하는 특이한, 말하자면 일편단심인 왕자님이 있다고 해도, 그런 위험한 정신의 소유자는 아세로라 공주가 거절할 것이다.

도를 넘은 자기희생이나 도외시하는 헌신이야말로, 그녀를 가장 괴롭혀 온 것의 정체니까.

그래도 억지를 부려 가며 그 가능성을 찾아본다면, 이 몸께서 어딘가의 왕자님을 흡혈귀답게 납치해 와서 이 '시체성'에서 아세로라 공주에게 소개하는 것이다.

이렇게 되면 식재료의 손질이나 사육을 넘어, 그 번식에까지 손을 대고 있는 것 같아서, 하는 행동이 요리를 너무 좋아해서 음식점을 열어 버린 느낌인데, 뭐 어쨌든 유효한 생각인지도 모른다.

다만 그 계획을 실행하자는 생각은 전혀 들지 않았다—어딘가의 핸섬한 왕자님과 맺어지는 아세로라 공주 따윈 보고 싶지 않았다.

이 몸께서 보기에도 웃기는 이야기다.

'네놈을 쓰러뜨리는 것은 바로 이 몸이다'라는 대사라면 몇 번이나 한 적이 있었지만, 하지만 '네놈을 구하는 것은 바로 이 몸이다'라는 말은 생각조차 해 보지 않았다.

애초에 구한다는 건 뭐야.

먹는 거잖아. 구하는 게 아니라.

아니면 이대로 아세로라 공주가 죽을 때까지 이 성에 계속 유폐시키며, 뭐라고 할까, '악녀놀이' 같은 것을 계속하려는 건가?

악녀놀이―소꿉놀이.

…그것도 좋을지 모른다.

트로피카레스크에게 숨겨진 소원 같은 것을 간파당해서 태도를 바꾼 것도 아니지만, 이 몸께서는 멍하니 그런 생각을 했다.

애당초 이 몸께서 인간을 마음에 들어 하는 것은 처음 있는 일도 아니다―곁에 두고 있는 트로피카레스크 역시, 원래는 인간이다.

딱히 '아름다운 공주'가 특례인 건 아니다―잡아먹으려, 죽이려 했던 인간을 결과적으로 권속으로 만드는 것은 말하자면 흡혈귀의 소양 같은 것이다.

드문 일도 아니지.

아니, 인간도 잡아먹으려고 생각하고 키웠던 동물에 애착이 생겨서, 돌보는 동안에 잡아먹을 수 없게 되어 버리는 일은 있을 것이다―고기를 절대 먹지 않겠다고 결심한 채식주의자도 있다고 한다.

뭐, 이 몸의 유일한 권속임을 자랑스럽게 생각하는 트로피카레스크가―인간을 하등생물이라고 깔보는 트로피카레스크가―반발하는 것은 무리도 아니지만, 그렇게 생각하면 큰 문제는 일어나지 않았다고도 할 수 있다.

왜냐하면, 예를 들어 이 몸께서 아세로라 공주에게 애착이 생겨서 음식으로 보지 못하게 된다고 해도, 딱히 그 이상의 일은 일어나지 않으니까.

아무리 이 몸께서 '아름다운 공주'에게 매혹되더라도 이 몸께서 그 녀석을 권속으로 만드는 일은 없다.

없다기보다는, 할 수 없다.

불가능하다.

권속으로 만드는 것도 식사로 삼는 것도, 흡혈귀에게 있어서 본질적으로 하는 행동은 다르지 않다―송곳니를 박아 넣고, 피를 빤다.

완전히 먹어치우는가, 먹고 남기는가.

그 정도의 차이다.

저 공주님을 제대로 건드리지도 못하는 이 몸께서는, 그렇기에 '아름다운 공주'를 자신의 권속으로 만드는 것은 불가능하다―그러니까 기껏해야, 저 여자가 죽을 때까지 이 성에 감금하는 정도가 고작이다.

그렇다면 고작 수십 년 정도의 일이다.

눈 깜짝할 사이라고는 말할 수 없지만, 영원한 삶을 사는 흡혈귀에게는 어디까지나 한 시기의 일이다―그 한 시기가 트로피카레스크의 영역을 위협할 일은 없다.

고작 수십 년.

아니, 실제로 기간은 더욱 짧을 것이다.

이 몸께서 언제까지나 인간을 돌보는 짓을 할 수 있을 리 없다―아세로라 공주를 권속으로 만들 수 없는 것과 같은 의미로, 이 몸 역시 언제까지나 저 공주를 정성껏 보살피고 있을 수 없다.

이 이상 보살필 수 없다고 판단하면, 분명 성에서 해방하고 내

보내게 될 것이다―기를 수 없게 된 애완동물을 사슬에서 풀어 주듯이.

무책임한 행위지만, 그렇게 말하자면 처음부터 이 몸에게는 아세로라 공주에 관한 책임은 고사하고 권리도 없었다.

그러기는커녕, 그 녀석 쪽에서 이 몸을 '도움이 되지 않는다' 라며 포기하고 성에서 나가려 할지도 모른다―그것을 막을 방법은 사실상 없다.

힘도 능력도, 아름다움 앞에서는 무력하다.

아세로라 공주는 유랑의 여행을 재개하고, 또 망국의 폭거를 반복하게 된다―그 결과, 인류가 절멸한다고 해도 아세로라 공주는 고매한 목적의식에 근거하여 여행을 멈추지 않을 것이다.

그때에는 식량난에 빠져서 분명 흡혈귀도 절멸하게 될 것이다.

그것은 피하고 싶은 사태이지만 어쩔 수 없다고 한다면 어쩔 수 없는 일이라며 포기할 수밖에 없다.

거스를 수 없는 숙명이다.

그야말로 기특한 왕자님의 출현을 기대하는 정도밖에 없다― 어쨌든 끙끙거리며 생각해 봤자 소용없어.

딱히 이 몸께서 저 공주님을 잡아먹지 않겠다고 결정된 것도 아니다―트로피카레스크의 지적은 완전히 빗나간 건 아니라고 해도, 막상 먹을 수 있을 정도까지 아세로라 공주가 준비된다 면, 역시 식욕 쪽이 이길지도 모르고.

현 시점에서는 아직 먹을 수 있을 단계까지 사전준비가 진행 되지 않았다는 이 몸의 판단이 틀렸다고는 생각하지 않는다.

지금은 아직, 이 몸의 기분을 포함해서 모든 가능성을 남겨 두는 편이 낫다.

다만, 그것도, 그렇지.

그렇지.

슬슬 그 녀석의 새로운 이름을 정해 줘도 좋을 무렵일지도 모른다. 조리는 그 근처의 공정까지 진행되어 있다—언제까지나 보류해 둘 수 있는 것도 아니고, 아이디어는 이미 다 나왔다. 여기까지 오면 인스피레이션으로 척 하고 정해 버리는 쪽이 나을 것이다.

마치 동양의 칼처럼 아름답고 빛나는 마음을 가진 저 여자에게는, 과연 어떤 이름이 어울릴까—아아, 그렇지.

키스로 저주를 푼다는 것은 생각할수록 바보 같은 발상이지만, 하지만 미신으로써, 혹은 부적으로써 그 두 글자를 이름 어딘가에 넣어 두는 것은 멋질지도 모르겠군.

016

아무래도, 또 죽어 버린 것 같다.

아사다.

이제는 몇 번째인지 모르겠다.

슬슬 아사에도 질리기 시작했지만, 이건 질린다고 그만둘 수 있는 것도 아니다—그뿐만 아니라, 빈도는 늘어나고 있다.

늘 그렇듯이 죽을 때의 상황은 잘 기억이 나지 않지만, 감각적으로는 최근 하룻밤에 두세 번 아사하고 있는 듯한 인상이 있다.

되살아난 직후는 체력이 최대치일 텐데, 온몸에 만성적인 피로가 쌓여 있다는 느낌이 들었다―절식생활도 슬슬 한계일지도 모른다.

비틀거리는 상태라고는 말하지 않겠지만, 이런 컨디션으로는 인간을 돌보고 있을 상황이 아닐지도 모른다―자기 앞가림도 못 하고 있다.

문자 그대로.

속도 편하다는 이야기다.

이거야 원.

이 몸께서는 자신의 금발을 마구 헤집으며 죽기 직전의 기억을 정리했다.

맞다, 기억났다.

이번에는 아세로라 공주의 새로운 이름을 생각하는 동안에 죽어 버린 것이다―이거 위험했군, 간신히 생각해 낸 끝내주는 이름을 아사와 함께 잊어버릴 뻔했다.

본인과도 면밀히 이야기를 나눠서, 디스커션 끝에 겨우 '고급스럽지 않고, 그렇지만 너무 천박하지 않은', 딱 좋은 패션도 정착된 참이니, 여기서 좀 더 밀어붙여서 저 공주님을 개명시킨다면, 어쩌면 준비 공정이 크게 전진될지도 모른다.

슬슬 한 번, 먹으려고 챌린지해 봐도 괜찮을지도 모른다―적어도 그 자세 정도는 보이지 않으면 트로피카레스크에게 본보기가 되지 않는다.

"……."

그렇게.

거기서 이 몸께서는 알아차렸다.

뒤늦게나마 알아차렸다—너무 늦다.

역시 영양실조로 머리가 전혀 회전하지 않는다—트로피카레스크는 어디 있지?

하인은 어디에 있지?

정보수집의 여행을 거의 성과 없이 끝낸 그 노예는, 그 뒤에는 성내에 머무르며 이 몸께서 죽지 않도록 눈을 떼지 않고 있었을 것이다.

그래도 불우한 죽음 아닌 불우한 아사를 막지는 못했겠지만, 하지만 이 몸께서 옥좌에서 소생할 때에는 녀석은 반드시 그 앞에 무릎을 꿇고 있었다.

아세로라 공주의 문제로 최근에는 그 녀석과 좋은 관계를 쌓고 있다고는 도저히 말할 수 없었지만—그래도 이 몸께서 되살아나는 것을, 그 녀석은 항상 기다려 주고 있었다.

그 충실한 노예가, 없다.

기척도 느껴지지 않는다.

용건이 있어서 성 밖으로 나갔나? 이 몸을 위해 새로운 정보를 찾아서? 혹은 뭔가 마음에 짚이는 것이 있어서? 아니면, 이런 어리석은 주인을 보다 못해, 끝내 정나미가 떨어져서 행방을 감춘 건가?

…아니.

주인인 이 몸께서 노예인 트로피카레스크의 기척을 느끼지 못한다는 사실은, 단순히 곁에 없다든가, 성안에 없다든가 하는 그런 거리감의 정도를 의미하지 않는다―그것은 단순히 '없다'라는 의미다.

없다는 것 이외의 의미가 없다.

없다는 것 이상의 의미가 없다.

최악의 의미밖에 없다.

노예이자 권속이며.

그리고 친구인, 트로피카레스크.

그 녀석의 기척을 느낄 수 없다―어디에 간 거야.

뭘 한 거야.

이 몸께서는 옥좌에서 일어나서, 뛰쳐나갔다.

생각하기도 전에 몸이 움직였다.

아니, 더 이상 생각할 필요 같은 건 없었다.

원래 인간이었던 그 흡혈귀가 어디에 가서, 무엇을 했는지 따위, 생각할 것도 없었다―그리고 지금, 어떻게 되어 버렸는지도.

생각할 것도 없었고.

생각하고 싶지도 않았다.

017

아세로라 공주는 멍하니 있었다.

이 몸께서 마련해 준 드레스는, 더 이상은 불가능할 정도로 붉게 물들어 있었다―그뿐만 아니라, 방 전체가 새빨갛게 물들어 있었다.

바닥에도, 벽에도, 천장에도.

트로피카레스크의 파편이 흩어져 있었다.

산산조각.

머리가, 턱이, 목이, 어깨가, 팔이, 팔꿈치가, 손이, 손가락이, 손톱이, 가슴이, 등이, 배가, 허리가, 엉덩이가, 넓적다리가, 무릎이, 정강이가, 발이, 뼈가, 힘줄이, 근육이, 동맥이, 정맥이, 심장이, 위장이, 폐가, 창자가, 간이, 이가, 혀가, 입술이, 코가, 귀가, 머리카락이, 눈이.

금발금안이.

이 몸께서 주었던 금발금안이―공주님을 중심으로 방사상으로, 산산조각.

그렇게 형용할 수밖에 없다.

이 몸께서가 아니라면 '이것'이―'이것들'이, 그 트로피카레스크 홈어웨이브 독스트링스라고는 판별할 수 없다.

무슨 짓을 한 거야.

멋진 남자가 못쓰게 되어 버렸잖아.

얼굴이 잘생겨서 이 몸 곁에 있게 해 줬는데―곁에 있어 준다면, 그것만으로도 좋았는데.

유일한 권속.

"수어사이드마스터…."

멍한 상태로, 아세로라 공주는 이 몸의 이름을 불렀다.

"아무 말도 하지 않아도 돼."

말하지 마.

말하지 않아도 알고 있어.

예전에 이 몸께서 그 폐가에서 처음으로 '아름다운 공주'를 잡아먹으려 했을 때도, 분명 이 정도로 이 몸의 육체는 산산조각 나 있었겠지.

그러니까.

트로피카레스크가 아세로라 공주에게 무엇을 하려고 했고, 그리고 어떻게 반격을 받아 쓰러졌는지도, 역시 명백했다.

충실한 노예는, 어리석은 주인을 가만히 보고 있을 수 없다.

하지만 정나미가 떨어진 것은 아니었다.

그런 것이 아니라, 그 녀석은 이 몸의 어리석음의 원인을 없애려고 했던 것이다―이 몸께서 음식으로, 혹은 다른 무언가로 구애되고 있는 아세로라 공주를 죽이려고 했다.

물론, 그런 일은 명령하지 않았다.

그러기는커녕, 네놈은 아세로라 공주에게 가까이 가지 말라고 똑똑히 엄명했을 정도다―가까이 다가가기만 해도 위험하다는 건 알고 있었을 것이다.

그런데도, 이 충실한 노예는 이 몸에게 거역하면서까지 아세로라 공주를 저세상 사람으로 만들려 했다―이 몸에게 거역하면서까지, 이 몸을 위해.

독단전행으로.

노예는 주인을 거스르지 못할 텐데.

"…되살아나는, 거죠? 당신과 똑같이, 흡혈귀니까요."

아세로라 공주는 주뼛주뼛하면서 질문했다.

본래의 말투로.

뺨을 채색한 피의 화장을 닦으려고도 하지 않고.

"이분도, 곧, 되살아나는 거죠?"

"……."

대답하고 싶지 않았다.

그 사실을 인정하고 싶지 않다.

다만, 이 몸께서 인정하고 싶든, 인정하고 싶지 않든, 사실은 사실이었다.

"되살아나지 않는다."

이 몸께서는 인정했다.

"이 녀석은 이 몸과 같은 흡혈귀라고는 할 수 없다. 원래 인간이라, 생명력도 재생력도 이 몸에게는 한참 미치지 못한다."

"…그럴 수가."

깜짝 놀라는 아세로라 공주를 배려해 줄 여유는, 이 몸에게는 없었다―정말이지, 아무리 장생하더라도 이렇게 정신이 빈곤해서는 아무런 의미도 없구나.

사실 아세로라 공주 입장에서 보면 이 사태는 배신당한 듯한 상황일 것이다.

이 성에 온다면, 이 몸께서 말한 대로 하면, 더 이상 아무도 죽이지 않아도 된다고 말했기에, 음식이 되는 것을 각오하고서 유랑 여행을 중단하고 얌전히 따라왔던 것인데, 그런데 결국 예상 밖의 노력을 한 보람도 없이 이렇게 또 하나—생명이 산산이 부서지는 모습을 눈앞에서 보게 되었던 것이니까.

트로피카레스크가 인간이 아니라는 점이나 괴물이라는 사실 따위—이 녀석이 목숨을 바치려 한 것이 아니라 자신을 죽이려 했다는 사실조차, 상냥한 공주님에게는 관계없다.

누군가가 죽는 것이 슬픈 것이다.

나라를 멸망시키는 것이 싫은 것이다.

그렇다는 것은—이라며 아세로라 공주는 말했다.

"수어사이드마스터… 당신도 계속해서 죽는다면, 언젠가는 죽는다는 말입니까?"

"그래. 무한히 죽을 수 있는 건 아니다."

한도가 있다.

불사신에게도, 한도가 있다.

계속 아사해서 이 몸의 생명력에도 상당히, 그 한계가 가까이 다가왔다는 것까지는 굳이 말하지 않았지만, 그러나 상대는 총명한 공주님이라 전해져 버린 모양이다.

"나가겠습니다."

아세로라 공주는 곧바로 말했다.

단호하게 말했다.

"지금까지 감사했습니다, 수어사이드마스터."

"기다려라. 식사는 당연히 목숨을 거는 행위다. 그리고 트로피카레스크가 죽은 것은 네놈 탓이 아니야. 이 몸께서 슬퍼해야 할 일이기는 하지만 네놈이 슬퍼해야 할 일은 아니다."

"아니요, 제가 슬퍼해야 할 일입니다. 제가 여기에 오지 않았다면―이분은 죽지 않을 수 있었습니다."

그 말대로다.

하지만 그 이야기를 하자면 아세로라 공주는―'아름다운 공주'는 어디에도 갈 수 없게 되어 버리지 않는가.

이 성을 나가서, 어디로 간다는 거지?

어디에 가더라도 시산혈하屍山血河가 아닌가.

그것을 알면서도 이 공주님은 정처 없는 여행을 계속하려는 것인가―죽을 때까지 여행을 계속하려는 것인가.

죽을 때까지 계속해서 죽이려 하는 것인가.

막아야 한다.

다만, 막을 방법이 없다.

힘으로 막으려 해도, 그 힘은 전부 이 몸 자신에게 되돌아온다―아세로라 공주를 근심하게 만드는 요인을 또 하나 늘릴 뿐인 것이다.

그것은 많은 것들 중 하나에 지나지 않지만, 그런 하나조차 이 공주님은 그냥 지나치지 않는 것이다.

그렇다면 어쩔 방법이 없다.

애초에 이 몸께서 감당할 수 없는 음식이었던 것이다.

감당할 수 없는 음식이었고, 감당할 수 없는 여자였다.

"납득해 주신 것 같군요. 그러면 실례하도록 하겠습니다, 수어사이드마스터. 앞으로 두 번 다시 만나는 일은 없겠지요."

"알겠다, 그래도 좋다. 더 이상 말리지 않겠다, 좋을 대로 해. 하지만, 그대로 잠깐만 기다려 줘. 이 몸께서 식사를 하는 동안만 거기서 움직이지 말아 다오―귀중한 음식을 밟게 만들고 싶지 않다."

이 녀석을 밟아도 되는 것은 이 몸뿐이다.

그렇게 말하고.

이 몸께서는 트로피카레스크의 파편에 손을 뻗었다.

머리에, 턱에, 목에, 어깨에, 팔에, 팔꿈치에, 손에, 손가락에, 손톱에, 가슴에, 등에, 배에, 허리에, 엉덩이에, 넓적다리에, 무릎에, 정강이에, 발에, 뼈에, 힘줄에, 근육에, 동맥에, 정맥에, 심장에, 위장에, 폐에, 창자에, 간에, 이에, 혀에, 입술에, 코에, 귀에, 머리카락에, 눈에.

금발금안에.

이 몸께서 먹는 것을 간절히 바라던 충실한 권속에게―이 몸에게 먹히기를 간절히 바라던 충실한 권속에게 손을 뻗었다.

018

실제로, 처음으로 '아름다운 공주'에게 덤벼들었을 때의 이 몸과 똑같이, 트로피카레스크가 산산조각이 났다는 현실과 마주해 보니, 뭐라고 말할 수 없는 기분이 되었다―요컨대 그것은 이 몸께서 공주님에게 실시한 사육이나 교육이 전혀 효과가 없었다는 이야기였으니까.

겉으로 꾸미는 것은, 조금도 의미가 없었다.

외면을 아무리 바꾸더라도, 그럴싸하게 보이게 하고 그런 척을 해도, 1인칭을 바꾸더라도 캐릭터를 만들려고 해도, 패션을 바꾸더라도 맨손으로 식사를 하게 해도, 그 위악僞惡 아닌 발악은 아무런 효과도 보이지 못했던 것이다.

처음부터 끝까지, 언제나.

'아름다운 공주'는, 아름답다.

그렇게 생각하면, 역시 트로피카레스크는 이 몸께서 죽인 것이나 마찬가지였다.

아무 의미도 없는―헛된 죽음이었다.

그러니까 먹는다.

죽였으면 먹는다. 죽이고 먹는다.

이 몸의 룰이다.

온 힘을 다해 산산조각이 난다는, 조잡하게 조리된 트로피카레스크의 고기는, 솔직히 말하면 도저히 최고의 맛이라고 하기는 어려웠지만, 그런 것은 관계없다.

맛이 있고 없고의 문제가 아니다.

먹는다. 먹는다. 먹는다. 먹는다.

우적우적우적우적우적우적우적우적.

우물우물우물우물우물우물우물우물우물.

후룩후룩후룩후룩후룩후룩후룩후룩후룩.

꿀꺽꿀꺽꿀꺽꿀꺽꿀꺽꿀꺽꿀꺽꿀꺽꿀꺽.

깨물고, 씹고, 삼키고, 소화한다.

뼈까지 빨아먹는다, 피 한 방울도 남기지 않겠다.

텅 빈 배에 처음으로 넣는 음식은 아세로라 공주라고 정했던 이 몸의 결단을, 번복해서라도 다 먹어치운다.

용서해 달라고는 말하지 않을 것이고, 잘 먹겠다는 말도 하지 않겠다.

그 대신, 헛된 죽음으로는 만들지 않겠다.

네놈의 죽음을 무의미하게 만들지 않겠다.

먹이사슬.

트로피카레스크 홈어웨이브 독스트링스의 생명은 데스토피아 비르투오소 수어사이드마스터의 생명으로 이어진 것이다.

이어지고, 연결되고, 계속된다.

"……."

그런 이 몸의 식사 풍경을 아세로라 공주는 가만히 지켜보고 있다 ─ 인간뿐만 아니라 동족까지도, 권속까지도 먹는 이 몸을, 혐오나 경멸의 눈으로 보는 것이 아니라, 좀 더 강한 감정을 담은 진지한 눈으로 보고 있다.

은색과 동색의 두 눈동자로.

눈도 깜빡이지 않고 빤히 바라보고 있다.

그 감정이 무엇인지는 알 수 없지만.

칼날처럼 날카로운 시선이었다.

"그렇게 빤히 쳐다보니 먹기가 어려운걸, 공주님. 다른 쪽을 봐 줄 수 있을까?"

"아뇨, 부디 보게 해 주세요. 이대로 당신이 이분을 다 드실 때까지."

"…마음대로 해."

의도는 알 수 없었지만, 그것보다도 방 안에 흩어진 트로피카 레스크를 먹는 쪽이 우선이었다―시체가 재로 변하기 전에.

소멸하기 전에, 소화한다.

"당신이 먹는 것에 의해, 이분의 죽음은 무의미하지도 헛되지도 않게 되었군요. 제가 죽게 만든 이분의 죽음이."

혼잣말하듯이 말하는 아세로라 공주.

"말했을 텐데. 네놈이 죽인 게 아니다. 이 몸께서 죽인 거다. 그러니까 이 몸께서 먹는다. 그것뿐이다―다만, 그렇게 생각하는 것으로 네놈의 마음이 편해진다면 어떻게 생각하든 상관 않겠다."

"…아니요. 당신과 이분의 관계에 끼어들 생각은 없습니다. 그저 부러운 것입니다. 친한 자의 죽음을 그렇게 소화할 수 있는 당신이."

소화하는 것뿐만이 아니다.

신체 속에, 마음속에 거둬들이는 것이다.

이 몸 안에 받아들이는 것이다.

"그에 비해 저는 대체 얼마나 많은―얼마나 많은 무위한 죽음을 쌓아 온 것일까요. 죄를 쌓아 온 것일까요."

"부러워할 만한 일은 아니겠지―전에 네놈을 위해 만든 요리를, 오해로 인해 복도에 내던진 적이 있었다. 아깝다고 생각했지만, 이 몸께서는 그것들을 영양으로 섭취할 수가 없었다. 소용없고, 의미 없게 만들 수밖에 없었다."

이 몸께서는 인간이 아니라 괴물이니까.

아무런 위로도 격려도 되지 않겠지만, 이 몸께서는 그런 식으로 말했다―어차피 식습관의 차이일 뿐이다.

"식습관의 차이… 그렇다면 엎질렀던 그 요리는 제가 먹으면 되었던 걸까요."

"카캇."

정말 한없이 고지식한 공주님이다.

식사 중인데도 실소를 금할 수 없다.

"할 수 없는 일은 입 밖에 내는 게 아니다. 이것도 전에 말했을 텐데. 이 몸의 소신은 이 몸만의 것이고, 이 몸의 식습관도 이 몸만의 것이다―누구에게 강요할 생각은 없다."

누구나 먹고 싶은 것을 먹고 싶은 대로 먹으면 되는 거다.

좋아하는 것을, 좋아하는 대로.

그렇게 말했을 즈음에 이 몸께서는 트로피카레스크를 완전히 먹어 치웠다―최후에 남은 그 녀석의 혀를 날름 삼켰다.

"오래 기다리게 했군, 아세로라 공주. 이제는 가도 좋다. 뭐, 앞으로 두 번 다시 만날 일은 없다고 굳게 결심할 것까진 없어―트로피카레스크를 먹어서 배도 불렀으니, 이 몸께서도 앞으로 몇 번 정도는 여유 있게 죽어 줄 테니까 여행에 지치면 언제든 만나러 오도록 해라."

하지만 아세로라 공주는 그 자리에서 한 발짝도 움직이려 하지 않았다―방에서 나가려고도 하지 않고 이 몸을 뚫어지게 노려보았다.

그야말로, 굳게 결심한 것처럼.

결의에 가득 찬 눈으로 이 몸을 똑바로 바라보았다.

"수어사이드마스터. 부탁드릴 것이 있습니다."

그리고 결의한 그녀는 단 한순간도 망설이지 않고, 그 은색과 동색의 눈을 크게 뜬 채로 주저하지 않고―이 몸께 말했다.

"저를 흡혈귀로 만들어 주세요."

아세로라 공주는 결사이자 필사이자 만사의 흡혈귀, 데스토피아 비르투오소 수어사이드마스터에게 부탁했다.

"…진심이냐? 아니, 제정신이냐?"

"네. 저는 흡혈귀가 되고 싶습니다."

힘 있게 그렇게 끄덕여도, 이 몸으로서는 아세로라 공주가 이상해졌다고밖에 생각되지 않았다―어째서 갑자기 그런 소리를 하는지, 전혀 알 수 없었다.

생각해 본 적도 없었던 것이다.

설마 이 공주님이 '부럽다'라는 말을 진지하게 하게 될 줄이야.

"저에게 목숨을 바치려 하는 사람들을 멈출 방법을, 지금의 저는 알지 못합니다. 그런 방법은 없을지도 모릅니다. 그렇다면 저는 하다못해, 바쳐진 그 사람의 목숨을 받아들여 주고 싶습니다."

받아들여 주고 싶다.

나를 위해 목숨을 바치는 것이 그들의 애정표현이라면, 나는 그들의 목숨을 먹는 것으로 애정을 돌려주고 싶다.

아세로라 공주는 그렇게 말했다.

"그 사람들의 죽음을 헛되이 하고 싶지 않습니다. 제가 죽인 목숨은, 제가 먹겠습니다. 저는 그 사람들을, 먹고 싶습니다."

"……."

역시 머리가 이상해진 게 아닌가 하고 생각했다.

한계까지 궁지에 몰려서 사고가 파탄 나 버린 것인가, 하고―다만, 아세로라 공주가 그렇게 연약한 정신의 소유자였다면 사태는 이렇게까지 난해한 지경에 이르지 않았을 것이다.

고귀한 의식을 가진 그녀이기에 내린 결론.

그런 그녀의 미의식이기에 내린, 당연한 귀결이었다.

진심이며 제정신이고, 고귀했다.

아세로라 공주는 그녀를 위해 죽고, 그 뒤에는 그저 썩어 갈 뿐이었던 인간들이나 나라들에 의미를 부여하려는 것이다―그녀의 피와 살이 된다는, 중요한 의미를.

이 얼마나 아름다운가.

이보다 더 아름다울 수 있을까.

"부탁드립니다. 저를 흡혈귀로 만들어 주세요―저의 피를 빨아 주세요, 수어사이드마스터."

"…어떻게 되는지, 알고 있는 거냐? 네놈은 두 번 다시 해가 비치는 장소는 걸을 수 없게 될 거다."

"알고 있습니다. 지식은 있습니다. 태양빛을 뒤집어쓰면 재가 되고, 십자가를 보면 부서지고, 은에 닿으면 불타오르고, 마늘을 먹으면 소멸하지요? 전부 알고서 이렇게 부탁드리는 것입니다."

"그런 의미로 말하는 것이 아니다―그런 약점 따위야 네놈이라면 언젠가는 극복할 수 있겠지. 다만, 약함은 극복할 수 있어도 어둠은 극복할 수 없다―인간이기를 그만두게 되는 것이다. 그것을 알고 있는 거냐?"

"알고 있습니다. 전부 알고서 이렇게 부탁드리는 것입니다."

난처하게 됐다.

이 여자, 이 몸 이상으로 완고하다.

한 번 이렇다고 결정한 것을 번복하지 않는다.

영원한 생명을 원해서 권속이 되고 싶어 하는 인간이라면 잔뜩 있다―육체적인 아름다움을 추구하여 권속이 되고 싶어 하는 인간도 얼마든지 있다. 이 몸께서는 속이 쓰릴 정도로 그런 녀석들을 먹어 왔다.

다만, 인간을 먹기 위해서 피를 빨아 주기를 바라는 인간 같은 건 처음 봤다.

학살한 자를 음식으로 삼는 것으로, 학살한 자에게 속죄한다.

대체 다른 누구에게—그런 결단이 가능할까.

"…마음가짐은 전해졌다. 훌륭하다고 생각하고, 응해 주고 싶다고도 생각한다."

"그렇다면."

"하지만 무리다. 네놈을 먹을 수 없는 것과 같은 의미에서, 네놈을 권속으로 하는 것은 이 몸에게는 불가능하다—네놈의 부드러운 피부에 송곳니를 깊숙이 박아 넣는 것에는 차이가 없으니까."

한 번은 생각했던 일이다. 한두 번 생각했던 일이 아니다.

트로피카레스크에게 뼈아픈 지적을 받고 나서, 아세로라 공주를 잡아먹는 것이 아니라 어떻게든 권속화할 수 없을까 하고—그러나 아무리 생각해도 그것은 역시 식사일 수밖에 없었다.

아세로라 공주를 해치는 행위다.

상처 입히고, 손상시키고, 죽이는 것과 같은 의미다.

그렇다면 흡혈하려 해도 그것은 이 몸에게 되돌아올 뿐—이 몸께서는 스스로 자신의 목덜미를 깨물게 된다.

이 얼마나 무력한가.

이 몸께서는 이 녀석을 먹기는커녕, 흡혈귀로 만들어 줄 수도 없는 것이다.

먹을 수 없고, 구할 수 없다.

"제가 스스로 바라고 있다고 해도, 무리일까요?"

"무리겠지. 설령 네놈과 합의가 있었다고 해도, 도를 지나친 행위는 '공격'으로 간주되겠지—죽여 달라고 부탁하는 것이나 마찬가지니까."

아세로라 공주를 이 성으로 데리고 오는 것에는, 폭력적 수단을 사용하지 않으면서 그녀에게 거짓말을 하지 않도록 세심한 주의를 기울인 것―그것 역시 지금 생각하면 아슬아슬하고 상당히 위험한 행위였다고 생각한다.

인간에게도, 흡혈귀에게도 '아름다운 공주'의 아름다움을 상처 입히거나 손상시키려 하는 행위는 불가능한 것이다.

"극론을 말하자면, 네놈의 마음도 네놈의 의식도 네놈의 소망도 일절 아무 관계가 없다―네놈은 죽지 말아 주기를 소망했지만, 모두 계속 죽은 것과 마찬가지다. 주위가 멋대로 자멸하고, 자살할 뿐이다."

"······."

"무슨 수를 써서라도 바란다고 하면 한 번 정도 시도해 주지 못할 것도 없지만, 아마도 이 몸께서 엉망진창으로 자살하는 모습을 목격하게 될 뿐이겠지―이제 그런 모습을 보는 건 지긋지긋하겠지?"

"······."

"?"

대답이 없는 것은, 이 몸의 말에 납득해서인가? 아니면 납득할 수 없어서인가?

아니, 어느 쪽도 아닌 듯하다.

포기하지 않고, 계속 생각하고 있다.

이 마당에 이르러서도, 아직 생각하기를 그만두지 않는다.

"…수어사이드마스터. 저의 의식은 관계없다고 말씀하셨지요."

이윽고, 그녀는 입을 열었다.

"음? 그래, 말했지. 아니, 완전히 관계가 없다고 생각하지는 않지만, 그것보다도 중요한 팩터가 되는 것은 주위의―"

"기억하시나요? 제가 어리석게도 제 눈을 찌르려 했을 때의 일을."

갑자기 화제를 전환해서 이 몸께서는 당황했다.

다만, 그 사건이라면 물론 잘 기억하고 있다―그때 입은 손바닥의 화상은 아직 완쾌되지 않았으니까.

지금 와서는 어리석었다고도 생각하지만.

약간 과잉반응이었고, 게다가 원인을 따져 보면 이 몸의 제안에 기초한 행위였다.

"그때, 당신은 촛대를 빼앗으면서, 저를 침대를 향해 떠밀었지요."

"응, 그랬었지. 그게 왜?"

"어째서 떠밀 수 있었다고 생각하시나요?"

"어째서냐니…."

그것도 생각했던 일이다.

아세로라 공주에 대한 모든 '공격'은 가해자 본인에게 되돌아올 텐데.

"떠밀린 곳이 침대였기 때문에, 겠지? 네놈이 노 대미지였으니까, 이 몸께서도 노 대미지였던 거다."

"노 대미지는 아니었습니다. 꽤 아팠습니다."

뭐라고?

그런 것, 이 공주님은 전혀 얼굴에 드러내지 않았는데.

"지금도 가슴 한가운데에 당신의 손자국이 또렷하게 남아 있습니다."

"……."

아니, 그건 그렇겠군.

넘어진 곳이 노렸던 대로 푹신한 침대였다고 해도, 떠밀린 시점에서 이미 작용과 반작용은 생겨났다―쓰러졌을 때의 대미지는 없더라도 떠밀릴 때에 느낀 통각은 역시 '공격'일 수밖에 없을 것이다.

그렇다면 산산조각 날 정도는 아니어도, 그 '떠민 힘'은 이 몸으로 되돌아왔어야 한다―떠밀려고 했어도, 떠밀 수 없었어야 했다.

그렇다면 어째서.

그때, 이 몸께서는 아세로라 공주를 떠밀 수 있었지?

"줄곧 생각하고 있었습니다만, 지금 당신이 말씀하신 이야기를 듣고 하나의 가설을 떠올렸습니다―제 의식은 관계없이, 주위의 의식이 중요하다면."

아세로라 공주는 가슴에 손을 얹었다.

분명, 그곳에 이 몸의 손자국이 나 있겠지.

"수어사이드마스터. 당신이 저를 상처 입히기 위해 떠밀려고 했던 것이 아니라, 저를 지키기 위해서 떠밀려고 했기에 그때 당신의 손은 제 가슴에 닿을 수 있었다고 생각하지 않으십니까?"

"……."

그런 말도 안 되는 일이.

마녀의 저주에 그런 이모셔널한 맹점이 있을 리 없다고 생각하는 반면, 그런 이야기를 하자면 저주 이상으로 이모셔널한 개념도 그리 없다는 것도 깨닫는다.

하지만 그런 건 완전히 기분 문제 아닌가.

자백하자면, 그때는 생각하는 것에 서툴렀던 이 몸께서 생각하기도 전에 움직였기에, 대체 자신이 어떤 마음으로 움직였는가를 확실히 말할 수는 없지만—적어도 아세로라 공주를 해치려 했다든가, 하물며 상처 입히려 했다든가 하는 의식은 없었다.

촛대를 빼앗는 것만을 생각했다.

결과적으로 가슴에 멍을 남기고 말았다고 해도—기분 문제.

기분.

이 몸의 마음.

"그때, 자기 눈을 찌르려 하는 저의 마음을, 무시하는 형태로 이루어진 당신의 '공격'은 '공격'으로는 간주되지 않았다—그것은 당신이 저를 위해서라고 생각하고 행동해 주셨기 때문이 아닐까요."

거듭 확인하는 듯한 말에, 이 몸께서는 그럴지도 모른다고 생각했다.

그 한 사건만을 보자면 어쩌다 벌어진 일이라든가 우연이라고 말할 수도 있겠지만, 그 논리를 채용하면 '아름다운 공주'의 마음을 무시하고 인간들이 신나게 죽어 간 것도 설명이 된다.

그런 자살도, '공주님을 위해서라고 생각하고' 이루어진 자살이다—그렇기에 그 결과, 공주님이 아무리 상처 입어도, 탄식하며 슬퍼해도 막을 수는 없다.

일리 있다. 그것은 하나의 견식일 것이다.

혹은 트로피카레스크가 이 몸의 명령을 어기고 독단전행으로 움직인 이유도 그런 곳에 있을지도 모른다.

하지만, 그렇다면 어떻다는 거지?

확실히 '아름다운 공주'의 저주를 해석하는 데 새로운 발견이기는 하지만, 국한된 이 상황을 타파할 재료는 되지 않는다.

오히려 아무리 아세로라 공주가 강하게 바라더라도, 그녀를 흡혈귀화 시키는 일은 불가능하다는 사실을 보강해 버린 것이 아닐까.

"그렇지 않습니다. 수어사이드마스터. 즉, 당신이."

당신이 저를 위해, 저를 생각해서, 저를 맛있게 드셔 주신다면—그야말로 사전준비가 된다는 이야기입니다.

아세로라 공주는 그렇게 단언했다.

019

모든 것은 가설이다.

가설에 가설을 쌓아 올린 것뿐이다.

무엇하나 옳다고 증명되지 않은, 추리와 상상, 그리고 희망적 관측의 산물이다.

그리고 그런 데다 리스크가 없는 것도 아니다.

시험 삼아 한 번 정도 피를 빨아 줄까 하고 말하긴 했지만, 아사에 아사를 거듭한 이 몸이 정말 제대로 되살아날 수 있을지 어떨지의 보증은 없다.

여유는 없을 테고, 한 번으로 한정한다 해도 의심스러웠다.

공주님은 이 몸께서 산산조각이 되는 모습을 목격하는 정도가 아니라, 이 몸을 간호하게 될지도 모른다─트로피카레스크를 먹기는 했지만, 그래도 이 몸께서 아직 극도의 기아 상태인 것은 부정할 수 없는 것이다.

그것이 이 몸 쪽의 리스크라고 한다면, 아세로라 공주 쪽도 무시할 수 없는 결코 낮지 않은 리스크가 있다.

만일 가설대로 이 몸께서 순조롭게 흡혈에 성공했다고 해도, 그것으로 아세로라 공주가 확실하게 권속이 될 수 있느냐고 하면 그렇지는 않다.

제대로 통계를 낸 건 아니지만, 이 몸의 경험으로 말하면 보통의 인간은 흡혈귀화에 실패하는 케이스 쪽이 많다.

피를 빨리고 그냥 죽어 버리는 것은 그나마 나은 케이스고, 어중간한 좀비로서 산 채로 죽어 있는 끔찍한 괴물이 되어 버릴 수도 있다.

망국지색인 '아름다운 공주'의 말로가 좀비라니, 그건 너무 불쌍한 일이다.

그 밖에도 리스크나 디메리트를 꼽아 나가자면 끝이 없다—
공주님의 제안은 결코 명안이라고 말할 수 없었다.

무엇보다, 일의 성패 여부가 이 몸의 마음에 달려 있다는 것이
가장 위험하다.

아세로라 공주의 피를 빨 때, 이 몸께서는 자신의 식욕을 채우
기 위해서가 아니라 그녀를 위한 행동이라고 생각하며 송곳니를
꽂아야만 하는 것이다.

무심하게, 사심 없이.

깨물어야만 한다.

그런 일이 가능할까?

공주님의 손에서 촛대를 빼앗았을 때는 순식간이었고 반사적
이었다—그때와 같은 행동을 하라고 해도, 어떻게 해야 좋을지
모르겠다는 게 본심이라고.

트로피카레스크에게 지적받은 대로, 만약 이 몸께서 아세로라
공주에게 애착을 품고 있었다고 해도, 그것을 식욕보다 우선할
수 있느냐는 질문에 대해서는 아직 답이 나오지 않는다.

결국 해 보지 않으면 모른다.

뭐가 어찌 됐든 가설의 검증은, 독이 들었는지 시식하는 것처
럼 일단 부딪쳐 보는 수밖에 없었다.

하지만 정작 당사자인 아세로라 공주는 아무런 불안도 느끼지
않는지,

"그러면 미숙한 자입니다만, 잘 부탁드립니다, 수어사이드마

스터."

그렇게 말하며 두 팔을 좌우로 크게 벌리고, 이 몸을 향해 목덜미를 내밀어 왔다.

가늘고 깨끗하며,

혈관까지 비쳐 보일 정도로 아름다운 목덜미였다.

그것만으로 식욕이 자극받는다.

하지만 지금은 식욕을 자극받아서는 안 된다.

"미숙한 자에게는 있을 수 없는 배짱이라고. 확실히, 인간으로 두기에는 아까워."

"기대에 부응할 수 있도록 노력하겠습니다, 저의 주인이시여."

"…권속이 된다고 해서 그런 말투를 쓸 필요는 없다고, 아세로라 공주."

이 상황에서도, 이상한 곳에서 성실한 녀석이다.

이 몸께서는 말했다.

"노예제는 트로피카레스크로 폐지한다. 그 녀석이 이 몸의 마지막 노예다―유일한 노예인 것을 자랑스럽게 여기는, 구제할 방법이 없는 바보였으니까 말이야."

"그렇습니까…. 그렇다면 저는 당신을 어떻게 불러야 할지."

"지금까지 하던 대로 수어사이드마스터라고 하면 된다."

서로, 살아남았을 경우의 이야기지만.

"굳이 말하자면, 이 몸의 권속인 이상, 이 몸의 이름에 부끄럽지 않은 흡혈귀로 있어 주면 된다. 말투가 고귀하게 돌아왔다고―이 몸께서 알려 줬던 관록 있는 웃음은 어쨌냐."

"그, 그랬지요. 카캇."

어색한 웃음을 짓는 아세로라 공주.

긴장을 풀어 줄 생각으로 한 농담이었는데….

앞날이 걱정된다.

걱정할 앞날이 있을 경우의 이야기지만.

"긴장 따윈 하지 않습니다. 아니, 하지 않는다. 저는 당신을— 나는 그대를, 믿고 있다. 있느니라."

"믿고 있다니… 어이, 이봐, 진지한 장면에서 웃기지 말라고. 사람을 믿는 것은 미덕이겠지만, 이 몸께서는 사람이 아니라 괴물이야."

"저도 그 괴물이 되려 하고 있습니다—당신처럼 되고 싶다고 생각하고 있습니다."

금세 원래 말투로 되돌아가서 아세로라 공주는 말했다—그다음은, 익숙지 않은 캐릭터로 말하고 싶은 대사는 아니었던 거겠지.

"당신처럼 쿨하고 하드하며, 그리고 상냥하면서도 아름다운 흡혈귀가."

"…될 수 있을 거다, 네놈이라면."

아세로라 공주.

그렇게 후반의 횡설수설하는 말을 흘려들으며 이름을 부르다가, 이 몸께서는,

"키스샷 아세로라오리온 하트언더블레이드."

라고 고쳐 말했다.

멀뚱한 표정의 그녀에게, "네놈의 이름이다, 키스샷."이라고 알려 주었다.

"네놈을 위해 죽어 가는 인간을, 입맞춤이라도 하듯이 먹어 줘라. 영원한 삶을 얻고 장생한다면, 어쩌면 머지않아 기특한 왕자님과 만날지도 모르니 말이야."

"키스샷 아세로라오리온 하트언더블레이드…."

공주님은 곱씹듯이 복창하고서 "마음에 들었습니다, 수어사이드마스터. 데스토피아 비르투오소 수어사이드마스터."라며 끄덕였다.

"최고입니다. 아주 기쁩니다. 당신에게, 그리고 당신이 주신 이름에 부끄럽지 않은 흡혈귀가 되도록 노력하겠습니다."

"그래, 정진하도록. …그래, 맞다. 정진이란 말이 나와서 말인데, 최후의 레슨이다. 아주 기쁠 때는, 이렇게 웃어라."

말투도 정착되지 않은 현재 상태에서는 아직 시기상조였지만, 그러나 다음 기회가 있으리라는 법은 없다.

후회 없도록 해 두자.

이것이 독 검사를 위한 시식이라고 한다면—'독을 먹는다면 접시까지'다.

"하."

이 몸께서는 웃는다. 너무나 기쁘니까.

"하! "하하! "하하하! "하하하하! "아하! "하하하하하! "아하하하! "하하하하하하! "아하하! "하하하하하하! "하하하하하하하—!"

비브라토처럼 웃는다.

염원하던 극상의 혈액을 맛보는 것이 너무나 기쁘니까―그리고, 그것과 같은 정도로 이 공주님을 구하게 되는 것이 너무나 기쁘니까.

"어서 드세요."

한없이 아름다운 그런 목소리를 들으며, 이 몸께서는 키스샷의 목덜미에 송곳니를 푹 하고 박아 넣었다.

별것 아니다.

죽이고 먹는다. 죽이고 사랑한다.

먹는 것과 사랑하는 것은 같은 의미였다.

020

그렇게 해서, 예전에 로라라고 불렸던 귀족의 딸은, 그 옛날 '아름다운 공주'라 불렸던 공주는 키스샷 아세로라오리온 하트언더블레이드라 불리는 흡혈귀가 되었다.

요컨대 순조롭게 흘러간 것이다.

맥이 빠질 정도로, 어이없을 정도로 잘되었다.

의도대로 그 녀석은 인간을 먹는 괴물이 되었고, 이 몸께서도 이렇게 살아 있다―아무래도, 또 살아 버린 것 같다.

물론, 순조롭게 진행된 이유는 사실 알지 못한다.

수수께끼다.

이 몸에게 그 여자를 아끼는 마음이 있었던 것은 사실이겠지만, 그런 마음이 있었기에 '아름다운 공주'의 흡혈에, 그리고 구제에 성공했는지 어떤지는 확실치 않다.

단순히 영원한 생명을 얻게 되는 흡혈귀화가 '아름다운 공주'에게 은혜가 되기 때문에 이 몸의 송곳니가 저주를 돌파해서 받아들여진 것뿐인지도 모른다.

결국 이 몸께서 그 녀석에게 품고 있던 정이라는 것이 우정이었는지 애정이었는지, 아니면 욕정이었는지는 알지 못하고 끝난 것이다―뭐, 그것이 식욕이 아니었고, 그 덕택에 일이 잘된 것이니 무엇이었더라도 상관없다.

좋은 추억도 생겼고 말이지.

어쨌든 지금 와서는 벌써 600년이나 전의 이야기다, 진실 같은 것은 찾을 방법도 없다―그러니까 확실함은 치워 두고 그 뒤의 이야기를 하자면, 흡혈귀가 된 공주님은 다시 끝없는 유랑의 여행을 떠났다.

멸망한 왕국에 언제까지나 머무를 수도 없고, 이 몸께서도 트로피카레스크가 죽은 뒤에 홀로 지내기에는 너무 거대한 '시체성'을 떠날 수밖에 없게 되었으므로, 뭣하면 같이 여행을 할까도 생각했지만 그건 그만두기로 했다.

둘 다 흡혈귀가 되었다고는 해도, 걷는 길은 다른 길이다.

곁에 있으면, 언젠가 잡아먹고 싶어질지도 모르고 말이지.

그래서 그 이후의 동향은 소문으로밖에 모르지만, 예상대로 그 녀석은 멋진 흡혈귀가 되었다―철혈이자 열혈이자 냉혈의 흡혈귀, 키스샷 아세로라오리온 하트언더블레이드.

금발금안.

괴이살해자이자 괴이의 왕.

한번 정도 들은 적은 있겠지?

이 몸께서도 소문을 들을 때마다 흡혈한 자로서, 금발에 어울리는 금안을 부여한 자로서, 이름을 붙인 자로서, 그리고 캐릭터를 만든 안무 담당으로서, 하나하나 자랑스럽게 생각했다.

소재가 좋았다고는 해도, 요리사로서는 이보다 더할 수 없는 행복이라고.

언제부터인가 '아름다운 공주'의 소문 쪽은 들리지 않게 되었으므로, 그 저주는 아마 어딘가에서 어떻게든 된 것으로 생각된다—그렇다면 어느 나라에서 정말로 왕자님이라도 만난 걸까?

혹은 의외로, 흡혈귀가 된 것으로 정신 쪽이 딱 좋게 타락해서 세속화되어 적절한 상태가 되었을지도 모른다.

이 몸의 흡혈에 그런 부작용이 있었다고 한다면, 상당히 흥미롭다—반대로 이 몸 쪽은 극상의 음식이었던 '아름다운 공주'에게서 피를 빨았던 것이 좋은 영향이 있었는지, 지금도 이렇게 쌩쌩하다.

생기가 넘친다.

흡혈귀로서 최연장자가 아닐까?

그뿐만 아니라, 수어사이드마스터의 이름과는 반대로, 그 이래로 죽는 일도 거의 없어졌다—정말 엄청난 보양식이었던 모양이다.

하긴 그 녀석을 흡혈귀로 만들고 그 대가로 이 몸께서 절명했다면 아름다웠겠지만, 그렇게 옛날이야기처럼은 안 된다고.

달리 말하면, 해피엔드라는 이야기가 되겠지만.

오래오래 행복하게 살았습니다.

그렇다고는 해도, 시대는 완전히 바뀌었고 세계도 완전히 바뀌었다.

여기도 저기도 과학의 전성시대라, 흡혈귀가 발호할 수 있는 정세가 아니게 되어서, 식량 조달도 생각대로 안 되는 세상이다 ─ 미식가로서는 부끄러워해야겠지만, 실로 검소한 절제생활이 이어지고 있다. 폭음폭식 따위, 현대사회에서는 그야말로 꿈같은 이야기다.

이거야 원, 건강해져 버리잖아.

그런 밤의 세계의 주민 외에는 통하지 않는 조크야 어쨌든 간에, 그때 '아름다운 공주'에게서 흡혈하지 않았더라면 정말로 이 몸께서는 예전에 아사했을지도 모른다.

단속이나 당국의 규제도 엄해지기 시작해서, 지금은 흡혈귀가 절멸의 위기다. 인간이 있는 한, 요괴도 역시 계속 존재한다 ─ 라는 그런 태평스러운 낙관론도 슬슬 이야기할 수 없게 되기 시작했다. 예를 들면 저 유명한 산타클로스도 레드리스트에 올랐다는 모양이다.

하여간 멍하니 살다가는 매운맛을 보는 세상이다.

매운 음식도 싫어하지는 않지만 말이야.

하지만 여생은 스위트한 디저트였으면 좋겠다고.

이런 세계정세라면 이 몸께서도 언제까지나 결사이자 필사이자 만사의 흡혈귀라며 소리 높여 이름을 외칠 수 없게 될지도 모른다. '이 몸'이라는, 그야말로 허세를 부리기 위한 1인칭도, 슬슬 그만둘 때려나―말할 것도 없이, 이 몸께서도 나이가 나이이니 말이야.

하지만 이 몸을 본받고, 이 몸을 견본으로 삼은 제자를 생각하면 그럴 수도 없다―뭐, 당분간은 버텨 보자고.

하지만 그러고 보니, 최근에 입수한 소문에 의하면 키스샷도 드디어 극동의 섬나라에서 흡혈귀 퇴치의 전문가에게 퇴치되었다던가―다만, 이거 참, 이 소문은 극히 신빙성이 낮은 헛소문이라고 생각된다.

그런 소문은 안 믿어.

교류는 두절되었다고는 해도, 일단은 권속이니까 살았는지 죽었는지 정도는 알 수 있다고.

그렇다고는 해도 흘려듣기에는 신경 쓰이는 소문이다. 전혀 걱정 같은 건 하지 않지만, 어디, 이번에 한 번 600년 만에 만나러 가 볼까?

건재하다면, 그렇지, 디너에 초대하자. 그날 밤만은 다이어트를 해금하고, 다 먹을 수 없을 정도의 미식에 흥을 내며, 재회를 성대하게 축하하자. 혹은 저주하자.

멋진 여자끼리, 하드하고 쿨하게, 쌓인 동화도 있을 테니까.

제0화　카렌 오거

001

아라라기 카렌이라는 건 내 이름이고, 요컨대 나는 아라라기 카렌이다. 아라라기 카렌은 나이며, 나는 아라라기 카렌이다. 그런 건 말할 필요도 없다고 생각하지만, 그러나 스승님의 말로는, 나는 그런 간단한 것을 잘 알지 못하는 모양이다.

전혀 알지 못하는 모양이다.

알지 못한다는 것도 알지 못하고, 알지 못한다는 것을 알지 못한다는 것도 알지 못하는 모양이다.

나는 아빠의 딸이고, 엄마의 장녀이며, 오빠의 여동생이고, 츠키히의 언니다—열여섯 살이고, 사립 츠가노키 고교에 다니며, 고등학교 1학년이다.

그리고 무엇보다 가라테 유단자, 공수가空手家이다.

하지만 스승님이 그때 나에게 물은 것은 그런 전체적인 프로필은 아니었던 것 같다.

공수가空手家라서 손이 빈 것이 아니라, 사람으로서의 내용물이 비어 있다고.

"설마 내 인생에서, 이런 말을 할 날이 오리라고는 생각하지 않았지만—아라라기. 너에게 가르칠 것은 더 이상 아무것도 없다."

스승님은 그런 말씀을 하셨던 것이다.

"'면허개전免許皆傳'이라는 거다. 너는 이미 충분히 강해."

너무 강할 정도다.

갑자기 도장에 불려 나가서 그런 말을 들어도 나로서는 당혹스러울 뿐이다―어째서 갑자기 그런 농담을 하는지 전혀 이해할 수 없었다.

그래서 제대로 말했다.

면허개전이라니 말도 안 된다, 나는 아직 스승님의 발끝에도 미치지 못한다, 그 증거로 실전에서 이긴 적이 한 번도 없지 않은가, 입문한 이래로 스승님에게는 지기만 하지 않았는가―라고.

거의 항의하듯이 말했다.

자신의 패배를 강경하게 주장해서 어쩌려는 거냐는 생각도 들지만.

"이긴다, 진다…. 그런 척도로밖에 사물을 보지 못하는 건, 입문하던 시절에서 전혀 변하지 않았구나."

쓴웃음을 지으며 스승님은 말했다.

"하지만 일정 레벨을 넘어 버리면 이기고 지는 것 따윈 그렇게 중요한 일이 아니게 되어 버린다―이건 격투기뿐만 아니라, 어떤 장르의 무엇이라도 그렇다. 강함도 약함도 상대적이며, 일시적인 것일 뿐이라는 스테이지에 도달하지. 너는 나에게 이긴 적이 없다고 말했지만, 나는 그런 식으로는 생각하지 않아"

그러면 어떤 식으로 생각하는 걸까.

나는 다시 추궁했지만 스승님은 직접적으로는 대답하지 않고,

"너는 자기보다 강한 녀석에게 도전하기를 주저하지 않고, 자기보다 약한 녀석을 도와주는 것을 망설이지 않아—고등학교 1학년 꼬마가 누구의 영향으로 그런 인격으로 완성되었는가는 몹시 흥미롭지만, 그건 넘어가도록 하지. 분명 너에게는 너의 사정이 있겠지. 어쨌든, 그 모티베이션이 너를 여기까지 이끌어 온 것은 사실이니까—하지만 그 사실에 근거해서, 너는 슬슬 다음 스테이지로 나아가도 될 무렵이다."

라고 말했다.

다음 스테이지.

그것은 이기고 지는 것이나, 강하고 약함이 의미를 갖지 않게 되어 버리는 스테이지일까?

그렇다면 솔직히 말해서 그런 스테이지로 나아가고 싶다고는 생각할 수 없었다.

나는 승부를 내는 것을 좋아하고, 이기거나 지거나 하는 것을 좋아하고, 강해지는 것을 좋아했다—반대로 말하면 약한 채로 있는 나 자신 같은 건 사절이었다.

아무것도 할 수 없는 한심한 자신이.

싫었다.

뭔가를 하고 싶었다. 뭔가를.

할 수 있는 것은 뭐든지 전부 하고 싶었다.

오빠나 츠키히가 괴로워하고 있을 때, 보고 있을 수밖에 없는 나이고 싶다고는 생각하지 않았다.

그것이 나라고 생각하고 있다.

자신이 남에 비해 혜택받은 경우임은 알고 있다. 그렇기에 혜택받지 못한 사람의 힘이 되어 주고 싶다고 생각한다―힘없는 녀석이나 약한 녀석을 도와주고 싶다고 생각한다.

정의의 사자로 있고 싶다고 생각한다.

설령 '놀이'라는 소리를 듣더라도.

"그 뜻은 훌륭해. 스승인 내가 본받고 싶다고 생각할 정도야. 다만 그 뜻을 관철하기 위해서라도, 너는 이쯤에서 강한 녀석이나 약한 녀석이 아니라, 너 자신과 마주해야 한다는 얘기다."

나 자신과.

마주한다.

"너 자신을 아는 거다. 너는 네가 누구인지를 알아야만 해. 너라는 인간이 어떤 인간인지 알아 둬야만 하는 때가 왔어. 뭐, 그렇게 긴장하지 마―이건 그렇게 어려운 일이 아니야. 하지만 이건 지붕 아래서 가르칠 수 있을 만한 것도 아니지. 내가 말했지? 너에게 가르칠 것은 이제 아무것도 없다고―이제부터는 네가 스스로 공부할 수밖에 없다."

만약 착실히 공부해서 내가 예전에 올랐던 스테이지에 제대로 도달할 수 있게 된다면―그때는 상대를 해 주마.

스승도 제자도 아닌, 대등한 공수가로서 진검승부다.

…솔직히 말하면, 나는 이때 스승님이 한 말을 납득할 수 없었다―그렇다기보다, 들으면 들을수록 난해하기 짝이 없어서, 거의 스캣scat을 경청하고 있는 기분이었다.

상쾌하긴 한데, 뭐라고 하는지는 모르겠다.

뭐, 나에게는 이르다고 생각한다.

하지만 스승님과 대등한 승부를 할 수 있다면 어쩔 수 없다―두말할 것 없이 달려들 수밖에 없다.

대등.

그렇게 얻기 어려운 기회는 입문 이래로 없었다―물론 지금까지 연습시합에서조차 한 번도 이긴 적이 없었으니 진짜 승부에서는 주먹이 스칠 수도 없겠지만, 그래도 좋다.

염원이었다. 비원이었다.

그것을 위해서라면 뭐든지 하겠다.

할 수 있는 것은 뭐든지 전부.

하지만 그것을 위해 나는 대체 뭘 하면 되는 걸까―뭐든지 하겠지만, 뭘 하면 되는 걸까.

요컨대 스승님은 나 자신과 마주하고, 나 자신을 알고, 내가 누구인가를 인식하라고 말했는데, 하지만 나는 아라라기 카렌이고 그 이상도 이하도 아닌 거 아냐?

"그러니까 나는 그걸 알려 줄 수 없다니까―너의 가족도 불가능해. 너 자신이 너 자신을, 너 스스로 알 수밖에 없어. 말해 두겠는데, 육체적으로 너는 거의 완성되어 있다. 기능도 이미 부족한 곳이 없어. '면허개전'이라는 말은 딱히 과장한 표현이 아니라고―면허개전을 받아들일 수 없다면 파문이다. 파문."

파문은 싫다.

너무 극단적이네, 우리 스승님―그러니까 스승으로 모신 거지만.

그리고 그 극단적인 스승님은 말했다.

"뭐, 자기 자신을 마주하기 위한 방법 정도라면 알려 줄 수 있다. 힌트라고 해야 하나. 내가 예전에 했던 것과 같은 일을 하면 될 거다―그것으로 아무것도 배울 수 없었다면 너는 거기까지인 인간이었다는 얘기다."

거기까지라면 거기까지라도 좋다.

너는 아라라기 카렌이고.

그 이상도 이하도 아니야.

그것을 실감하기 위해―이번 여름.

"혼자 산에 들어가서 수행을 하고 와라."

002

그런 이유로 나, 아라라기 카렌은 고등학교 1학년의 여름방학 첫날, 산기슭에 서 있었다―이제부터 혼자서 산에 도전하는 거다.

아니, 스승님이 말하길 도전하는 건 산이 아니라 나 자신이라는 모양이지만, 그때 이후로 아무리 생각해도 역시 스승님의 의도를 전혀 알 수 없었다.

스승님은 뭘 말하고자 했던 걸까.

실마리도 잡을 수 없다.

일단 '나 자신과 마주한다'라는 것이 어떤 것인지 오빠나 츠키

히에게도 슬며시 상담해 보았지만, 그리 좋은 느낌의 답은 돌아오지 않았다―오빠는,

"어쨌든 나 자신과 마주하는 건 중요해. 아주 중요하지. 특히 자신과의 대화는 무엇보다도 중요시해야 해. 우리의 고교생활은 대충 그런 느낌이었어."

라며 알아들을 수 없는 소리를 했다.

알아들을 수 없는 소리를 했으니, 알아들을 수 없다.

한 대 갈겨 줄까 하고 생각했다.

참고로 츠키히는,

"요컨대 자아찾기 여행을 떠나라는 말을 들은 거 아냐?"

라고 말했다.

나보다 이해력이 낮다니, 어떻게 된 일이지.

지성의 파편을 보여 달라고, 똑똑한 친구.

…결국, 그 부분도 포함해서 스스로 배울 수밖에 없다는 말이겠지.

잘 공부하고, 잘 배워라.

뭐, 공수가에게 산에 들어가서 수행한다는 건 일종의 전통 같은 것이니, 하라고 한다면 할 뿐이다―오히려 언젠가 해 보고 싶다고 동경하기까지 했다.

강함을 추구하는 이상, 피할 수 없는 의식이다.

스승님은 그런 나의 은밀한 꿈을 알아차리고 간접적으로 권해 준 게 아닐까 하는 생각이 들기까지 했다―아니, 그럴 사람은 아닌가.

그렇게 재치 있는 인물은 아니다―오히려 무뚝뚝하고, 그런데도 뚝심이 있다.

에두르거나 돌려말하는 데 능숙한 사람이 아니다.

기본적으로는 나 이상으로 대나무를 쪼갠 듯한 대쪽 같은 성격이다(쪼개는 건 주로 기왓장이지만).

나의 모티베이션에 대해 스승님은 흥미롭다고 말했지만, 그러나 내가 이런 성격이 된 것은 스승님의 영향도 분명 있다―그래서 그 스승님에게 그런 말을 들으면 상당히 곤혹스럽다.

산에 들어가서 수행하면, 그런 곤혹도 불식되는 걸까.

소개받은 것은 오가산잔逢我三山.

세 개의 산이 이어진 산맥을, 나는 이제부터 종주하게 된다―산에 들어가서 수행하는 건 물론이고, 지금까지 등산 자체도 해본 적이 없으니 왠지 모를 긴장은 부정할 수 없다.

나도 긴장 정도는 한다고.

엄밀히 말하면, 내가 스승님에게서 하라는 말을 들은 건, 흔히들 말하는 산에 틀어박혀 지내는 게 아니라 폭포수행이다.

폭포수행. 폭포수를 뒤집어쓰는 그거다.

세 개의 산을 종주하고 난 곳에 흐르고 있다는 폭포수를 맞고 오라고, 나는 스승님에게 들었던 것이다―요즘 세상에 폭포수행이라니.

참으로 예스러워서 가슴 설렌다.

가슴이 뛴다고.

가슴이라기보다, 실제로 춤추고 있다.

"폭포의 이름은 오가 폭포라고 한다. 내가 그 폭포수를 맞은 건 스무 살 무렵이었지만 말이야—거의 비경 같은 장소에 있으니까 폭포수를 맞는 건 고시하고, 찾아가기도 쉽지 않은 폭포이긴 한데, 너라면 열여섯 살이라도 가능하겠지."

그렇게 말하고서 스승님은 덧붙였다.

"아, 하지만 이건 무리다 싶으면 바로 돌아와야 한다? 너는 무리하는 경향이—그렇다기보다는 무리를 즐기는 경향이 있지만, 그렇기에 퇴각은 퇴각대로 좋은 경험이 될 거야. 그리고 꼭 가족의 허가를 받고 갈 것. 한창 나이의 여자애가 혼자서 며칠간의 여행을 떠나려는 것이니, 걱정을 끼치지는 않도록 해야지."

마지막에 그런 상식적인 주의사항을 이야기하면 조금 흥이 식어 버리지만, 하긴 중요한 이야기였다.

한창 나이의 여자아이가 혼자서 며칠간의 여행을 떠난다고 하면, 갑자기 여자 고등학생의 한여름의 모험 같은 느낌이 증가하는데, 하지만 폭포수행은 물론이고 혼자서 하는 등산이 기본적으로 위험하다는 것은 나도 알고 있다.

일반상식이다.

여차할 때를 고려해서, 산에 오를 때는 여럿이 함께 가는 것이 현재의 정석인 모양이다—그래서 가족을 설득하는 데는 상당히 애를 먹었다.

특히 오빠를 설득하는 것은 그야말로 뼈를 꺾는 듯한 고생이었다.

뚝뚝 꺾었다.

의외로 과보호다, 그 오빠는.

뼈를 꺾는다는 것은 일본 속담으로 '고생한다'는 의미인데, 최종적으로는 오빠의 뼈를 꺾어서라도 산에 가겠다는 나의 결의가 전해졌는지, 오빠도 뜻을 굽혀 주었다.

무릎을 꿇었다는 느낌이었지만.

"그렇게까지 말한다면 네 마음대로 해… 분명 필요한 일이긴 할 테니까. 다만 이쪽은 이쪽대로 알아서 안전대책을 세우도록 하겠어."

그렇게, 엄청 멋진 소리를 했지만.

뭘까, 멋대로 세우는 안전대책이라는 거.

안전대책을 멋대로 세우지 말라고.

참고로 츠키히는,

"으음, 뭐, 혼자서 가든 다 같이 가든, 기본적으로 산이란 곳은 위험한 장소야. 위험을 피하고 싶으면 애초에 올라가지 않으면 되는 거잖아? 그러니까 괜찮지 않을까?"

라는 소리를 했다.

애초에 뭔가 이야기를 하는 걸 좋아하는 여동생이구나.

"그러고 보니 어째서 산에 오르느냐고 물어봤더니 '거기에 산이 있으니까'라고 대답한 등산가가 있었던 모양인데, 그러면 어째서 내려오느냐고 물어보면 뭐라고 대답하려나? 여기에 가족은 없으니까, 일까?"

넌 조금은 내 걱정을 하라고 말하고 싶어지는 이 여동생이 정말 걱정되었다—산을 오르는 쪽이 산을 오르지 않는 쪽을 걱정하는 상황이라니, 대체 뭐냐고.

어쩐지 요즘에 봉제인형을 한 손에 들고, 혼자서 수수께끼의 활동을 하고 있는 모양이고.

수수께끼의 유아퇴행이라고.

어쨌든 나는 스승님에게 들었던 대로 가족의 허가를 얻고, 드디어 이제부터 산에 도전하는 것이었다―준비는 완벽하다.

나로서는 드물게도, 사전에 계획도 세웠다.

오가산잔.

오니아이야마鬼會山, 센신다케千針岳, 딱딱산이라는 세 개의 산을 넘어서 오가 폭포로 향한다―하루에 산 하나를 넘는 계산으로, 전체로는 왕복 일주일간의 여행을 예정하고 있다.

일주일.

본심을 말하자면, 모처럼 산에서 하는 수행이니까 1년 정도는 틀어박혀 있고 싶었지만, 고등학생 신분으로는 그렇게 할 수도 없다―여름방학을 이용한 일주일간의 아방튀르를 최대한 즐기기로 하자.

그러면 출발이다.

엄마에게 빌린 20리터 사이즈의 배낭을 고쳐 메고, 나는 한 걸음을 내디뎠다.

아라라기 카렌과 만나기 위한, 그 첫걸음을.

003

하지만 나는 그 첫걸음부터 벽에 부딪혔다―물론 등산로 출입구에 벽이 있었다는 것이 아니라, 심리적인 벽이다.

부딪혔다.

막상 산에 들어가기 전에 일단 코스를 확인해 두는 편이 좋겠다며 나는 신중한 척, 똑똑한 척하며 운동복 주머니에서 스승님에게 건네받은 지도를 꺼냈는데, 그 자리에서 당황할 수밖에 없었다.

뭐지, 이건?

그렇게 말하고 싶어지는, 내가 지금까지 본 적 없는 타입의 지도였다―산의 코스는커녕, 현재 위치가 어디인지도 모르겠다.

암호 같아서 읽을 수가 없어.

선이 엄청 많고, 조금 떨어져서 보면 3D영상이 떠오를 듯한 모습이었다. 대체 뭐지, 스승님은 나에게 지도를 넘겨주려다가 잘못해서 현대예술 작품이라도 건네준 걸까―소양이 없는데 말이지.

예술에도 현대에도 소양이 없는데 말이야.

"그건 지도가 아니라 지형도로군."

그렇게.

갑자기 바로 옆에서 목소리가 들려와서 나는 깜짝 놀랐다―바로 옆도 그야말로 바로 옆, 거의 찰싹 붙을 정도의 바로 옆에 어느새 누군가가 서 있었다.

불쑥 말을 걸어왔다는 것보다, 모르는 사이에 누군가가 이렇게나 가까이 접근하는 것을 허락했다는 사실에 놀랐다―얼마나 지도에 집중했던 거지, 나는.

그쪽을 돌아보니, 그 자리에 있던 것은 중학생 정도로 보이는 포니테일의 여자아이였다―포니테일이라면 나도 등산 준비를 하면서 머리를 옛날처럼 포니테일로 묶었는데, 그 여자아이는 금발의 포니테일이었다.

눈의 색도 금색이었다.

외국인…이려나?

염색한 것으로도, 컬러 콘택트렌즈라고도 생각되지 않는다―나 정도는 아니지만 중학생치고는 키가 큰 편이고.

나의 신장은 고등학교 1학년 여름방학 무렵에 드디어 180센티미터의 고지가 보이기 시작했는데, 이 애는 눈으로 봐서는 대충 170센티미터 정도 되려나?

그렇다면 말을 걸 때 거리가 너무 가까웠던 것은, 이른바 문화의 차이일지도 모르겠네―바다 건너편에서는 나라에 따라서는 인사할 때 포옹을 한다거나 키스를 하는 경우도 있다는 모양이니까.

그런 거라면.

"안녕."

우선 경계를 반 정도 풀고, 나는 인사했다.

등산하다가 사람을 만났을 때는 인사를 하는 것이 매너라고 들었기 때문이다―엄밀히는 아직 산에 오르기 전이지만, 인사를 해서 손해 볼 건 없을 테고 말이지.

"음, 내 걱정은 말거라."

…그런 대답을 들으면, 인사를 해서 손해를 본 듯한 기분이 드는데, 이것 역시 문화의 차이일까.

어쩌면 일본어를 공부하는 중일지도 모른다.

시대극으로 일본어를 공부했을지도 모른다.

뭐, 나도 말씨가 고운 편은 아니니까.

"그, 뭐였더라… 그래서, 지형도라니?"

"간단히 말하자면 상급자용 지도다. 산의 높이나 요철이 더 자세하게 기재되어 있다—그것만으로 길을 판단하는 건 초보자에게는 어려울 터. 아니, 나는 지금 막 이 산에서 내려온 참이다만."

역시 시대극으로 일본어를 배운 것인지, 그렇게 예스러운 말투로 알려 주었다—뭐야, 등산객이었나.

그것을 알고 나는 완전히 경계심을 풀었다—가만히 보니, 나와 비슷한 운동복 차림이었다.

산에서 막 내려왔다고 하기에는 신발이 너무 깨끗하고, 게다가 좀 지나치게 가벼운 차림이라는 느낌도 있었지만, 그건 그만큼 숙련자라는 뜻이겠지.

"자, 옛다. 나는 다 썼으니 이것을 주마. 받아 두도록 해라."

그렇게 말하며 금발 포니테일짱은 네 번 접은 종이를 주었다—이야기를 듣기론 오가산잔의 지도인 모양이다.

아니, 정확히는 세 개의 산 중에 초반 두 개의 산.

오니아이야마와 센신다케의 지도인가.

마지막의 딱딱산에 대해서 말하자면, 스승님도 지도다운 지도는 없다고 말했다—아마, 지형도 쪽에도 기재되지 않았을 것이다.

물론 산 두 개 분량이라고 해도, 가는 길을 알 수 있는 지도를 입수할 수 있었던 것은 더 이상 바랄 나위 없는 일이었다.

"고마워. 덕분에 살았어."

"별일 아니다. 산을 사랑하는 이들끼리는 서로 도와야 하는 법—돕고 사는 건 중요하지. 아, 모처럼 이렇게 된 거, 이것도 주마."

금발 포니테일짱이 꺼낸 것은 판 초콜릿이었다. 포장도 뜯지 않은, 손바닥 사이즈의 초콜릿이었다.

"행동식이다. 사양 말거라, 이걸 너에게 건네주면 나는 초코 도넛을 두 개 받는 계약이 되어 있으니 말이다. 이득 보는 거래다."

계약?

받는다니, 누구한테 받는다는 거지?

그런 의문을 품었지만, 그러나 그것을 물어볼 틈도 없이 "그러면 작별이다. 조심해서 가거라."라는 말을 남기고 그녀는 모습을 감췄다—정말로 '모습을 감췄다'라고밖에 말할 수 없을 정도로 멋진 퇴장이었다.

떠나가는 모습이 너무 아름답다고.

내가 받은 판 초콜릿을 어떻게 할까 하고 한순간 망설인 사이에, 그림자 속에라도 녹아들었나 싶을 정도였다—뭐, 그럴 리 없겠지만.

그림자에 녹아들다니, 뭐냐고.

웃음이 나온다고.

하지만 외국인인데도 닌자 같은 녀석이었네, 라고 생각하며 나는 이번에야말로 산으로 향했다―첫 산은 오니아이야마鬼會山.

혹시나 오니鬼하고 만나는 걸까?

004

체력에는 자신이 있는 편이다.

체력밖에 자신이 없다고 말해도 좋다고.

풀 마라톤도 달린 적이 있다―도장에서는 그 백인대련을 이기고 완수했던 적도 있다고.

가라테를 시작한 것은 중학교 때부터였지만, 나는 초등학교 시절부터 여러 가지로 액티브하게 밖에 나가서 노는 것을 좋아하는 아이였다. 메이저한 스포츠에는 대부분 손을 댔다고 말해도 좋다―룰이 과도하게 복잡한 것 외에는 대부분 해 봤다고 생각한다.

그러니까 등산, 그것도 단독 등산이 위험하며 힘들다는 것은 지식으로, 머리로는 중요하다고 생각하면서도 역시나 얕잡아 본 구석이 있었다.

중시하면서도, 경시했다.

준비를 해 왔다면서 지도가 아닌 지형도를 가져와 버린 부분에서 짐작이 되고도 남지만.

산 같은 거, 그냥 걷기만 하면 되잖아!

순서대로 발만 움직이면 되잖아!

…딱히 그 정도 레벨까지 얕보고 있었던 건 아니지만, 하지만 한시라도 빨리 폭포수를 맞고 싶다는 욕구를 가진 나는, 페이스 배분을 별로 생각하지 않고 척척 종주를 개시하고 말았다.

빨리빨리. 성큼성큼.

흙발로 아무렇게나. 아니, 흙발인 건 산속을 걷는 것이니 당연한 일이지만.

앞일만 생각하느라―앞뒤 생각하지 않고.

뭐, 나는 들은 적은 없지만, 외국인 관광객, 그것도 그런 중학생 정도의 여자애가 등산하러 올 정도이니 적어도 이 오니아이야마에 한해서는 분명 그쪽 방면에서는 메이저하고 안전한 산일 거라고 결론짓고 있었다.

차라리 트레일 런Trail run처럼 달려서 올라가 볼까 하는 생각까지 했지만, 그건 역시나 보류하기로 했다―계획대로 진행해도 일주일을 예정한 여행이다.

일찍 끝내 버려도 재미없지.

그렇다면 여력은 남겨 두는 편이 좋다.

그리고 혹시나 발이 걸려 넘어져서 다치기라도 하면 목불인견이다―만일을 위해 구급키트를 가져오게 되었지만, 혼자서 할 수 있는 치료에는 한계가 있으니까.

그래서 나는 '조금 빠른 걸음' 정도의 페이스로 오니아이야마의 등산 루트를 앞으로 앞으로, 위로 위로 나아갔다.

분명 오니아이야마의 '오니아이'란 발음은 '귀신을 만난다鬼會い'라는 의미가 아니라, '알맞다お似合い'라는 사전적 의미, 즉 '초보자에게 알맞은 산'이라는 의미이겠거니 하고 멋대로 해석하면서('상급자에게 알맞은 산'이라는 의미일 가능성에 대해서는 까맣게 잊어버렸다).

다만, 그런 인식을 고치게 되는 기회는 의외로 곧 나타났다.

"음식에 대해서는 뭐, 그렇게 걱정하지 않아도 된다고 본다. 대부분의 영양은 현지에서 조달할 수 있으니까."

스승님이 그렇게 말해서, 분명 등산 루트 중간에 편의점이나 자판기 같은 것이 있겠거니 했는데, 하지만 해가 중천에 떴을 무렵에도 그런 것들이 전혀 보이지 않는다는 것을 깨달았다.

어라?

이상하네.

아니, 이상하지는 않은가?

깨닫고 보니, 깊은 산속에 편의점이 있으리라고 생각하는 쪽이 이상하다―스승님이 이 산에 올랐을 시절에 편의점이 그 정도로 강력한 영업력을 자랑했을지 어떨지도 수상하다.

자판기를 설치하려고 해도, 제대로 작동시키려면 전기는 필수일 것이다―그런데도 불구하고 이 길에는 전신주 하나 없다!

일렉트리컬의 기척이 없어!

지하로 케이블을 놓았다면 문제는 다르겠지만, 아무래도 내가 상정했던 의미에서의 식량 조달은 이 산에서는 상당히 어려울 듯했다.

첫 번째 산에서 그랬으니 두 번째, 세 번째 산에서는, 나는 더욱 혹독한 식량난을 겪게 되겠지 — 진짜냐.

좀 봐주라.

난, 다른 사람의 배로 먹는 여자라고.

밥을 세 그릇 먹는 사람인데.

물론 여기까지 빈손으로 온 건 아니다 — 짊어진 배낭 안에 식량이 하나도 들어 있지 않은 것은 아니다.

그렇게까지 바보는 아니다.

다만, 가져온 것은 쌀뿐이었다.

쌀하고, 그리고 쿠커로써 가져온 반합과 휴대용 가스버너뿐이다.

산속수행에 대한 나의 과도한 동경이 알기 쉬울 정도로 노골적으로 나타나 있는데, 하지만 쌀만 먹는다는 건 수행으로서도 너무 스토익하다.

아니, 먹을 것에 대해서는 지금 당장 곤란할 것은 없지만, 문제는 마실 것이었다 — 배낭 옆에 끼워 넣은 수통은 엄청 작은, 귀여운 사이즈의 수통이었다.

"작은 쪽이 짐이 되지 않아서 편리해!"

라면서 츠키히가 빌려 줬는데, 설마 그것이 이런 형태의 역효과를 가져올 줄이야 — 안에 들어 있는 에너지드링크를 다 마시고 나면 커피숍 같은 곳에서 더 채워 넣을 예정이었는데.

편의점도 없는데 커피숍 같은 걸 바랄 수는 없잖아. 나의 두유 라떼는 어디 있는 거냐.

"이 수통을 나라고 생각해! 우후후, 이런 걸로 감사하지 않아 도 괜찮아!"

츠키히는 그렇게 의기양양하게, 아주아주 생색을 내는 말을 했는데, 이렇게 되고 보니 대체 무슨 짓을 한 거냐는 마음이 강 해진다―수통을 내던져서 환경을 파괴해 주마! 하는 충동에 휩 싸였다.

뭐, 긴 여정을 생각하면 수통이 좀 더 크다고 해 봤자 언 발에 오줌 누기인가… 이래서는 언 발에 뿌릴 오줌도 안 나오겠지만.

그런 느낌으로 나의 단독 산행은 이렇게 갑자기 생사가 걸린 레벨로, 거대한 암초에 부딪히게 된 것이다―페이스를 떨어뜨 릴 수밖에 없었다.

사실은 여기에서 견실하게, 그리고 현명하게 되돌아가야 했겠 지만, 그러나 그렇게 할 수 없는 것이 나였다―내가 아직 마주 하지 못한, 나였다.

아라라기 카렌이었다.

005

그렇다고는 해도, 수분 문제는 어떻게든 될 듯했다―나는 체 력에는 자신이 있어도 머리에는 자신 있는 편이 아니지만, 그러나 인간은 궁지에 몰리면 나름대로 머리가 돌아가는 법이다.

자신이 없다면 자신이 없는 대로, 머리를 굴린다.

등산 루트에서 조금은 벗어나게 되었지만, 골짜기나 샘을 발견하는 데 그리 많은 시간은 걸리지 않았다.

물소리를 쫓아 다다른 곳에.

대자연의 은혜다.

과연, 스승님이 말했던 '현지에서 조달할 수 있다'는 말은 아무래도 이런 의미였던 것 같다─이것으로 탈수증상이나 열사병에 걸리는 사태는 당분간 피할 수 있을 것 같다.

시원하고 맛있는 물!

이것이야말로 등산의 참맛!

조금 전까지의 불안을 잊고 그런 식으로 금세 흥이 나는 것을 보면, 나의 정신구조도 꽤 단순하지만─다만 스승님이 했던 말의 의미를 이해하게 되자, 그것은 그것대로 새로운 과제가 되어 내 앞을 막아서게 되었다.

조달.

마실 것을 이렇게 '현지조달'한다는 것이 올바른 의미였다고 한다면, 당연히 먹을 것의 '현지조달'도 같은 의미가 될 것이다─음식의 '현지조달'.

과연, 그렇군. 그런 이야기인가.

아니, 확실히 봤다.

목격했다.

지금까지의 여정 중에도 다람쥐나 토끼 같은 작은 야생동물이 눈에 띄었다—이야, 우리 동네에서는 볼 수 없는 풍경이네, 귀엽네, 하는 생각을 했었다.

우후후, 작은 동물을 귀엽다고 생각하는 난, 여자애 같아서 귀여울지도! 같은 생각을 했었다.

…녀석들을 먹으라고.

단백질로서 보급하라고.

"……."

아니, 아무리 격투가를 자부하고 있다고는 해도, 그건 현대를 살아가는 여자 고등학생에 대한 과제로서는 허들이 좀 높은데요, 스승님.

마음의 준비가 안 되었다고요.

자급자족이라면 몰라도 약육강식을 문자 그대로의 의미로 실천하라는 건, 각오가 없는 상태의 인간에게 들이밀기에는 아무리 그래도 너무 하드한 미션이다.

물론 이건 어리광 부리는 소리겠지.

어린애처럼 칭얼대는 행동이겠지.

다른 생물의 생명을 먹는 건 평소부터 일상적으로 하고 있는 일이다—조금 전에 벌컥벌컥 마셨던 물 역시, 얼마나 많은 미생물이 섞여 있었는지 알 수 없다.

여기까지 산길을 걸어오는 것만으로도 밟아 죽인 개미가 한 마리도 없었을 리 없다—그러니까 나는 스승님에게 그렇게까지 가혹한 행위를 강요받은 건 아니라는 이야기다.

스승님으로서는 '현지조달'이라는 말만으로 제대로 전달했다고 생각했겠지—내가 둔했던 것뿐이다.

알아서 뜻을 헤아리라는 이야기다.

게다가, 감사하는 것이라면 몰라도.

무언가를 먹는 것에, 이제 와서 준비라든가 각오라든가 하는 것이 애초에 이상한 이야기다—여기서 갈등하는 시점에서, 얼마나 나의 평소의 삶이 성의 없었는가를 알게 되었을 뿐이다.

대충이었는가를 알게 되었을 뿐이다.

돼먹지 못했다고.

다만 이 상황에 처한 나에게 한정된 이야기를 하자면, 솔직히 그 이전의 문제였다—너무나도 부족했다.

준비도 각오도, 그 이상으로 실력도.

격투기에 아무리 자신이 있더라도, 야생동물을 잡을 수 있을 만한 전문기술이 맨손의 나에게 있을 리 없었다—덫을 놓기 위한 지식도, 짐승을 조리하기 위한 날붙이조차 가지고 있지 않은 것이다.

아무리 맨손으로 싸우는 공수가라지만, 너무 손이 비었잖아.

개방된 도장 안이라면 몰라도, 나무들이 입체적으로 배치된 산속에서 야생동물을 잡는다니, 그런 일이 가능할 리가 없었다 —육상동물에 한정하지 않고 챌린지해 보았지만, 나는 개천을 헤엄치는 물고기조차 잡을 수 없었다.

그냥 물에 푹 젖었을 뿐이다.

땀은 깨끗이 씻어 낼 수 있었지만, 체력을 헛되이 소모해 버렸다—그렇지 않더라도 무력감에 시달린다. 스스로에게 엄하게 말한다면 나는 아직 먹는 문제, 약육강식의 문제를 생각할 수 있을 만한 입장조차 아닌 모양이다.

자급자족인가.

그쪽이 오히려 어려운 과제일지도 모르겠네.

"무력을 행사할지 말지 망설일 수 있는 것은 무력을 가진 자뿐이다."

언젠가 스승님에게 들었던 그런 말이 새삼스럽게 다시 떠올랐다―아니, 그건 오빠가 했던 말이었는지도 모른다.

결국 이날의 점심밥은 쌀만을 먹었다.

이 쌀도, 내가 수확한 것이 아니다.

내가 산 것조차 아니다.

006

애초에 난 요리가 서툴다.

집에서도 별로 한 적이 없다―하물며 산속에서라니.

학교에서 했던 조리실습 정도다.

우리 집은 여름방학에 캠프를 하러 가는 가정환경도 아니었다―오빠가 고등학생이 되고 나서는 더욱 그렇다.

가지고 온 장비도, 실은 지금까지 사용해 본 적이 없는 물건들이었다.

좀 더 간편히 조리할 수 있는 비상식을 가져가는 편이 좋지 않

을까 생각하던 나에게 츠키히가,

"그럼 안 돼! 산속수행은 분위기가 중요하니까, 최신 조리기구 같은 걸 가져가면 분위기를 망치게 될 거야!"

라고 주장했던 것이다.

"걱정 마, 반합을 쓰는 법이라면 내가 정성껏 알려 줄 테니까! 정성껏 말이야! 쓰는 법을 모르는 건 취찬炊爨의 '찬爨' 자만으로 충분해!"

캠프에 가지 않은 건 츠키히도 마찬가지였을 테지만, 그러나 의외로 서바이벌에 강한 나의 여동생은 여러 가지 의미에서 요리가 특기인 녀석이었다.

지성에는 결여된 부분이 있어도, 생존경쟁에는 강한 이미지가 있는 여동생이다.

츠키히라면 분명 산속에서도 아무렇지 않게 식량을 조달할 수 있겠지—파이어 시스터즈의 참모를 담당하는 자로서, 멋진 덫을 설치해 보일지도 모른다.

어쨌든 여동생의 가르침에 따라 나는 반합과 골짜기에서 떠 온 물, 휴대용 가스버너를 사용해서 밥을 지었던 것이다—이 정도 일에 온갖 고생을 하는 스스로를 꼴사납다고 생각했다.

진짜 정이 떨어지네. 나란 녀석은 이렇게나 쓸모없는 녀석이었나?

스승님이 말했던 '자신과 마주하라'라는 말은, 이런 뜻이었나? 혼자서 살아간다는 것의 어려움을 알아라, 라든가… 자신이 무엇을 할 수 없는 인간인지를 알아라, 라든가…. 하지만 그런 건 일부러 산에 올라가서 폭포수를 맞지 않아도 알 수 있을 법한데.

잠깐만 말로 설명해 주면 알 수 있다.

뭐, 내가 얼마나 쌀을 태워 버렸는가 하는 것을 여기서 이야기해 봤자 소용없고, 솔직히 그런 맛있는 물로 지었다고는 생각되지 않는 맛이었던 식사에 대해서는 이야기하고 싶지도 않으므로, 그 부분의 이야기는 완전히 생략하겠지만, 다만 밥을 지을 때에 생겨난 냄새만은 아무래도 나쁘지 않았던 모양이다.

나 자신도 그렇게 생각했고.

야생의 곰도 그렇게 생각했던 것 같다.

"근데 잠깐, 고오오오오오오오오오옴?!"

설령 장소가 동물원이라고 해도 맹수와 조우했을 때 가장 해서는 안 되는 행동 중에 하나가 '큰 소리를 지르며 소란스럽게 굴기'라는 것은 사전정보로 알고 있었지만, 역시 지식과 실천은 다르다고 할지, 실제로 야생 곰을 눈앞에서 보고 소리를 지르지 않는 것은 나에게는 불가능했다.

그도 그럴 것이, 엄청 커다란걸.

곰!

정말 곰이란, 곰 이외의 아무것도 아닐 정도로 곰이구나!

게다가 이 곰, 한 마리가 아니었다.

네 마리 있었다.

아니, 잠깐, 잠깐만. 어린이용 애니메이션도 아니고, 곰이란 거, 무리 지어 사는 생물이었나? 어쨌든 공부가 부족해서(이건 자신이 공부하지 않은 것을 부끄러워할 상황은 아니라고) 확실하게 말할 수는 없지만, 그다지 무리를 지어서 공동체로 활동하는 이미지는 아닌데.

예외가 있다고 한다면, 그렇지.

어미와 새끼 곰일 경우뿐이다.

그런 눈으로 보면 맨 앞에 있는 곰이 엄마 곰이고, 남은 세 마리의 조금 작은(그래도 충분히 큰) 곰 쪽이 새끼들이라는 느낌은 드네.

이것이 인간이라면 어머니와 세 아이들이라는 안정감이 있는 조합이랄까, 보는 것만으로도 가슴이 훈훈해지는 그룹이겠지만, 이것이 곰이 되면 양상이 완전히 달라진다.

새끼를 데리고 있는 곰.

절대 자극해서는 안 되는 대상이다.

그런 거, 공부가 부족한 녀석, 즉 나라도 알 만한 빤한 잡학이다―게다가 음식 냄새를 따라서 왔다고 한다면 이 일가족은 배고픈 곰이다.

최악의 위에 최악을 쌓은 듯한 최악이다.

게다가 더욱 최악인 것이, 이미 반합 안에 곰들에게 나눠 줄 만한 밥은 남아 있지 않았다―쌀알 한 톨 남아 있지 않았다.

애초에 곰이라는 거, 쌀을 먹던가? 물고기를 잡으러 왔다가, 좋은 냄새에 끌려서 온 것뿐인가?

…뭐, 곰이 쌀을 먹는지 아닌지는 나중 문제다―여기서 내가 궁지에 몰린 위기감과 함께 생각해야만 하는 것은, 곰이 사람을

먹는가, 아닌가다.

인간을 포식하는가, 아닌가.

시추에이션으로는 거의 개그 같은 장면이지만, 이건 아주 진지한 장면이었다.

더 이상은 불가능할 정도로 시리어스한 장면이었다.

가라테뿐만 아니라 격투기의 세계에서는 곰이라든가 사자 같은 맹수를 상대로 싸워서 멋지게 승리했다고 하는 이른바 신의 경지에 이른 전설 같은 에피소드를 듣기도 하는데―다람쥐도 못 잡는 내가 곰 네 마리를 상대로 맞설 수 있을 리 없다.

동물원의 곰이라도 무리일 텐데, 야생 곰이다.

내추럴이다.

그래도 기합이다 근성이다 하는, 곰을 상대로 싸우려는 의지나 인간으로서의 프라이드 같은 것은 곰들이 이쪽을 바라보는 눈을 본 순간 스스로도 놀랄 만큼 말끔히 날아가 버렸다.

완전히.

식사를 보는 눈이다.

사냥감이며, 음식물을 보는 눈.

아아―하고, 조용히 이해했다.

조금 전까지 고민하고 있던 식량 문제의, 지극히 적절한 답 같은 것을 알게 된 듯한 느낌으로.

그것은 아직 나에게는 생각할 자격이 없는, 노골적으로 흔들림 없는 답이었다―즉, 인간 역시 음식이라는 답.

약육강식이 도달하는 끝―먹이사슬.

연쇄되고, 이어진다.

먹을 것과 먹을 것의 연쇄반응.

"……."

아니, 그렇다고 해서 연쇄의 일부를 담당하는 생물로서, 여기서는 얌전히 잡아먹히자든가 하는 그런 깨달음을 얻을 수 있을 리도 없잖아?

절대 싫어.

죽고 싶지 않고 잡아먹히고 싶지 않아.

아직 폭포수행은 고사하고 산 하나도 넘지 못했어―스승님도 스승님이다, 곰이 나온다면 왜 그걸 알려 주지 않은 거야.

아니면 물을 구하려고 멋대로 루트를 벗어난 내가 잘못한 걸까―곰이 나온 것이 아니라, 내가 곰의 영역으로 기어들어 간 건가?

오니鬼를 만나기는커녕, 곰과 만나다니….

오니를 만나는 편이 낫겠다고, 이거!

"빌어먹을! 이렇게 됐으면 해 볼 수밖에 없어!"

"멍청한 놈. 해 볼 수밖에 없기는 뭐가 없냐."

배에 힘을 꽉 주고, 주먹 꽉 쥐고 곰들을 향해 뛰어들려고 했던 내 발이 공중에 떴다―그대로 한 바퀴 빙글 돌았다.

아무래도 나는 바로 뒤에 있던 누군가에게 백드롭을 당한 모양이다―아니, 아니. 당한 게 아니다.

돌이 널려 있는 경사면에 그런 짓을 당했다간 즉사다.

깨져서 흘러나온 뇌수를 곰이 맛있게 먹어 버릴 거다. 일부러

먹기 쉽게 되어서 어쩔 거냐.

"거 참 성가시구나. 배에 힘을 꽉 준 채로 맛있게 먹혀 버리게 되지 않느냐. 하다못해 죽은 척 정도는 해 보거라."

그렇게 딴죽을 걸면서, 바로 등 뒤에 있던 누군가가 아슬아슬하게 멈춘 백드롭 자세(브리지 같은 느낌이다)에서 나를 해방했다―아니, 잠깐. 바로 뒤에 있던 누군가?

누군가라니, 누구?

가만히 보니, 금발을 시뇽chignon으로 한, 즉 틀어 올려 묶은 모습이었다.

팬츠 룩의, 스무 살 정도의 언니였다.

"어, 어라? 조, 조금 전 산기슭에서 당신의 친척 같은 애를 만났는데?"

"그래, 그건 나의 사촌동생이다."

그렇게 잘라 말했다―반론의 여지가 없을 정도로 단호하게 잘라 말했다.

뭐, 생김새도 닮았으니 그런 거겠지. 금발 시뇽 씨는 나와 비슷한 정도의 장신이었지만.

곰의 등장으로 아무리 정신이 한계에 달했었다지만, 바짝 다가오기 정도는 고사하고 화려한 프로레슬링 기술까지 당하다니, 정말 어지간히도 정신을 놓고 있었던 모양이지만, 아무래도.

나를 구해 주었다―고 생각된다.

그녀의 사촌동생이 나를 구해 준 것처럼.

…딴죽을 걸어 줄 것까지도 없이, 야생 곰에게 자포자기하며

자살돌격을 하려고 하다니, 내가 보기에도 제정신이 아니었다. 냉정함을 잃었다고밖에 생각되지 않는다.

"정말이지, 첫날부터 곰에게 습격당하다니, 오라비에게 뒤지지 않는 사고뭉치로구먼."

"응? 언니, 우리 오빠를 알아?"

"……."

금발 시농 씨는 잠시 침묵하더니,

"이봐라, 그런 환청을 듣다니, 넌 아직 제정신을 못 차린 모양이구나. 산속에서 우연히 만난 등산자가 네 오빠를 알고 있을리가 없지 않느냐. 하물며 네 오빠의 명령을 받고 그림자에 숨어서 너를 수행하고 있다는 상황이 있을 리 없을 터인데."

도도하게 이야기했다.

이거 참, 정말 그 말대로다─뭐, 눈앞에 넋을 잃고 바라보게 될 듯한 해외의 미인과 네 마리의 곰이 있으면 웬만한 인간은 냉정을 유지할 수 없다.

그렇다기보다, 냉정하게 있을 상황이 아니야!

멍청하게 생각 없이 곰 가족에게 도전하려던 것을 막아 준 일에 대해서는 아무리 감사해도 모자라지만, 그것으로 상황이 해결된 것은 아니다─위기적 상황은 변하지 않은 채로 여기에 있다.

그러기는 고사하고, 사태는 악화되었다.

끝없이 악화되었다.

그냥 내가, 내 불미스러운 실수로(불은 미스하지 않고 제대로

껐지만, 그것이 이 경우에 문제가 되었다—짐승은 불을 무서워하는데, 옛 파이어 시스터즈로서는 생각할 수 없는 실수라고) 초대해 버린 곰 가족 일행에게 습격당한다면 그건 넓은 의미에서 자업자득으로 정리할 수 있겠지만, 어떻게 이럴 수가, 우연히 이곳을 지나가던, 저 멀리 해외에서 일본을 찾아와 준 손님을 말려들게 하고 말았어!

나는 '이 언니만이라도 지켜야 한다'라는 사명감에 사로잡혀,

"도망쳐! 여기는 내가 막겠어!"

라고 말하며 금발 시농 씨 앞에서 두 팔을 벌렸던 것이다—설마 살다가 현실에서 이런 '여기는 맡기고 먼저 가' 계열의 대사를 말할 기회가 찾아오리라고는 생각도 하지 못했다.

뭔가 보답받은 느낌까지 들었다고.

뭐, 이 경우에는 '막는다'라기보다 '먹힌다'는 것이 정확한 표현이 될지도 모르겠지만…. 어쨌든 시간을 버는 데 집중하자.

이기고 지는 게 아니라—응?

이거, 스승님이 했던 말이었던가?

아니, 그런 것을 생각하고 있을 상황이 아니다—나는 이제부터 곰 네 마리를 상대하는 거다, 생각 같은 걸 할 여유 같은 건 없어!

"한번 덤벼 보시지!"

그렇게.

냉정함을 되찾지 못한 채로, 하지만 뜨겁게 끓는 피를 느끼면서, 나는 기합을 넣어 그렇게 외쳤…는데.

시선만으로 후려칠 정도의 마음으로 노려보았더니, 곰 가족들은 그런 나에게 등을 돌리고 맥없이 떠나갔던 것이다

맥없이, 라는 건 조금 어중간한 표현이고, 실제로는 쏜살같이 숲속으로 달아나는 곰의 뒷모습이, 허공을 노려보게 되어 버린 나의 시야에 흐릿하게 남아 있었을 뿐이었다―그런 뒷모습도, 곧 보이지 않게 되었다.

"어, 어라?"

"카캇. 뭐, 곰이란 건 본래 겁이 많은 생물이다. 인간이 소란을 피우면 저쪽에서 알아서 피해 줄 정도로 말이지―아무래도 네 노호에 두려움을 느낀 모양이로고. 절대 나의 안광을 뒤집어써서 그런 것은 아닐 게야."

금발 시농 씨는 그렇게 말하며 웃었다―고풍스럽게 웃었다.

으, 응?

곰이 겁이 많다는 이야기는, 그러고 보니 들었던 적이 없는 것도 아니지만… 소리를 내서 소란을 피우고 있으면 곰은 인간에게 가까이 오지 않는다는 건, 하지만 그건 어디까지나 조우하기 전까지의 이야기 아니었나?

음식 냄새에 이끌린 곰이 그쪽에서 가까이 다가와 버리면 더 이상 그 방법은 통하지 않게 된다고 할지, 처음에 그렇게 생각했던 것처럼, 오히려 소란을 피우면 역효과가 되어 버리는 것이… 으~음, 하지만 실제로 저렇게 도망쳤으니 말이야.

개체의 차이일까?

곰도 전부 똑같은 건 아닌가.

설마 나의 노호에 그 정도의 힘이 있었을 줄이야… 어쩌면 최근의 하드한 수행의 성과가 상상 이상으로 몸에 붙었는지도 모른다.

면허개전을 받을 수 있을 만했네.

혹은 파문을.

"뭐, 앞으로 가는 길에는 가능한 한 조심하거라—아니, 나는 돌아가던 길이었으니 같이 가 줄 수는 없지만, 음, 이것을 받거라."

마치 곰이 도망친 것에 대한 이야기를 얼른 정리해 버리고 싶은 것처럼, 그렇게 말하며 언니는 나에게 뭔가 작은 물건을 건네주었다—뭐야, 별사탕인가?

"덥석!"

"바보냐!"

따귀를 맞았다.

이럴 수가, 낯선 사람에게 백드롭을 당한 것뿐만이 아니라 따귀까지—어라, 역시 아직 수행이 한참 부족한 거 아냐? 아니면 이 사람도 격투기라도 하고 있는 걸까.

몸매도 멋지니 말이야.

"뭐든지 입으로 집어넣지 마라! 그러니까 오라비가 이를 닦게 만드는 게 아니냐!"

어라, 양치질에 대한 이야기를 했던가?

오빠가 있다는 건 조금 전에 말했으니까, 뭐야, 그건 일반적인 남매 사이에서 일어나곤 하는 일이었나?

아라라기 가에서 일어날 만한 일이긴 한데.

일어나긴 했는데.

어쨌든 얻어맞은 결과, 나는 입에 넣었던 것을 뱉어 냈다.

별사탕이 아니었다.

방울이다.

핸드 벨의 방울이 아니라, 둥근 방울.

"곰방울이라는 물건이다―그것을 배낭에 달도록 하거라. 걸을 때마다 딸랑딸랑 소리가 나서, 곰을 피할 수 있게 해 줄 거다."

아하~ 과연.

머리 좋은 녀석이 있었구나.

이걸 생각해 낸 녀석은 천재겠어.

뼛속까지 격투기의 움직임이 입력되어 있는 터라 자연스럽게 발소리뿐만 아니라 옷이 스치는 소리조차 나지 않도록 활동하는 버릇이 들어 있는 나였지만, 지금은 그것의 반대 행동을 해야 하는 건가.

"그다음은 이거다. 방울을 달고 있더라도 곰은 올 때는 오는 법이지―맨손으로는 불안할 테니."

일단 배낭을 내려놓고, 시키는 대로 방울을 달고 있는데, 금발 시뇽 씨는 이번에는 나에게 기다란 봉 형태의 물건을 내밀었다.

"절대로, 삼키지 말라고?"

내가 아니니 말이다.

금발 시농 씨는 그런 단서를 붙였는데(뒷부분은 의미를 모르겠다. '내가 아니니 말이다'?) 그런 말을 하지 않아도 그런 형태의 물건은 아무리 나라도 삼킬 수 있을 리 없다.

뭘까, 스톡인가?

등산객의 머스트아이템은 아니라 해도, 꽤 많은 사람들이 사용하는 도구다─스키를 탈 때처럼 양손에 지팡이를 들고 산을 오르는 등산객의 영상은 텔레비전에서도 자주 보인다.

그것을 빌려준다는 소린가?

그렇게 생각했는데, 아니었다.

그것은 스톡이 아니라─칼집이 없는 일본도였다.

007

오가산잔을 종주하는 데 최초의 산이 되는 오니아이야마에서, 그 이후의 여정에 특필할 만한 트러블은 없었다.

아니, 갑자기 곰과 만난다고 하는, 등산 중에 겪을 수 있는 트러블 중에서 틀림없이 톱클래스의 체험을 했으니까, 어지간한 일이 없는 한은 그것을 특필할 만하다고 느끼지 못할 것이다.

식량난 문제도, 단란한 가족을 위한 음식 취급을 받아 본 뒤로는 크게 문제라고는 생각하지 않게 되었다─물이 부족하지는 않고, 쌀도 아직 충분히 있다는 걸 생각하면, 이제 그 이상 무엇을 바랄 수 있을까.

무엇을 바라더라도 사치스럽기 짝이 없는 짓일 것이다.

살아 있는 것만으로도 충분하다.

다만, 써야 할 만한 트러블은 없긴 했지만, 오니아이야마 자체가 아무래도 상당히 힘든 등산로라는 것은 지금 와서는 틀림없어 보였다.

폭포수를 맞는다는 최종목적이 상징적이지만, 아마도 스승님은 나를 산에 보내는 것으로 정신적인 수련을 시키려 했다고 생각되지만, 그러나 육체적인 측면에서 봐도 그냥 산을 오르는 것만으로도 충분한 트레이닝이 되고 있다고 느껴졌다.

산행에 익숙해지면, 물구나무서서 산을 올라 보겠어!

그렇게 큰소리치던 나를 곰에게 먹거리로 던져 주고 싶다.

다람쥐에게라도 먹거리로 던져 주고 싶다.

거들먹거리지 마! 라고 말해 주고 싶다.

포장도로의 고마움을 알아라.

'지면이 평평하다'라는 것이 얼마나 위대한 일인가를, 나는 느긋하게 시간을 들여서 이해하게 되었다—그리고 '스톡을 사용하는 건 겉멋이 든 초보자가 하는 일이겠지'라며 초보자 이하인 주제에 생각했던 나였지만, 스톡의 고마움도 동시에 알았다.

스톡이 아니라, 그냥 일본도지만.

칼집 없는 일본도.

금발 시뇽 씨가 준 물건이다.

"이번에 곰이 나타나면 죽여서 먹어 주겠다는 정도의 기개를 갖거라—그러면 그리 쉽게 위해를 입게 될 일도 없겠지. 가지고 있기만 해도 마음이 든든해질 게다."

그렇게 말해도 이건 지도나 방울하고는 달리, 준다고 해서 덥석 받아도 되는 물건이 아니라는 생각이 들어서(가지고 있기만 해도 그저 위험하다는 기분이 든다) 고사하려 했던 나였지만,

"걱정 마라, 쓰지 않을 때는 스톡처럼 쓰면 된다."

라면서 강하게 떠안겼다.

밀어붙이는 게 강한 사람이었다.

"공수가로서 무기를 드는 것이 미학에 반한다고 생각하는지도 모르지만, 산속에 날붙이 하나 없이 있는 쪽이 이상하지 않겠나."

으음. 그런 말을 듣고 보니 그 말이 맞다.

게다가 공수가라고 해도 나의 스승님은 무기 사용을 금지하지는 않았다.

무기를 사용하는 것은 사람의 지혜라고… 응?

…내가 공수가라는 거, 알려 줬던가?

"하, 하지만, 나한테 이걸 주면, 돌아가는 길에 언니는 괜찮아?"

"괜찮다. 그런 게 없어도…가 아니라, 그 정도는 스킬로 얼마든지 레플리카를 양산…도 아니라, 예비를 갖고 있으니 말이다."

그렇구나.

잘 모르겠지만, 그랬구나.

산에 익숙하구나―등산도구의 스페어를 갖고 있다니, 역시

마음가짐이 다르다.

그래서 공손히 받아 두기로 했다.

공수가지만 고분고분 공손히 받아 두기로 했다.

일본도를 스톡 대신 사용하다니, 검도가가 듣는다면 화를 낼 법한 이야기이기도 했지만, 어쩔 수 없는 상황이었다.

실제로, 공손히 받아 두기를 잘 했다고 생각했다—체중의 일부를 맡길 수 있는 막대기의 존재는, 산을 넘는 데 몹시 요긴한 물건이었다.

어째서인지 쓰기 편해.

완전 손에 착 붙어.

다만 겉모습이 칼집 없는 일본도이므로(그렇다기보다는, 실제로도 칼집 없는 일본도이므로) 만일 다른 등산객과 지나치게 된다면 변명이 궁해지게 되겠다고 생각했는데, 다행히도 나는 금발 시농 씨 외에는 '안녕하세요'라고 인사하는 일 없이, 요컨대 그녀 외에는 사람과 만나는 일 없이 첫 번째 산, 오니아이야마를 답파하게 되었다.

제1단계 돌파!

외국 사람이 올 정도니까 내 생각보다 메이저한 산인가 했지만, 그건 그 두 사람(뭐랬더라, 사촌이라고 했던가?)이 상당한 수준의 산 마니아였기 때문인 듯하다.

도중에 몇 군데인가, 더 이상 등산로라고 할 수 없지 않느냐고 할 만큼 험난한 곳도 있었고 말이야—뭐, 어쨌든 이것으로 첫날은 종료였다.

후우.

예상 밖의 사건은 몇 가지인가 있었지만, 혹은 예정대로 진행된 일 같은 건 거의라고 해도 될 정도로 없었지만, 최종적으로는 계산대로 완료되었다―오늘 밤은 이만 쉬며 기운을 보충하고 내일부터 제2의 산, 센신다케로 향하기로 하자.

나는 배낭에서 슬리핑백을 꺼냈다.

흔히 말하는 침낭이다.

텐트를 가져올까도 생각했었는데, 짐이 많아지는 데다 혼자 하는 여행에 텐트는 호들갑스럽다고 생각해서 슬리핑백을 선택했다.

산속에서 제대로 잘 수 있을까 하는 걱정도 나름대로 있었지만, 아침부터 밤까지 계속 걸어서 지쳤기 때문인지 오히려 평소 이상으로 깊이 잘 수 있었다. 자연을 만끽할 여유도 별이 빛나는 밤하늘을 바라볼 여유도 없이, 울퉁불퉁한 땅바닥에 웅크리고 잠이 들었다.

꿈도 꾸지 않았다.

누구와도 만나지 않았다.

008

그러고 보니, 자는 동안에 곰이 왔을 때의 대책을 제대로 세워뒀어야 했다―아니, 오지 않았지만, 왔어도 이상하지 않았다.

곰뿐만이 아니다.

아직 그 모습을 목격하지는 않았지만, 이만큼 울창한 삼림지대이니 뱀 정도는 있을 것이다―그것이 독사였을 경우 눈뜨고 못 볼 참상이 벌어진다. 휴대전화 전파가 닿기를 바랄 수도 없는 깊고 깊은 산속이다, 구조 요청을 할 수도 없다.

피로가 경계심을 느슨하게 만들어 버렸다―정신을 바짝 차려야 한다.

나는 가까운 골짜기에서 세수를 하고, 몸도 깨끗이 씻고(따뜻한 물의 고마움을 알았다), 말끔한 상태로 이틀째에 임했다.

어제보다는 제대로 밥을 지었다고 생각한다.

뭐든지 익숙해지기 마련이구나.

방법에 익숙해진 건지 맛에 익숙해진 건지는 확실치 않지만.

그러니까 이틀째의 산길도 분명 어제보다는 편할 거라고 생각했는데, 그렇게 생각대로는 되지 않았다.

그렇다기보다, 잊고 있었다.

깜빡 잊어버리고 있었다.

오가산장을 구성하는 세 개의 산―그 두 번째 산이 되는 센신다케는 오니아이야마와는 전혀 풍경이 다른 산이었다.

센신다케千釪嶽라고 해서, 아마도 산을 구성하는 나무들 중에 침엽수가 많은 거겠지 하는 선입관을 갖고 있었는데, 가볍게 조사해 보니(사전조사 정도는 했다, 어디까지나 깜빡 잊어버리고 있었을 뿐이고), 센신다케의 '신釪'은 침엽수를 뜻하는 것이 아니었다.

그랬다면 얼마나 좋았을까.

센신다케의 '신針'은 '침처럼 뾰족한 바위'의 '침針'이었던 것이다—요컨대 센신다케는, 말하자면 바위산이었다.

침엽수림은커녕, 나무 같은 건 거의 자라고 있지 않았다.

그러므로 오늘의 여정은 등산이라기보다는, 록클라이밍의 양상을 띠게 된 것이다—바위 위를 기어가듯이, 삼점三點 확보를 하며 이동해야 하므로 양손을 다 쓸 수밖에 없어서, 금발 시농 씨에게 받은 스톡 대용의 일본도는 아쉽지만 산의 경계 부근에 두고 가게 되었다.

배낭에 묶어서 가지고 갈까도 생각했지만, 칼집이 없는 일본도이니만큼, 미끄러졌을 때에 대참사가 일어날 수도 있으니… 돌아가는 길에는 잊지 말고 회수해야지.

곰은 돌아가는 길에도 있을 테고.

그렇게 되어서, 누군가에게 도둑맞지 않도록 나무 뒤편에 얕은 구멍을 파서 일본도를 묻어 놓고 나서, 나는 센신다케에 도전했던 것이다—단순히 힘이 드는 것으로 말하면, 그 여정은 어제보다도 하드해졌을 것이다.

스테이지가 진행됨에 따라 난이도가 올라갔다고나 할까.

록클라이밍은 온몸을 써야만 하고, 또한 로프 같은 장비도 솔직히 충분하다고는 말할 수 없었다—늘 그랬듯이 준비부족이 드러났다.

하지만 거의 경험이 없었던 보통의 등산과는 달리, 트레이닝의 일환으로 볼더링bouldering같은 어트랙션의 경험은 나름대로 있었기에, 어느 정도의 심리적인 여유가 있었다.

어느 정도, 이기는 하지만, 그래도.

알고 있다는 것은 역시 무기이며, 힘이다.

츠바사 씨가 말하는 '뭐든지 아는 건 아니야, 알고 있는 것만'이라는 말은, 조신한 겸손이기도 하지만, 그리고 동시에 당당한 자부심이기도 하겠지—벌써 꽤 오랫동안 만나지 못했지만, 그 사람이라면 '자기 자신과 만난다'라는 선문답 같은 일도 멋지고 무탈하게 해낼지도 모른다.

지금 나에게 필요한 것은.

나를 아는 것.

아라라기 카렌을 아는 것—으으음.

하지만, 역시 모르겠네.

전혀 안 보여.

이런 대자연 속에서 홀로, 자기 힘만으로 행동하는 것으로 나 자신을 다시 볼 기회로 삼는다—는 것이 스승님이 나에게 폭포 수행을 권한 의도였다는 것은, 뭐 여기까지 오면 나름대로 이해할 수 있지만, 난 딱히 숲에서 태어난 것도, 산에서 살고 싶은 것도 아니니까 말이야.

여기에서 이렇게 바위에 찰싹 달라붙어 있는 내가 진정한 나라는 이야기는 아니라고 생각한다—나의 본질은 다니고 있는 고등학교에서 수업을 받고 있는 나일 테고, 혹은 방과 후에 다니는 도장에서 주먹을 내지르고 있는 나일 것이다.

그것이 나다.

오빠와 논다거나 츠키히와 장난치고 있을 때의 내 쪽이, 곰과 싸우고 있는 나보다도 훨씬 나다울 것이다.

자아찾기, 라고 한다면.

깊은 산속에서 폭포수 같은 걸 맞지 않더라도, 그런 건 집에 있다는 기분이 들지만—아니, 이런 식으로 생각하게 되는 건 록 클라이밍이 힘들기 때문일 거야.

약해져 있으니까, 약한 쪽으로만 생각이 간다—구실을 붙여서 쉬려고 하는 거다.

서투른 사람의 생각은 시간낭비일 뿐.

그렇다면 장황하게 늘어놓지 말고, 말없이 깔끔하게 쉬는 편이 낫다.

폭포수를 맞아 보면 알게 될 일이다.

이건 스승님이 내린, 면허개전을 위한 시험이라고 생각하자—나는 나에 대해서 알지 못할지도 모르지만, 나의 스승님이 어떤 인간인지는 알고 있다.

거짓말은 하지 않고, 성의 없는 말도 하지 않는다.

그리고, 할 수 없는 일을 하라고 시키는 사람도 아니다—스승님이 나에게 산속에 틀어박혀 수행을 하라고 말한 이상, 이 가혹한 종주는 내가 할 수 있는 일일 것이다.

할 수 없다면 돌아오라고도 말했지만… 그거야 어쨌든, 나는 바위 표면에 달라붙어서 센신다케를 계속 오르는 것이었다—일심불란하게.

어제보다는 어느 정도 경험치가 있는 여정이라고 해도, 실수를 했을 때 돌이킬 수 없다는 점을 생각하면, 신중해지지 않을 수가 없다.

부드러운 흙에 넘어지는 것과 뾰족한 바위에 넘어지는 것은, 받게 되는 대미지가 완전 다르다―집중, 집중. 쓸데없는 생각을 할 때가 아니다.

산속에서는, 살아남는 것만으로도 힘에 부친다.

나는 때로는 멀리 우회하는 것도 상관하지 않고, 가능한 한 안전한 루트를 확보하면서 정상을 노렸다.

만약 내가 부상을 당했을 경우에는 지시를 내린 스승님에게도 누를 끼치게 될 거라고 생각하면 역시 나 혼자만의 문제가 아니다.

나를 믿어 준 사람을 위해서도 나는 계속 살아가야만 한다.

다만 신중에 신중을 기할 셈이었지만, 그래도 인간이 하는 일에는 한계가 있었다―그렇다기보다, 가상 트레이닝에서 얻을 수 있었던 지식에는 한계가 있었다.

그야말로.

뭐든지 아는 건 아니야, 알고 있는 것만―이다.

실내에서 하는 볼더링과, 실외에서 하는 록클라이밍은 동일하지 않았던 것이다―그야 당연히 그렇겠지만, 나는 그것을 동일시했다.

이보다 더할 수 없이 깜빡했다.

어디 보자, 무슨 말을 하는 거냐면, 여긴 실외라서 에어컨이나 냉방이 되지 않는 건 물론이고, 햇빛을 막을 만한 지붕도 없다는 뜻이다.

햇살을 가릴 지붕이 없다.

시간이 흐르면 흐를수록, 태양 빛은 머리 위에서 눈부시게 쏟아진다―물론, 햇볕에 피부가 그을린다는 것을 걱정하는 게 아니다.

아웃도어 활동을 할 때에 선크림을 바르는 정도의 센스는 있다고.

츠키히에게 빌려 온 선크림으로, 나는 전신이 미끌미끌 상태라고 할 수 있다.

그런 게 아니라―바위 표면.

바위가 문제였다.

"으아뜨뜨!"

이글이글 내리쬐는 태양 아래, 거기서 암석의 질이 변한 것인지, 내가 손을 댄 바위틈은 프라이팬 같은 고열을 발하고 있었다.

달걀프라이가 익을 것 같은 온도로.

전 파이어 시스터즈도 이것에는 견딜 수가 없다.

바위틈에 걸었던 손가락을 반사적으로 떼어 버린 것뿐만 아니라 몸도 크게 젖혀 버렸다―어쩔 도리가 없었다.

밸런스를 잡으려고 하는 것으로 다시 밸런스가 무너져 간다. 삼점 확보는커녕, 확보한 곳이 영점이었다―백점만점으로 봐도 영점이다.

난리 났네. 떨어진다.

그것도 뾰족한 산비탈에.

바늘의 산 위로 떨어지는 것과 같다—센신다케千針岳.

뼈가 부러지는 정도로 끝나면 다행이지만, 꼬챙이처럼 꿰어질지도 모른다.

그 이미지에, 절대 그럴 상황이 아닌데도 내 몸은 움츠러들고 말았다—선단공포증先端恐怖症도 아니면서, '침에 찔린다'라는 키워드가 어째서인지 마음에 걸렸던 것이다.

몸도 마음도.

그것에 걸려 넘어지고 말았던 것이다.

우, 왓.

주마등 같은 것이 머릿속을 달린다.

뭐지, 이 느낌?

이게 죽는다는 건가.

아니, 아니, 깨달음을 얻은 듯한 기분을 맛보기는 아직 이르다니까—폭포수를 맞지 못하는 건 고사하고 아직 절반이나 왔을까 말까고, 게다가 바위에 꿰인다고 해서 간단히 죽는다고도 할 수 없다.

골절 이상, 사망 미만이라는 상황도 있다.

최악의 경우, 몸통 부근을 꿰뚫려서 몸은 움직일 수 없는데 즉사하지도 못해서, 고통에 몸부림친 끝에, 태양에 뜨겁게 달궈진 돌에 몸 안쪽부터 타 죽는다는 케이스도… 크악, 나의 상상력, 너무 풍부하다고!

"탈구된다!"

하고.

그런 목소리가 들리고, 그 직후에 어깻죽지에 격통이 퍼졌다
─오른팔이 쭉 하고 뻗어 나가고, 나의 모든 체중이 거기에 실
린 것이다.

아니, 나의 모든 체중을 지탱한 것은 어깻죽지가 아니라, 손
목이었을지도 모른다─혹은, 나의 손목을 꽉 움켜쥐고 있는,
단풍잎처럼 작은 손바닥이었는지도 모른다.

작은 손바닥.

낙하 직전의 나를 아슬아슬한 상황에서 지탱해 준 그 손바닥
의 소유자는, 아무래도 나의 그림자에 숨은 듯한 모습으로 록클
라이밍을 하고 있던 것으로 보이는, 금발의 단발머리 유녀였다.

009

"사촌동생의 사촌동생이다."

그런, 거짓말의 베리에이션이 부족한 녀석 같은 자기소개를
한 금발 단발짱이었는데, 뭐, 생명의 은인을 의심하는 건 좋지
않다.

아무래도 그 사람들은 일족이 등산을 하러 총출동한 것 같다
─이렇게 뿔뿔이 흩어져도 괜찮을까 하는 걱정도 들었지만, 몇
번이나 조난당할 뻔했던 나의 걱정을 받을 입장은 아닐 것이다.

하지만 열 살 정도의 여자아이가 구해 줄 줄이야… 게다가 열

살짜리 아이도 도전할 수 있는 코스를 자기 맘대로 난관이라고 굳게 믿고 있던 스스로를 아주 부끄럽게 생각했다. 게다가 그곳에서 떨어질 뻔하다니.

살아 있는 게 수치라고.

정말 알지도 못하면서 아는 체는 다 했구나.

하지만 살아 있어서 다행이야, 살아 있는 게 수치지만.

금발 단발짱은 츠키히가 평상복으로 입을 듯한 일본 전통복장이어서, 어쩐지 산에 사는 요괴처럼 보이기도 했다―아무리 생각해도 등산하는 차림새는 아니지만, 이상하게도 그것을 받아들이게 될 듯한 기묘한 옷차림이었다.

"으음, 연령 설정이 잘되지 않는군… 역시, 아무리 나의 주인님의 혈족이라고는 해도, 그림자를 옮기는 건 무리가 있는 모양이로고."

의미를 알 수 없는 그런, 아마도 해외문화의 뭔가에 기초한 혼잣말을 중얼거리다가, 금발 단발짱은 고개를 들더니,

"어디, 어깻죽지를 보여 봐라. 응급처치를 해 주마―안심하거라, 그렇게 심하게 다치지는 않았을 터이니. 이대로 등산은 계속할 수 있을 게다."

그렇게 말하며 나의 운동복을 벗기기 시작했다.

자신의 3분의 1 정도 사이즈의 유녀를 상대로 일방적으로 휘둘리고 있었지만, 예스럽다기보다는 거의 거만하다 말할 수 있을 정도의 태도에, 나는 거스를 기력이 없었다.

어쨌든 과장이 아니라 정말 죽을 뻔했다.

죽음을 그렇게나 가까이에.

그렇게나 가까이에서 느낀 것은 처음이었다.

나 자신을 만나기 위해 왔을 텐데, 죽음과 직면하리라고는—아니, 혹시 스승님이 말하고 싶었던 것은 그런 말이었던 걸까? '죽어라'라니, 스승이 제자에게 내릴 만한 지령은 아니라고 생각하지만… 다만, 그렇지 않았다고 한다면, 나는 지령을 이루지 못한 채 마을로 돌아가게 되는 것이었다.

금발 단발짱은 위로하는 말을 해 줬지만, 아픔의 정도로 생각하면 틀림없이 나의 어깨는 탈구되었다. 팔꿈치의 인대도 늘어났을지도 모른다—가급적 빨리 병원에 가서 적절한 치료를 받아야만 하는 상태다.

이건 옛날에 똑같은 경험을 했었기에 알 수 있다—아쉽게도 나의 종주는 이런 어중간한 곳에서 끝나게 된 모양이다.

알지도 못하면서 나대다가 어정쩡하게 끝났다.

어쨌든 우리는 암반 위를 비틀거리며 위태롭게 이동하고, 어딘가 인간 둘이 앉을 수 있을 정도의 공간을 찾아서 금발 단발짱의 응급처치를 받았다.

"그러면 빠진 관절을 끼우겠다. 하나둘."

"갸아악!"

상당히 정석을 무시하고 우격다짐으로 집어넣었다—싶었는데,

"할짝."

그렇게 뜬금없이 유녀가 환부를 핥았다.

뭐지?

침을 바르면 낫는다고 생각하는 거야?

찰과상 같은 거라면 몰라도 탈구가?

그건 아무리 그래도 문화가 너무 다르지 않나, 하고 몸을 틀어서 금발 단발짱에게서 벗어나려고 하는데,

"…어라?"

그렇게.

통증이 급격히 가시는 것을 깨달았다.

"어라? 어라?"

이리저리 빙글빙글 돌려 봐도 평소처럼 움직인다.

아무런 위화감이 없다.

아니, 오히려 지금까지의 록클라이밍에서 사용한 만큼의 근육 피로조차 깔끔히 사라져 버린 듯한 상쾌한 느낌이었다.

뭐야, 이 상쾌함은.

"카캇. 나의 '아픈 것아 아픈 것아 날아가라'가 효과가 있었나 보구먼."

대충 둘러대는 소리로밖에 들리지 않았지만, 그러나 그 정도의 아픔이 어디론가 날아가 버린 건 사실인 모양이다―어떻게 이럴 수가, 설마 유녀의 타액에 그런 치료 효과가 있었을 줄이야.

이래서 오빠가 유녀에 집착했었구나.

그런 거였나.

이건 학회에 발표해야 할지도… 아니, 아마 죽을 뻔했다는 쇼크로 실제보다 아프게 느꼈을 뿐이고, 분명 나는 애초에 탈구

같은 건 되지 않았던 거겠지.

죽을 뻔했다는 쇼크로 상실했던 제정신을, 유녀가 몸을 핥았다는 쇼크로 되찾았다는 건가─오빠하곤 반대네.

어쨌든, 이것으로 좌절하지 않고 등산을 계속할 수 있게 된 것 같다.

다행이야.

다행인지 불행인지, 라는 느낌도 들지만.

나는 운동복을 고쳐 입고 금발 단발짱에게 "땡큐."라고 감사 인사를 했다.

응급처치를 해 준 것뿐만이 아니라, 조금 전에 목숨이 아슬아슬했던 장면에서 구해 준 것도 포함해서다.

"뭐, 별일 아니다. 고개를 들어라."

아니, 딱히 넙죽 엎드려서 감사하고 있는 건 아닌데… 뭐, 괜찮은가.

해외에서 온 손님에게 '일본어 잘 하시네요'라고 말하는 건 매너위반이라고 하지만, 그렇다고 해서 '그 일본어는 좀 이상하거든요?'라고 지적하는 것이 꼭 에티켓에 적합하다고는 생각하지 않는다고.

"그러면 나는 이쯤에서. 목적지인 오가 폭포까지 앞으로 딱 절반 정도인 곳까지 왔다. 힘 내거라."

"어라? 내 목적지가 오가 폭포라고 말했던가?"

"했다."

아주 강하게 단언했다.

그런가, 말했구나….

"흥. 자기 자신과 만나기 위한 산속수행이라… 뭐, 건방진 인간이 생각할 만한 아이디어로군. 그리고 분명, 필요한 태스크이기도 하다. 게다가 너처럼 분별없는 젊은이에게는 말이다."

뭔가, 무게 있는 말을 하네.

열 살짜리 여자애가.

…혹시, 금발 단발짱 쪽 사람들도 사촌끼리 서로 불러서 일족이 총출동해 자기 자신을 만나기 위해 폭포수를 맞으러 가는 건가?

"으음~ 아~ 그래, 그렇군. 나도 완전히, 나 자신이라는 것을 잃어버린 지 오래되었으니 말이다… 그러니 앞으로도, 다른 사촌과 만날지도 모르겠구나."

"그렇구나…. 대가족이구나."

"옛다. 이걸 갖고 가거라. 장갑이다. 이걸 끼면 다소의 열은 경감될 게다."

그렇게 말하고서, 어디에서 꺼냈는지 금발 단발짱은 등산용 글러브를 나에게 건네주었다.

아무리 봐도 사이즈는 그녀의 작은 손바닥에 맞는 물건이 아니었는데, 친척의 장갑을 가지고 있었던 걸까?

어쨌든 한 번 낙하할 뻔한 처지였으니, 사양하는 것이 허락될 상황이 아니었다.

받을 수밖에 없다고.

"고마워. 아무런 보답도 할 수 없는데."

"아니, 아니다. 덕분에 먹을 수 있는 도넛의 베리에이션이 점점 늘어나고 있다. 좋아서 어쩔 줄 모르겠구나. 조금만 더 하면 전 종류 컴플리트이니, 뭣하면 앞으로 한 번 더 핀치에 빠져 줘도 상관없다."

으음, 해외의 조크는 레벨이 높다.

무슨 소린지 전혀 모르겠다.

어색하게 웃으며 흘려들을 수밖에 없다고.

"그러면, 몸조심하거라. …자기 자신과 만나도, 싸우지 말도록 해라."

그런 의미심장한 말을 남기고, 유녀는 스윽 일어서더니 내가 올라온 코스를 내려가는 것이었다―감사 인사가 부족했다는 기분이 들어서 곧바로 붙잡으려고 뒤를 쫓으려 했는데,

"?"

바위 저편에, 이미 금발 단발짱의 모습은 없었다―떨어진 건 아니겠지?

010

아래를 보아도 금발 단발짱의 모습은 없었으므로, 그 애는 록 클라이밍의 숙련자였으리라고 판단하고 나는 계속 앞으로 나아가기로 했다―그 애가 준 장갑 덕분에 그 뒤부터는 순조로웠다.

순풍에 돛 단 듯했다.

물론, 그 뒤에도 몇 번인가 위험한 장면도 있었지만, 아슬아슬하게 큰일 없이 국면을 클리어하고 오니아이야마에 이어, 오가산잔의 두 번째 산, 센신다케의 답파를 달성한 것이었다.

 제2단계 돌파!

 힘들었던 만큼, 이제 여기서 돌아가도 괜찮을 정도의 성취감이 들었다―생명의 위기도 체험했고, 배워야 할 것은 이미 배운 것이 아닐까 하는 기분이 들기 시작한다.

 이 이상 배울 것이 있나?

 릴리스가 있는가 어떤가 하는 이야기이기도 하다고.

 하지만 여정의 3분의 2까지 끝낸 참에 발길을 돌리는 것도 꽤나 유감이다―모처럼 탈구를 면했으니, 끝까지 해내야겠지.

 돌에 관통되지 않고 통과했으니, 의지를 관철하는 거다!

 …재치 있는 말이 된 건지 어떤지는 둘째 치고, 그런 식으로 결의를 다지고 나는 이틀째의 밤을 보냈다.

 면허개전이라든가, 자기 자신을 만난다든가, 그런 이런저런 일들보다도 어쨌든 우선, 한 번 시작한 일을 끝까지 해내고 싶었다. 여기까지 와서 그만둘 수 없지 않은가.

 그건 그렇고, 라며 생각한다.

 우연히 해외에서 일족 전부가 찾아오신 등산객 일행이 있었으니 망정이지, 만약 그 사람들이 없었다면 나는 어떻게 되었을까.

 역시 다른 등산객이 있는 느낌은 없고… 뭐, 어디쯤에서 실수했을지는 모르겠지만(오니아이야마의 입구에서 지형도를 보고 의미도 모르며 허둥지둥하다가 털끝 하나 다치지 않고 돌아갔을 지도 모른다), 폭포수행이라는 목표를 달성하지 못했으리라는 점만은 틀림없을 것이다.

그렇게 되면, 나라면 오가 폭포까지 도달할 수 있을 거라는 스 승님의 예측이 틀렸다는 이야기가 된다.

참으로 창피한 심정이다.

부끄럽기까지 하다.

아니면, 가능한가 불가능한가는 관계없는 걸까?

이기고 지는 것은 중요하지 않다고 했다.

나에게는 역시 잘 이해가 안 되는 이야기다.

알 것 같은 기분이 들어도, 그건 분명 기분 탓이다.

마음의 주저라고도 할 수 있다.

오빠라면 알지도 모른다.

오빠와 스승님은 삶의 방식도 생각하는 방식도 전혀 다르지 만, 이기고 지는 것을 그리 중요시하지 않는다는 점에서는 공통 된 듯하다.

오빠의 경우는 지는 것이 이기는 거라는 느낌이겠지만—과연 어떨까.

스승님은 결코 자신의 힘만으로 오가 폭포에 가라고 하지는 않았으니까, 해외에서 온 일행 분들에게 도움을 받았다고 해서 수행이 의미를 잃는 것은 아니겠지만, 이제부터는 어쩌면 사촌 의 사촌의, 그 사촌과 조우한다고 해도 폐를 끼치지 않고 헤쳐 나가자고 생각했다.

011

오가산잔, 세 번째 산—최후의 산, 딱딱산.

그 이름을 들으면 토끼와 너구리가 등장하는 일본의 전래동화에서 나온 그 유명한 산을 떠올리지 않을 수 없다—아마도 정식 명칭이 아니라 통칭이겠지.

먼 옛날에는 화산이었다고 한다—지금은 분화할 걱정은 없는 듯하지만, 그런 말을 듣자 전 파이어 시스터즈로서는 끓어오르는 것이 있었다.

활활 끓어오른다.

다만 끓어오르기는 했지만, 그리고 어젯밤에 앞으로는 혼자서 헤쳐 나가자고 갓 맹세한 참이었는데, 사흘째의 아침, 나는 갑작스러운 난제에 부딪쳤다.

이건 딱딱산이, 대체 어떤 산인가 하는 것 이전의 문제였다.

오늘 먹을 밥을 지으려고 배낭을 열었더니, 어찌된 영문인지 쌀이 없어졌던 것이다.

텅 빈 봉투만이 남아 있었다.

어라? 자는 동안에 곰이 먹어 버렸나?

그렇게 첫날의 트라우마를 떨치지 못한 나였지만, 하지만 혹시 곰이 왔다면 쌀보다도 푹 잠들어 있던 내 쪽을 잡아먹었을 것이다.

곰 이외의 야생동물도 수상하다면 수상하지만, 하지만 야생동물이 깔끔하게 봉투만을 남기고 쌀을 먹었다고는 생각하지 않는다―범인이 야생동물이라면, 봉투는 송곳니에 의해 갈기갈기 찢겨 있었을 것이다.

그렇다고 하면 대체, 어째서?

어딘가에서 떨어뜨렸나?

봉투의 매듭이 느슨해져서 헨젤과 그레텔처럼 쌀을 뿌리면서 여기까지 왔다는 걸까⋯. 그렇게 생각하고 뒤를 돌아보아도, 그렇게 보이는 흔적은 없다.

그렇다는 이야기는, 아마도 어제 록클라이밍 도중에 바위에서 낙하할 때 호쾌하게 전부 쏟아 버렸다는 이야기겠지―그때밖에 생각할 수 없다.

그렇다면 피해가 쌀만으로 끝난 것을 요행이라고 말해야 했다.

그 상황에서 목숨을 구한 것만으로도 감지덕지지만, 안 그래도 부족한 장비를 전부 잃어버렸을 수도 있다고 생각하면, 역시나 등골이 서늘해진다.

아니, 이런 지점에서 식량을 잃어버렸다는 것만으로도 충분히 심각한 손해지만⋯ 뭐, 쌀이라면 땅바닥에 흩어져도 야생동물이 먹어 주겠지.

하지만 곤란하다.

몹시 곤란하다.

아침에 하루 분량의 밥을 지어서 주먹밥을 만들어 먹는다는 라이프스타일이 빨리도 무너졌다고 할지, 이제부터 어떡해야 좋을지, 망연자실할 수밖에 없다.

그렇지만 이제는 앞으로 나아가는 수밖에 없었다―식량 사정을 이유로 뒤로 돌아갈 수는 없다.

왜냐하면 뒤로 돌아간다는 것은, 정확히는 하루 걸려서 제2의 산, 센신다케를 거쳐 간다는 것이다―다른 곳도 아닌, 바위산을.

록클라이밍을 하면서는 먹을 것을 입수할 수가 없다―그렇다면 앞으로 나아가는 길에 식량을 '현지조달'하면서 딱딱산을 오르는 편이 나을 것이다.

다행히도 사전정보가 거의 없어서(스승님도 자세히는 알려 주지 않았다) 어떤 산인지 정체를 알 수 없었던 딱딱산은, 이렇게 보기로는 첫 번째 산에 가까운 느낌이었다.

물론 모처럼 받았던 날붙이(일본도)는 놓고 와 버렸고, 안 그래도 착실히 피로가 쌓여 있는 나에게 야생동물을 붙잡는 일이 가능할 리도 없었다.

다만, 식물이라면?

식물은 도망치지 않는다.

나를 잡아먹으러 오지 않는다(중요).

오히려 반찬으로 산나물을 캔다는 발상을 어째서 오니아이야마에 있던 시점에서 떠올리지 못했는지 신기할 정도였다.

…사실은 신기하지 않지만.

채소가 싫었기 때문이지만.

고기만 먹는, 진정한 의미에서의 육식계 여자라고.

식물 역시 살아 있는 생명이니까 먹는다는 것은 죽인다고 하는 논리에 대해서는, 지금은 치워 두자—나는 아직 그 논리를 논할 수 있는 수준이 아니다.

채소가 싫다느니 뭐라느니 하는 배부른 소리는 두 번 다시 하지 않는 것으로 부디 참아 주었으면 한다.

그리하여 액시던트도 드디어 절실해졌다. 나는 먹기 위해서라도, 즉 살기 위해서라도 제3의 산, 딱딱산을 등반해야만 할 것 같다.

사흘째가 시작된다.

012

시작하자마자 갑자기 삐끗한 딱딱산 등반이었지만, 물론 산 자체도 상당히 가혹했다.

록클라이밍과 단순하게 비교할 수는 없고, 첫 번째 산과 분위기는 비슷하지만 그 난이도는 비교할 것이 아니었다—오니아이야마의 등산 루트도 스톡(일본도)이 있었던 덕분에 비교적 편하게 답파할 수 있던 점이 있었는데, 이 딱딱산에는 애초에 등산 루트가 없었던 것이다.

길다운 길이 없다.

지도에 실려 있지 않을 만하다.

그냥 산에 오르는 것만으로도 조난당한 것처럼 등반하게 된다
—의지가 되는 것은 능선의 경사와, 그리고 골짜기다.

이 골짜기가 아무래도 산 정상 부근에 있는 폭포, 요컨대 오가
폭포와 이어져 있다고 추측된다.

그렇다면 최악의 경우에도 이 골짜기를 쭉 따라가면 목적지
에는 도착할 수 있다는 것이다—산을 오르는 방법으로 그것이
올바른지 어떤지는 확실치 않지만, 내 나름의 지혜였다.

생각하는 것을 전부 츠키히에게 맡겨 왔던 터라 이렇게 효율
나쁜 지혜밖에 나오지 않는 것이 슬플 뿐이지만, 그래도 스스로
생각하고 스스로 행동한다는 것은 움직이는 보람이랄까, 모티베
이션으로 이어졌다.

살아 있다는 느낌이 있다.

먹을 것이 없다고 하는, 생각해 보면 절체절명의 위기에 마음
이 꺾이지 않았던 것은 그런 모티베이션 덕분일지도 모른다—
뭐랄까, 산다는 것은 그것만으로 즐거운 일이구나 하고, 그런
장대한 것까지 생각했다.

그만큼 힘든 일이기도 하겠지만.

뭐, 항상 물이 있는 곳을 확보하면서 이동한다는 것은 적어도
잘못된 행동은 아닐 것이다—주의를 기울여야만 하는 것은, 곰
을 대표로 하는 야생동물 역시 물을 마시러 올 테니, 이것이 반
드시 안전한 루트는 아니라는 점이다.

그리고 기본적인 것이지만, 젖은 돌에 발이 미끄러지지 않도
록 조심한다든가, 진창에 발이 빠지지 않도록 한다거나 하는 주

의점도 의식해야 할 것이다.

일단 그 주변에 떨어져 있던 굵직한 나뭇가지 두 개를 스톡으로 사용하기로 했다―같은 대용품 스톡이라도 일본도 한 자루일 때 쪽이 편했지만, 배부른 소리는 할 수 없다.

이 골짜기를 올라가시 최종적으로 오가 폭포에 도착하게 되는 거라면, 그냥 여기서 물을 뒤집어쓰면 넓은 의미에서는 목적을 달성했다고 말하지 못할 것도 없지 않을까 하는 악랄한 생각이 뇌리를 스쳤지만, 힘든 산을 두 개 반이나 종주한 끝에 끝내만난 것이 그런 비열한 나 자신이어서는 스승님뿐만 아니라 가족에게도 마주할 낯이 없다.

나 자신을 만난 결과, 누구와도 만날 수 없게 된다니, 그런 어리석은 일은 또 없을 것이다―그러니까 나는 어디까지나 완주를 노린다.

종주를 계속한다.

그러는 한편으로 식량 찾기도 게을리할 수 없다.

여기까지 왔다면 스케줄을 지키는 것보다도 그쪽이 중요하다―목숨보다 중요한 것은 좀처럼 없지만.

최악의 경우, 행동계획을 재검토해서라도 식량의 '현지조달'을 우선해야만… 다만, 산에서 머무르는 시간이 길어지면 길어질수록 식량 문제도 악화된다는 사실도 잊어서는 안 된다―인간은 '먹지 않아도 괜찮은 날' 같은 건 없으니까.

카누라도 가져왔다면 돌아가는 길이 편했겠네, 같은 생각도했지만, 지금은 아직 돌아가는 길까지 신경 쓰고 있을 수 없었다.

휴화산이라고 하는지 사화산이라고 하는지는 모르지만, 딱딱
산이 형성된 과정을 생각하면 역시 농사를 지을 만한 땅이 아니
기 때문일까, 나의 지식으로 알 수 있을 만한 채소나 과일, 버섯
종류는 전혀 보이지 않았다.

이상하네, 이럴 리가 없는데.

양배추나 사과나 바나나는 어디에 어떤 식으로 열리는 거지?

013

가령 깊은 산속에 세상에 널리 알려진 그런 메이저한 식물계
음식이 자라고 있었다고 해도, 결코 맛있지는 않다고 한다.

역시 평범하게 슈퍼마켓 같은 곳에서 팔리는 채소라는 것은,
사람이 손을 대서 사람이 먹기 좋게 기른 것이라고 한다.

어쩐지, 먹는 문제는 생각하면 생각할수록 심오하다.

다만, 그렇다면 나는 상당히 얕게 고민하고 있었다―이제는
맛이라든가 먹기 쉽다든가 하는 건 바라지도 않으니, 어쨌든 뭔
가를 배에 집어넣고 싶다는 극도의 공복 상태이다.

어라~

그렇다고는 해도 어제는 제대로 먹었으니, 아침밥을 걸러도
오전 정도는 견딜 수 있을 거라 생각했는데, 전혀 안 되겠는데?

못 견디겠는데, 이거?

뭐 어때, 이제는, 이 주변에 있는 잡초를 먹어도… 풀이라는 건 그럭저럭 먹을 수 있다고 들었고.

잡초라는 이름의 풀은 없다고 하고.

쌀을 상실한 것으로 인해 역할을 잃어버린 반합으로 삶아 먹으면, 그렇게 큰일은 나지 않을….

그렇게 생각하고, 아니, 더 이상 생각했는지 어땠는지도 확실치 않지만, 어쨌든 나는 비틀거리면서 그 주변의 풀숲에 손을 뻗어―

"…어이하여 일부러 옻이 오르는 계열의 식물에 손을 뻗는 것이냐."

누군가에게 단단히 그 손목을 붙잡혔다.

데자뷔.

어제 암반 위에서 낙하할 뻔했을 때도 그런 식으로 손목을 붙잡혔기 때문이다―어이쿠, 또 유녀가 나타난 건가 하고 옆을 보니, 역시 나에게 아주 가까운 위치에, 하지만 유녀가 아닌 금발의 등산객이 있었다.

여자 고등학생 같은 차림새를 한 트윈테일의 여자애다―뭐, 바다 건너에서는 여자 고등학생의 정의나 연령도 결코 일본과 동일하지는 않을 테니 일률적으로 말할 수는 없지만, 어쨌든 내 또래 정도의 금발 걸이었다.

"옻이 오른 피부는 아무리 그래도 핥을 수 없다. 내 혀도 큰일이 나게 되지 않느냐."

금발 트윈테일짱은 어째선지 내 어깨를 금발 단발짱이 핥았던 일을 아는 듯한 소리를 했다—뭘까, 친척 사이에는 텔레파시라도 통하는 걸까.

나와 츠키히 사이에서도 통하지 않는다고, 그런 건.

아니, 나도 이미 정상적으로 사고할 만한 상태가 아니라서 금발 트윈테일짱의 말을 제대로 듣고 있는지도 수상하다—단순히 그녀는 산을 사랑하는 등산객의 한 사람으로서 '등산을 수박 겉핥기 수준으로밖에 모른다'라고 말한 것뿐일지도 모른다.

확실히, 모 아니면 도라면서 산나물을 캐려 하다니, 자포자기에도 정도가 있다—그 결과, 정말로 옻이 올라 버리면 정말 눈 뜨고 못 볼 꼴이다.

"아~…. 저기…."

"사촌이다."

…뭐, 그렇겠지만 말이지.

그렇지만 얼마나 많은 대가족이 산에 오른 거냐고.

그런 것치고는 제각기 흩어져 있고.

그리고 누구 한 명 정도, 그 사람들한테 현대의 평범한 말씨를 가르쳐 줄 강사는 없었냐고.

금발 트윈테일짱은 무기력 상태인 나의 손목을 잡아당겨서 풀숲(옻이 오르는 계열의 풀숲)에서 떨어지게 하고서,

"뭐든지 입에 넣지 말라고 내 사촌이 말하지 않았던가?"

라고 말했다—마치 자신이 준 주의사항을 무시당한 것처럼, 진저리 내는 표정이다. 사촌에 대한 공감능력이 높은 걸까?

그런데, 그런 소릴 들었던가?

전혀 기억나지 않는다고.

"아마도 단순한 기억력 문제일 테지만, 뭐, 헝거 녹* 때문이라는 것으로 해 주마―그러니까, 다른 것을 기억해 내거라. 너무나도 고귀하고 친절한 등산객이 너에게 행동식을 주지 않았던가?"

음.

그건 기억해 낼 수 있었다.

그렇다기보다, 어째서 지금 이때까지 그걸 잊어버리고 있었을까―겨우 이틀 전 일인데, 벌써 2년 정도 전의 일 같았다.

그렇다, 나는 오가산잔의 첫 번째 산인 오니아이야마의 기슭에서 금발 포니테일짱에게 판 초콜릿을 받았던 것이다.

판 초콜릿! 칼로리!

어디 보자, 어디였더라, 어라….

아, 그렇지. 운동복 주머니에 넣었는데, 그대로 놔뒀던가?

그것도 떨어뜨렸다면 어떡하지 하고 생각하면서, 나는 주머니를 뒤적였다―지퍼가 달린 주머니는 아니었지만, 다행히 제대로 남아 있었다.

다만, 둘째 날의 뜨거운 햇살 때문인지, 한번 녹았다가 굳은 것처럼 뒤틀린 형태를 하고 있었지만, 그것으로 맛이 크게 변할 리도 없을 것이다.

"덥석. 우득우득… 아아, 느껴진다! 폴리페놀이 느껴져!"

※헝거 녹(hunger knock) : 신체 내의 에너지가 소진되어 극심한 피로를 느끼는 상태.

"폴리페놀의 유무를 느낄 수 있다니, 대체 얼마나 섬세한 혀를 가진 게냐."

잠깐 기다리고 있거라, 라며 어처구니없다는 듯이 말하고서 금발 트윈테일짱은 풀숲 쪽으로 돌아갔다.

그리 멀리 간 건 아니고, 어디까지나 나의 그림자가 닿을 정도의 범위 내였는데, 무슨 일일까, 뭔가 떨어뜨린 물건이라도 있는 걸까.

내가 멍청히 있자(역시나 초콜릿 하나로는 머리가 제대로 돌아갈 정도로는 회복되지 않는다고), 금발 트윈테일짱은 양손에 가득히, 꽃다발 아닌 풀다발을 안고 돌아왔다.

"여기 있다. 먹어도 괜찮은 풀이다. 적당히 따 왔다."

"친절한 사람!"

나는 금발 트윈테일짱을 허그했다.

거리가 너무 가까운 해외의 손님에게, 일본인답지 않은 감사의 표명이었다.

"내 고교 졸업 댄스파티의 파트너는 너로 정했어!"

"일본에 고교 졸업 댄스파티 같은 건 없지 않느냐."

"넌 천사야! 아니, 신이야!"

"아, 그만, 그만. 천사라느니 신이라느니 하고 불렸다간, 말도 안 되는 게 튀어나올지도 모르니깐."

예스러운 말투가 무너져 있었다.

말도 안 되는 거?

무슨 이야기지?

"금방 요리할게! 너도 먹고 가!"

요리라고 해 봤자 반합으로 익히는 것뿐이지만, 염원하던 음식에 신이 났던 나는 그런 식으로 금발 트윈테일짱을 런치에 초대했다.

"미안하구나, 모처럼의 초대이지만 내 경우에는 땅에서 난 것을 먹는 건 무리다."

쌀쌀맞게 거절당했다.

감사하는 기분이 차갑게 식어 간다고.

그것도 거절하는 말이 아주 정떨어진다.

그렇다면 어째서 먹을 수 있는 들풀이라든가 옻이 오르는 독초 같은 걸 자세히 아는 거야.

"뭐, 사정이 있어서 먹는 것에 대해서는 까다로워서 말이다. 그렇다기보다, 가까운 곳에 먹는 것에 까다로운 녀석이 있다고 해야 할까—카캇."

이유를 알 수 없는 돌려 말하기를 하는가 싶더니, 금발 트윈테일짱은 소리 높여, 하지만 어딘가 자학적으로 웃고서,

"그런 이유로 식사를 함께해 줄 수는 없지만, 동석 정도는 해 주도록 할까."

라고 말하며 내가 준비한 가스버너 옆에 털썩 앉았다—한쪽 무릎을 세운 자세가 예의 바르다고 하기는 어려웠지만, 그래도 어딘지 모르게 고귀함을 풍기고 있었다.

고귀함이라기보다, 성스러움일까?

아, 아니지, 신이라는 말 같은 건 하면 안 된다고 했던가?

어째서일까.

"응? 왜 그러느냐?"

"아, 저기…. 그렇지, 산에는 신이 있다는 얘기가 있었지, 하는 생각이 들어서."

말을 걸어와서, 적당한 말로 대답하는 나.

너무 성의가 없다고.

하지만 분명 그런 이야기를 들은 적이 있다—딱히, 산속에서 우연히 만난 외국의 관광객을 신과 착각한 것도 아니지만.

하지만 이 금발 트윈테일짱, 뿐만 아니라 금발 일행 여러분 덕에 내가 큰 도움을 받았다는 것은 사실이다.

여기까지 오면, 나처럼 생각이 짧은 녀석이라도 그냥 어쩌다 그랬다든가, 우연이라든가 하는 것을 넘어서, 신의 지휘 같은 뭔가를 느끼게 된다고.

"흥. 산은 산이다. 신 같은 건 없다."

금발 트윈테일짱은 딱 잘라 말했다.

신앙심이 깊은 건 아닌 모양이다.

"신비적이긴 하지만 말이다. 그것이 중요할지도 모르겠군— 내 경우에는 정반대였지만 말이다."

"음? 정반대?"

"내 경우는 호수에서의—아니, 뭐, 옛날이야기다. 아주 옛날이야기다. 이 나라에는 자연현상을 신이라고 간주하는 경향이 있고, 또 요괴라고 보는 경향이 있는 듯하더군—자연을 숭배하고, 자연을 두려워한다. 괴이란 그런 식으로 태어나지—그렇지만 사실, 괴이란 사람의 마음속에만 존재할 수 있는 것인지도 모른다."

"？？？"

뭘까, 무슨 소리를 하는지 정말로 이해가 안 되기 시작했다고 ─ 외국분에게 일본의 문화에 대해 배운다는 것도 꽤 부끄러운 일이지만, 하긴 이렇게 깊은 산속까지 관광하러 올 만한 산 마니아니까, 산에 대한 일가견이 없는 쪽이 이상하려나.

괴이라고?

하지만 묵묵히 듣고만 있는 것도 생명의 은인에 대한 실례라고 생각해서 나는,

"'의심암귀'라는 거랑 비슷한 건가? 의심하는 마음에 귀신이 생긴다 ─ 같은."

그렇게 장단을 맞춰 주었다.

자기가 말해 놓고도 완전히 빗나갔겠구나 하고 생각할 만큼 엉뚱한 말이었지만, 거만한 건지 대범한 건지, 금발 트윈테일짱은 "뭐, 비슷한 것이겠군."이라며 고개를 끄덕여 주었다.

"귀신은 마음에 태어나고, 그림자에 산다 ─ 내가 말하는 귀신과 이 나라에서 말하는 귀신은 또 다른 것이겠지만 말이다. 허나 그런 차이야말로 인간의 재미라고 할 수 있겠지 ─ 그래서, 어떠냐?"

"응? 어떠냐니?"

"신이나 귀신은 그렇다 치고 ─ 너, 슬슬 자신과는 만났느냐? 여정도 이제 곧 골인 지점이 보이고 있는데."

"아~"

어라?

나의 목적이 나 자신과의 대화라는 거, 말했던가? 뭐, 알고 있다는 건 말했다는 거겠지. 이거 큰일이네, 아직 의식이 헝거 녹 상태 같다.

"만났다고는 말할 수 없겠네. 살아 있는 것만으로도 아슬아슬하다고—역시, 실제로 폭포수를 맞아 보지 않고선 뭐라고 할 수 없겠어."

"살아 있는 것만으로도 아슬아슬이냐. 그건 그것대로 부러운 이야기일 터인데—세상에는 좀처럼 죽을 수 없어서 난처해 하는 녀석도 있으니 말이다."

"허어, 그런 녀석도 있어?"

"있다고도 할 수 있고, 없다고도 할 수 있다. 살아 있다고도, 죽어 있다고도 말이야. 자, 풀이 다 익은 모양이다. 슬슬 먹거라."

"아, 응. 잘 먹겠습니다."

그런 재촉을 받고, 나는 반합에서 들풀을 직접 떠내어 먹었다—으음, 요컨대 채소스프라고 할 수 있겠지만, 솔직히 절대 맛있다고는 못 하겠네.

맛이 없거나 그냥 쓰거나 어느 한쪽인데, 너무 푹 익힌 탓인지 씹는 맛도 전혀 느껴지지 않는다—그야말로 독인지 뭔지를 먹는 것 같기도 했다.

공복은 최고의 조미료라는 말도 의외로 의심스럽네—하지만 배부른 소리는 하지 않겠어. 금발 트윈테짱이 나를 위해서 따다

준 거니까(본인은 섭취를 거부했지만).

영양, 영양, 영양.

생명, 생명, 생명.

주문처럼 그렇게 되새기면서 나는 들풀을 목 깊숙이 밀어 넣었다—금발 트윈테일짱 왈, 이미 보이고 있는 골인 지점에 도달하기 위해서라도 착실히 먹어야만 한다.

"일단은 들풀의 형상을 기억해 두거라. 그리고 앞으로도 틈이 있으면 따 두어라—최초의 산에도 자생하고 있을 터이니, 돌아갈 때의 식량도 그것으로 어떻게든 될 게다."

"하나부터 열까지 고마워."

"감사할 정도는 아니다. 그러면 나는 이쯤에서."

그렇게 말하고 금발 트윈테일짱은 스윽 하고 일어섰다.

하여간 판 초콜릿과 들풀을 먹은 것으로 조금은 머리가 돌기 시작한 나는, 흥미가 생겨서,

"저기, 당신들 대체 몇 명이 온 거야?"

라고 물어봤다.

여기까지 오는 동안, 이미 그녀의 일족을 하나, 둘, 셋에 금발 트윈테일짱을 포함해서 네 명이나 만났다.

앞으로 더 만날지도 모른다고 세 명째였던 금발 단발짱이 예고했었고 실제로 이렇게 도움을 받았는데, 하지만 언제나 갑작스럽게 나타나서 그때마다 깜짝깜짝 놀랐다.

심장에 안 좋다.

앞으로도 그녀의 일족과 더 만나게 된다면, 조금은 구체적으

로 어디쯤에 어떤 사람이 있는지 알아 두려는 건, 단순한 호기심 이상의 마음이었는지도 모른다—과연 어떨까.

산에서 내려오는 금발금안의 사촌들이 아직 많이 남았는지, 아니면 금발 트윈테일짱이 최후미를 맡고 있는 건지—내가 던진 질문에 대한 그녀의 답은,

"내가 몇 사람 일행으로 왔는가는 둘째 치고—너는, 대체 몇 명이 온 것이냐?"

라면서 질문을 질문으로 받아쳤다.

내가 몇 명으로 왔는가 하는 건 보면 알 수 있을 텐데—내가 대답하지 못하고 있자, 금발 트윈테일짱은 천사 같기는커녕 악마 같은 미소를 지으며,

"설마, 혼자서 왔다고 생각하는 것은 아니겠지?"

하고 말했다.

014

그야 혼자 왔다고 생각하는데.

왜냐하면 혼자서 왔으니까.

그렇게 해야 한다고 생각했고, 그렇지 않으면 산속에서 수행한다고는 말할 수 없겠지—위험하다고 이야기되는 단독산행에 도전한 건, 그것이 필요한 일이라고 생각했기 때문이다.

마음만 먹는다면 학교의 친구들이나 도장의 동료를 모아서 길

을 떠날 수도 있었을 테고, 스승님에게 그것을 신청하면 거절당했으리라 생각하지도 않는다.

그건 나의 판단이다.

스스로 정했다.

오빠가 반대했다든가, 츠키히가 찬성했다든가, 그런 것들도 궁극적으로는 무관계하며 결단에 영향을 미쳤다고는 할 수 없다 ─모든 것은 아라라기 카렌이 정한 것이다.

아니면, 그렇지 않다는 걸까?

다른 사람이 보기에 나는 스승님의 말을 맹신해서, 오빠에게 반발해서, 츠키히에게 선동당해서 자의식도 자아도 없이 자기도 잘 모르는 길을 걷고 있는 녀석일까.

자신이 없는 녀석일까.

나 자신이 없는 녀석일까.

그런 생각을 하면서 나는 딱딱산을 계속 나아갔다─뭐랄까, 산을 오른다기보다는 골짜기를 오른다는 양상을 보이고 있는데, 하여간 배에 뭔가를 넣은 것으로 육체적으로야 어쨌든, 정신적인 리커버리는 이루어진 듯했다.

금발 트윈테일짱은 어느샌가 사라져 있었다─그녀가 던진 불가해한 물음에 내가 잠시 고개를 숙인 순간, 맹렬한 대시로 강 아래로 내려갔는지도 모른다.

그렇다고 해도 왜 맹렬한 대시를?

또다시 나는 감사를 제대로 하지 못해서 소화불량에 걸린 기분이 들었던 것이다─물어봐야 했던 것은 연락처였을까?

뭐, 만일 앞으로 또 그 사람들의 사촌을 만나게 된다면, 그때 한꺼번에 감사를 전하기로 하자.

그렇게 생각하며 발을 앞으로, 또 앞으로, 한걸음씩 나아가려고 했는데, 하지만 산이라는 장소는 나를 전혀 봐주지 않았다.

쉽지 않았고, 자상하지 않았다.

그렇다기보다 이 제3의 산, 딱딱산에 대해 말하자면, 완전히 인간의 침입을 거부하는 것처럼 붙임성이 없었다―산의 날씨는 변하기 쉽다고들 한다.

그러니까 여행 중 어디쯤에서 비가 내리지 않을까 하는 예상은 나도 하고 있었다―그래서 우비 정도는 배낭 안에 챙겨 왔다.

떨어뜨리지 않은 것도 확인했다.

게다가, 애초에 나는 폭포수를 맞으러 왔으니까, 다소의 호우가 쏟아진다고 해도 대수롭지 않게 여길 각오는 되어 있었지만, 그러나 산은 나의 상상을 뛰어넘었다.

격렬한 빗줄기가 쏟아진 것이 아니다.

격렬한 벼락이 떨어졌던 것도 아니다.

그런 화려한 이벤트와 조우한 것이 아니라, 오히려 그것은 소리 없이 가만히 나에게 다가왔고, 정신을 차리고 보니 완전히 둘러싸여 있었다.

둘러싸여 있었다고 표현하면 야생동물에게 둘러싸인 듯한 인상일지도 모르겠는데, 이 경우 나를 둘러싼 것은 생물이 아니었다―안개.

안개였다.

산악용어로는 가스gas라고 부르는 모양인데, 명칭은 둘째 치고 시야가 온통 새하얗게 되었다―미끄러지지 않도록, 발밑만을 보고 있던 것이 완벽하게 역효과를 부르는 형태로, 마치 구름 속에 길을 잃고 들어온 듯한 느낌이었다.

이런 일이 있을 수 있는 건가?

하고 나는 망연자실했다.

말할 것도 없이 상당히 위험한 상황이었지만, 그러나 그저 압도당하는 기분 쪽이 강했다.

안개라는 것이 이렇게나 또렷하게 끼는 것이었나―기껏해야 시야가 좀 희뿌옇게 변하는 정도일 거라고 생각하고 있었다.

경치를 거의 빈틈없이 칠해 버렸잖아.

새하얗게.

아니, 이건 산에서 겪게 되는 안개 중에서도 상당히 짙은 편인 농무濃霧라는 것이겠지만, 그렇다고 해도 이런, 바로 아래밖에 보이지 않을 정도로 눈앞이 온통 새하얗다니―설경이라 해도 이렇게 하얗지는 않다고.

한 치 앞도 알 수 없는 어둠이란 말이 있는데, 이건 한 치 앞도 알 수 없는 백색이다.

가만히 기다리면 금방 걷힐까, 아니면 재빨리 이동해서 이 농무를 빠져나가는 편이 좋을까, 초보자의 눈으로는 판단하기 어렵다.

농무에 농락당하고 있다는 느낌이다.

단순히 생각하면 발밑이 불안한 장소를 걷고 있으므로, 시야가 막혀 버린 상황에서는 가만히 있는 편이 낫다고 생각하지만, 이런 상황이 계속되면 점점 상태가 악화될 것도 확실했다—이렇게 아무것도 보이지 않는 시추에이션에서는 들풀의 조리도 불가능해 보인다.

한밤중이라면 불을 사용하는 것이 오히려 안전으로 이어지겠지만, 마찬가지로 시야가 좋지 않다고 해도 새하얀 안개 속에서는 불로는 시야를 밝힐 수 없다—습기가 차 버릴지도 모른다.

요컨대, 대기하는 것을 선택했다가는 또 헝거 녹 상태에 빠지게 될지도 모른다—여차하면 산나물을 날로 먹는다고 하는 방법도 있으니, 그렇게 해야 할 상황이 되면 주저 없이 그렇게 해야겠지만, 그것도 리스크는 있다.

그렇다기보다 이 상황에는 이미 노 리스크나 로 리스크의 선택지 같은 것은 없다—뭘 어떻게 하더라도 자신의 목숨에 관련되는 하이 리스크의 도박이 된다.

이것조차도 '나 자신과 마주한다'의 일환일까.

어쨌든 나는 농무 안에서 소리를 단서로 삼아 골짜기를 더욱 거슬러 올라가는 방법을 선택했다—괜찮다, 눈을 가리고 싸우는 훈련도 받았으니까.

어디까지나 도장에서였지만….

오히려 도장보다도 산속이 단서가 많다. 발이 미끄러지지 않는 것을 지금까지 이상으로 철저하게… 진정해라.

이런 안개 속이라면 설령 곰이나 멧돼지가 이 산에 서식하고 있더라도 얌전히 있을 것이다—그렇게 스스로를 억지로 안심시키고, 나는 나뭇가지로 만든 스톡을 신중하게 짚으면서 계속해서 이동했던 것이다.

015

딱딱산.

오가산장의 제3의 산, 딱딱산.

나는 그 이름의 유래를 그 전래동화에 등장하는 산이라고 생각했는데, 그 자체가 완전히 틀린 건 아닐 것이다. 네이밍의 유래가 된 건 확실하다고 생각한다—하지만, 그것뿐만이 아니었다.

그런 식으로 불리게 된 주 원인은 따로 있었다는 것을, 나는 확신하게 되었다.

딱딱.

딱딱. 딱딱.

딱딱. 딱딱. 딱딱.

딱딱. 딱딱. 딱딱. 딱딱.

농무로 앞길을 전혀 알 수 없게 된 상태에서, 그래도 앞으로 나아가면서 그런 소리를 들었을 때—확신하게 되었다.

…옛날이야기에서는 너구리가 짊어진 장작에 불을 붙이기 위해서 토끼가 부싯돌을 부딪칠 때의 소리가 '딱딱'이었기 때문에

산 이름이 '딱딱산'이었다.

불이 붙고 나서는 '활활산'이 되었다는 베리에이션도 있었던가—그렇다면 만일 이 딱딱산에 그다음이 있다고 한다면, 분명 콕콕산이 될 것이다.

딱딱.

딱딱. 딱딱.

딱딱. 딱딱. 딱딱.

딱딱. 딱딱. 딱딱. 딱딱.

이 소리를—나는 알고 있다.

어째서인지 알고 있다.

그런 상황에 직면했던 적이 있을 리 없지만, 하지만 아주 잘 알고 있다—이건 경계음이라는 것이다.

경계음—딱딱.

경고음—딱딱.

그렇다.

이건 '그 곤충'이 내는 소리.

아마 인류가 산에서 조우할 리스크의 필두에 있는, '그 곤충'.

곰보다도 사람을 많이 죽이는 작은 벌레—

"장수말벌…."

내 입에서 목소리가 흘러나왔다.

아니, 목소리는커녕 공기조차 흘러나오지 않았다—얼굴 근육이 완전히 굳어졌다.

무섭다.

얼어붙는 듯한 공포가 완벽하게 나의 마음과 몸을 지배하고 있었다.

"……."

등산에 관한 책에는 반드시라고 해도 좋을 정도로 적혀 있다. 장수말벌은 자기 영역에 들어온 인간을 선제공격할 정도로 사납고, 흉포하며―독침을 찌른다.

꿀벌과는 다르게 장수말벌의 침은 몇 번이나 찌를 수 있게 되어 있다―찔렸다고 그 자리에 웅크리거나 하면 몰려들어서 벌집을 만들어 버린다고 한다. 얄궂은 표현이지만.

다만, 그냥 도망치면 되는 것도 아니라고 한다―덤벼들기 전에, 장수말벌 무리는 경고음을 발하는 경우도 있다.

딱딱―하고.

그렇게 해서 상대가 영역을 침입하는 외적인가 아닌가를 판단한다고 하던가―그때 가만히 움직이지 않는다면 운 좋게 해방되는 경우도 있다고 한다.

도망치면, 물론 쫓기게 된다―올바른 판단 따윈 거의 없다시피 한 시추에이션이다.

가령 올바른 판단이 있다고 한다면, 장수말벌의 벌집이 있을 법한 곳에는 절대 들어가지 않는다는 것이 바로 그것이겠지만… 이미 늦었다.

나는 실수해 버린 것이다.

어디서부터?

농무 속에서 움직이지 말았어야 했을까, 아니면 이런 등산 자체가 애초에 무모했던 걸까—수많은 후회가 나를 덮친다.

침으로 찌르듯이.

콕콕, 하고 괴롭힌다.

…그 이미지가, 너무 무섭다.

모습이 보이지 않고 소리만을 느끼는 것으로, 나를 포위하는 장수말벌의 모습이 비대하게 상상하게 되고 만다—그럴 리가 없는데도, 수천 마리의 장수말벌이 나를 노리고 있다는 생각이 들기 시작한다.

틀렸다. 서 있을 수가 없어.

이 상황에 가만히 있으라는 건 무리다—하지만 다리가 얼어붙어서 도망칠 수도 없다. 곰을 상대할 때는 스스로를 고무하고 덤벼들려고 한 나였지만—벌을 상대로 같은 행동을 하려는 생각은, 바늘 끝만큼도 불가능했다.

어떡하지.

눈물이 나올 것만 같다.

속이 메슥거린다.

머리가 아프다.

떨린다.

땀이 흐른다.

토할 것 같다.

숨을 쉴 수가 없다.

…지속적인 사고가 불가능해지기 시작했다. 나는 고산병 같은 것에 걸린 걸까? 여기서, 지금?

영문을 알 수 없게 되어 버린 내가 내린 결론은, '물소리를 의지해서 골짜기에 뛰어든다'라는 것이었다—군대라고 형용되기도 하는 장수말벌이라 해도, 역시 물속까지 쫓아오지는 못할 것이다. 골짜기에 뛰어든 내가 과연 무사할지 어떨지는 어찌 되든 상관없다—그대로 물속에 가라앉든, 떠내려가든, 물이 너무 차가워서 심장발작을 일으키든, 바위나 강바닥에 몸을 부딪치든, 상관없었다.

딱딱.

딱딱. 딱딱.

딱딱. 딱딱. 딱딱.

딱딱. 딱딱. 딱딱. 딱딱.

그런 소리를 이 이상 듣지 않을 수 있다면—

"들어."

그렇게.

바로 뒤에서, 어깨를 꽉 붙들렸다.

농무 속, 바로 등 뒤였기에 그 모습은 보이지 않는다—어떤 머리색의, 어떤 머리모양을 한 누구인지는 알 수 없다.

하지만, 누군가였다.

그 목소리를 듣고—어째서인지 나는 금방 안심했다.

온몸에서 힘이 쑥 빠져나가는 것을 느꼈다.

"들어—잘 들어. 이런 농무 속에서 장수말벌이 날아다닐 것이라 생각해?"

그렇다.

들고 보니 그 말대로다.

곰이나 멧돼지가 나오지 않는 것처럼, 장수말벌도 이런 농무 속에서 활동할 리가 없다—곤충의 시력이 어느 정도인지는 알 수 없지만, 명암이나 원근이라면 몰라도, 농무 앞에서 안구는 평등할 것이다.

그렇다면 이 소리는, 경고음은 아닌 걸까.

장수말벌이 나를 쏘려고 하는 소리가 아니라—나를 사지로 이끄는 소리였던 걸까.

나의 약함이, 나에게 들려준 소리?

내가, 나에게 들려준 소리인 걸까.

"안내해 줄게. 그대로 앞으로 나아가."

그렇게 말하고, 내 바로 뒤에 있던 누군가는 나의 어깨를 붙잡은 채로 나의 등을 꾹 하고 밀었다—힘이 빠진 몸은 밀리는 대로 경사면을 오른다.

딱딱—하는 소리는 아직 들린다.

하지만 점차 작아져 갔다.

꺼져들 듯 사라져 갔다.

들리지 않게 되어 갔다.

"그대로 앞으로 나아가, 길을."

들린 것은 바로 등 뒤에서의 그런 목소리뿐이었다—완전히 얼이 빠진 상태가 된 나는, 더 이상 두렵지 않았다.

등을 떠밀리고 있기 때문이 아니라.

거기서부터는 나 자신의 의지로, 앞으로 나아간다.

길을.

길은 없어도, 나의 길을.

016

농무를 빠져나오자, 그곳은 오가 폭포였다.

갑자기 종점에 도달해 버린 것처럼 갑작스러웠지만, 이미 여행 사흘째는 끝에 접어들고 있어서, 능선 너머로 저녁 해가 가라앉으려 하고 있다―그런 빛도, 지금의 나에게는 눈부시다.

아마도 어딘가에서 삼림한계를 넘은 것이겠지, 시야가 탁 트여서, 붉게 펼쳐진 웅대한 전망은 몹시 지친 몸의 구석구석까지 물들이는 듯했다.

농무 속에서 나를 떠받치고, 내 등을 밀어 준 사람을 이제 와서 새삼스레 뒤돌아 찾아보았지만, 역시 이미 그 자리에는 없었다―사촌 여러분 전원에 대한 감사 인사를 전해야만 했는데.

"하아…."

그렇게 힘이 빠져서 비실비실 주저앉아 있을 상황도 아니다―여기는 골인 지점이기도 했지만, 간신히 이것으로 스타트 지점에 도착했다고도 할 수 있다.

나는 등산이 아니라 폭포수행을 하러 온 것이다.

오가 폭포는 막연하게 예상했던 폭포와는 달리, 그 정도로 거대한 폭포는 아니었다―그건 기탄없는 의견으로, 조금 김이 새는 느낌도 있었다.

성취감이 깎여 나가는 느낌이다.

참고로 내가 예상했던 폭포라는 건, 예전 텔레비전 특집 방송에서 봤던 나이아가라 같은 폭포였다. 하지만 차분히 생각해 보면, 지금 컨디션으로 그런 스케일의 폭포수를 맞았다간 그냥 죽는 정도가 아니라 몸이 산산조각 나고 말 것이다—나 자신과 만나기는커녕, 시체로도 유족과 대면할 수 없게 되어 버릴지도 모른다.

게다가 이미지와 다른 데다 크다 작다로 말하면 작은 편일 오가 폭포였지만, 그러나 높고 낮음으로 말하면 적어도 국내에서는 꽤나 높은 편이 아닐까 생각되었다—요컨대 가까이에서 본 고저차는 상당한 수준이었다.

목측으로 올려다보기로는 대략 15미터 정도의 높이에서 물이 수직으로 떨어지는 느낌이었다—물론 그런 높이도 수량도 규모도 나이아가라에는 한참 미치지 못하겠지만, 지금부터 이것을 뒤집어쓴다고 생각하니 기합을 다시 넣지 않을 수 없었다.

뭐, 어쨌든 곰을 돌파하고, 록클라이밍을 해내고, 공복을 초월하고, 농무 속을 나아가고, 장수말벌을 극복한 지금의 나다—여기까지 와서 폭포수행을 두려워할 수는 없다.

오늘 밤은 이제 저녁밥(들풀 찜)을 먹고 푹 쉬고 나서 '폭포수행은 내일 한다는 생각도 있었지만, 좋은 일은 빨리 하라고들 했다.

그렇다기보다, 기분 문제를 제쳐 두더라도, 실질적인 문제로 안개 속을 답파해 온 나는 옷부터 신발에 이르기까지 무시무시한 습기 속에 있었기 때문에, 여기서는 물을 뒤집어써서 몸을 깔끔히 하고 싶다는 생각도 있었다.

폭포수행을 하는 김에 몸을 씻자는 것은 수련으로서 생각하면 상당히 불성실하지만, 그러나 그 농무를 빠져나온 자에게는 그 정도 상은 주어져 마땅하다고 생각한다.

식사 전에 목욕탕에 들어가는 듯한 감각으로, 나는 배낭에서 가라테 도복을 꺼냈다―생각해 보면, 이것을 맨 먼저 바닥에 채워 넣은 것이 패킹작업을 곤란하게 만들어서, 필요한 장비를 가져올 수 없게 만든 원인이라는 생각이 들지 않는 것도 아니었지만, 뭐, 그렇다고 해도 산에 들어가서 수행하려는데 도복을 놓고 올 수는 없었다.

폭포수를 맞는다면, 도복을 입고서다.

이미 물을 뒤집어쓴 것과 다를 바 없을 정도로 푹 젖은 운동복을 벗고, 나는 도복으로 갈아입었다―안개를 빠져나온 곳에 있는 오가 폭포는 거의 비경 같은 장소였으므로, 다른 사람의 시선을 걱정할 필요는 없다고.

이 풍경을 독점할 수 있다니, 이 시점에서 상당한 사치인걸.

배낭은 방수 사양이었으므로 속에 든 것들은 무사했다―뭐, 금방 이 도복도 젖어 버리겠지만, 이라고 생각하면서 나는 검은 띠를 맸다.

그리고 머리도 다시 묶고, 스트레치.

조금 전에는 심장발작이 일어나도 상관없다며 골짜기에 뛰어들려 했지만, 역시 폭포수행을 하려면 잠깐 워밍업을 해야겠지.

나는 우선 폭포 주변을 둘러보면서 조금 떨어진 곳부터 살짝 발을 담근다―생각했던 것보다 수온이 낮다.

이거, 영하 아냐?

아니, 영하라면 얼어붙겠지. 물이니까.

물의 흐름에 거스르게 되겠지만, 깊이는 그리 깊지 않았기 때문에 미끄러운 이끼 같은 것을 주의하면서 천천히 걸어가니 조금 전보다도 걷기가 편할 정도였다―물에 빠져 죽는다든가, 심장발작으로 죽거나 할 일은 없어 보이지만, 그렇다고 해도 얼어 죽을 것 같은 온도다.

산 정상 근처인 만큼, 이미 추운가?

뭐였더라, 분명히 츠키히가 말했었지⋯ 100미터를 올라갈 때마다 기온은 0.6도 정도 떨어진다고⋯ 수온도 그런가?

역시 내일 아침, 아니, 점심에 하는 편이 나았으려나 하는 생각이 들지 않는 것도 아니었지만, 이제 와서 다시 준비할 수도 없고, 게다가 내일 날씨가 화창할 것이란 보장은 없다―산의 날씨가 금방금방 변한다는 것은 신물 날 정도로 체감했다.

발바닥이 냇물 바닥에서 들뜨지 않도록 신경을 쓰면서, 나는 첨벙첨벙 폭포 근처로 접근했다―문득 저 폭포수 뒤편에 동굴이 있고, 그곳에 보물이 숨겨져 있지는 않을까 하고 망상했지만, 접근해서 보기로는 기믹은 없는 듯했다.

폭포수 안쪽에 있는 것은 바윗돌뿐이다.

비전되는 두루마리가 그곳에 숨겨져 있다든가 하는 식의, 스승님은 그런 연출을 좋아하는 타입은 아니었지—성실한 격투가다.

나도 성실한 제자로서 깔끔한 자세로 폭포수를 맞도록 하자—다만, 앞으로 몇 미터 거리까지 접근해서 보니, '어, 정말 이런 짓을 하는 거야?' 하는 의문도 솟아났다.

물이 솟아나는 것이라면 몰라도, 의심이 솟아나는 건 좋지 않다.

나이아가라에 비하면 김이 샌다는, 생각해 보면 실례되는 말을 해 버렸는데, 이 거리에서 보니 박력이 무시무시하다—이리저리 튀는 물보라를 뒤집어쓰는 것만으로도 이미 얻어맞고 있는 것처럼 아프다.

워터커터가 아닌 워터해머라는 느낌이었다.

몹시 지친 나의 몸 정도라면 충분히 산산조각 낼 수 있지 않을까.

그렇다, 지금의 컨디션인 나라면… 아니.

그건 아니야. 그건 아니라고, 아라라기 카렌.

온몸 구석구석까지 근육통이고, 발 가죽은 여기저기 벗겨지고, 무릎은 후들후들 떨리고, 팔도 욱신거리며 굳어 있고, 체력도 거의 바닥나 있다. 들풀을 아무리 배 속에 밀어 넣어도 공복은 끊임없는 공복이고, 영양은 절대적으로 부족하다. 고산병은 걸리지 않았지만, 지금도 머리가 멀쩡히 돌아가고 있다고는 말하기 어렵다—즉.

"…즉, 베스트 컨디션이야."

에라, 될 대로 되라지—라면서.

나는 깊이도 확인하지 않은 채로 폭포수를 향해 발을 내딛고, 맹렬한 기세로 쉴 새 없이 떨어져 내리는 물줄기에 머리부터 돌진했던 것이다.

그 어떤 격류도 나의 불길은 끌 수 없다고!

017

"어서 와, 시노부. 카렌을 무사히 데려다줘서 고마워. 자, 약속했던 도넛이야."

"우물우물우물."

"훗. 정말이지 카렌도 참 애먹인다니까. 내가 붙어 있지 않으면 아무것도 못 하니."

"그렇지도 않았다."

"엉?"

"그렇지도 않았다고 말했다. 아니, 실제로 나는 그림자 속에 숨어서 네 누이에게 붙어 있었다만, 그렇지도 않았어—만약 내가 붙어 있지 않았더라면, 좀 더 순조롭게 그 거대 아가씨는 산길을 걸었을지도 모르겠다는 얘기다."

"어? 뭐라고? 무슨 소리야, 시노부?"

"내 주인님인 너와는 달리, 평범한 인간인 그 여자애의 그림자에 내가 숨어서 붙어 있었으니 말이다. 그 체력 소모는 어마어마했을 게야. 바벨을 짊어지고 산을 올랐던 것과 크게 다르지 않아."

"그, 그럼, 네가 발목을 잡았다는 소리야? 달라붙어 있기만 한 게 아니라?"

"엄밀히 말하자면 네가 그런 거다. 여동생의 발목을 잡은 건."

"그렇다면 그렇다고 말하라고! 하마터면 여동생을 죽일 뻔했잖아!"

"말하지 않았나. 지금. 도넛을 받은 뒤에. 후불이란 소리를 하니 그렇게 되는 게다. 제대로 반성하도록 해라."

"그럴 수가…. 하지만 정말로 위험할 때는 네가 구해 줬잖아. 금발 사촌 군단이… 응, 특히나 그건 큰 도움이 되었대. 아무것도 보이지 않는 안개 속에서, 계속 앞으로 나아가라고 등을 밀어 준 거. 그것으로 마음속에 계속 박혀 있던 가시가 빠진 느낌이 되었다고―그건 가시가 아니라 침이었을지도 모르지만."

"음? 무슨 얘기냐, 나는 모르는 일인데?"

"뭐?"

"내가 그 계집애를 도왔던 건 들풀을 찾아 준 것이 마지막이다―안개 속을 계속 나아가는 데 조력해 준 적은 없다."

"아, 안개 속을 계속 나아가…?"

"신경 써야 할 부분은 그 문장의 운율이 아닐 터인데."

"그, 그럼, 그 녀석의 등을 밀어 준 건 누구야?"

"글쎄다. 그러니 내 말하지 않았더냐. 혼자라는 것은 좀처럼 될 수 없는 법이다. 외톨이일 때야말로, 특히나."

"……."

"그게 아니면, 의외로, 안개 속에서 뒤를 돌아보면, 그 자리에 있던 건 그 녀석 자신이었을지도 모른다―귀신을 만나고, 자기 자신을 만나기에 오가逢我 폭포. 뭐, 자기 자신의 모습도 일률적인 것은 아니라는 이야기다."

"너한테도, 다양한 네가 있는 것처럼―말인가."

"너에게도 다양한 네가 있었던 것처럼, 말이다. 뭐, 자기 자신을 만나는 것만으로는, 그런 건 어차피 시작에 불과하다. 다양한 나 자신과, 오래도록 함께 해 나가야 하니 말이다―카캇."

제0화 츠바사 슬리핑

HANEKAWATSUBASA

001

아라라기 코요미라는 같은 반 친구를 구하기 위해 그 무렵의 나는 온 힘을 다했었는데, 하지만 정말로 고생했던 것은 사람을 찾기 위해 장기간에 걸쳐 전 세계를 돌아다녔던 일이 아니었다.

아니, 물론 **그 사람**이 있는 곳을 알아내는 것도 결코 쉽지는 않았지만, 그러나 이거나 그거나 전부 아라라기 군을 위한 일이라고 생각하면 마음이 꺾일 일은 없었다─자백하자면, 단순히 아라라기 군을 위해서라기보다도 오시노 오기라는 후배에 대한 대항의식이란 것도 다소 있었겠지만, 그것이야 어쨌든.

어쨌든, 나는 도착했다.

도달했다.

고심참담故心慘憺 끝에, 오시노 씨─세상 뭇 요괴의 테크노크라트, 괴이 현상의 전문가인 오시노 메메 씨를 발견했던 것이었다.

그때는 어리석게도 난 그것으로 목적을 달성한 것 같은 기분이 되어 버렸지만, 하지만 본론은 거기서부터 시작이었다.

본 게임은 도달하고 나서부터였다.

왜냐하면 나의 여로는 오시노 씨를 발견하는 것으로 끝이 아니었다─그 사람을 일본으로 데리고 돌아가는 것이야말로, 좀 더 말하자면 그 사람으로 하여금 아라라기 군을 돕게 만드는 것이야말로 주제이자 주안점이었으니까.

하지만 말할 것도 없이.

"구하지 않아. 사람은 혼자서 스스로 알아서 살아나는 거라고, 반장—"

이렇게 말하는 것이 일관되게 변하지 않는 오시노 씨의 생각이며, 그 소신은 저 멀리 아득한 곳에서 그를 만나러 온 나에게도 일관되게 변하지 않는 자세였다.

완고하게.

관철하고 있었다.

"하하~ 반장이 아라라기 군을 구하려는 건, 그야 물론 반장 마음이지만, 내가 그것에 함께해 줄 의리는 없겠지. 친애하는 아라라기 군의 근황을 알려 준 것에는 감사하지만, 그런 상황에서 아라라기 군이 목숨을 구하고 싶다고 생각한다면, 그건 아라라기 군이 자력으로 살아나야만 하는 거야."

"자력으로…. 하지만."

생각도 하지 못했던 전개에 나는 초조해졌다.

하지만 생각해 보면 봄방학 때도 골든 위크 때도, 이 사람은 이런 폴리시를 관철하고 있었다—정이 없는 건 아니겠지만, 그 정에 의해 움직이는 경우는, 일단 없다.

차갑다기보다, 엄격하다.

남에게보다, 자신에게.

아마 전문가가 정 때문에 움직이는 것의 리스크 같은 것을 무겁게 생각하고 있는 것이겠지—그 부분은(본인들이 인정하는가 어떤가는 둘째 치고, 아니, 일단 인정하지는 않겠지만) 카이키 씨와 통하는 구석이 있었다.

소문으로 들은 카게누이 씨와는 정반대라고 말할 수 있겠지만 ―관리자 격인 가엔 씨의 가르침 같은 것도 아닌 걸까.

이렇게 되면 2분의 1 확률로 카케누이 씨 쪽을 끌어들이는 편이 나았겠다며, 그런 느낌으로 어깨를 축 늘어뜨렸다.

아니, 내 잘못이다.

압도적으로 그렇다.

아라라기 군의 근황을―완전히 오시노 오기와 태그를 조직하고, 손에 손을 잡고 의기투합하고 있는 그의 위험한 상황을 전하면 오시노 씨가 바로 움직여 줄 것이 틀림없다고 멋대로 믿고 있던 내가 뻔뻔스러웠던 것이다.

뻔하다 싶을 정도로 뻔뻔스러웠다.

세계일주는 고사하고 전 세계를 망라하는 듯한 여정으로 간신히 오시노 씨를 발견한 자신이 보답받지 못할 리 없다고, 깜빡 생각하고 말았다―내가 쌓아 온 고생이나 노력 같은 거, 오시노 씨에게는 아무런 의미도 없는 것인데.

"아라라기 군이 자력으로 살아날 뿐―애초에 아라라기 군이 살아나려고 생각하고 있는지 어떤지가 나에게는 의문이고 말이야. 오히려 그 애는 자벌을 바라고 있는 것처럼 생각된다고."

"…자벌 自罰."

"자멸이라고는 하지 않겠지만 말이야. 뭐, 그 애답다고 하면 그 애답지. 그야말로 아라라기 군이라고도 할 수 있어―그렇게 나와야지, 하는 느낌이야. 하지만 그런 그 애를 구하는 것이, 그 애를 위한 행동이 된다고는, 나로서는 도저히 생각할 수가 없어. 단."

반장.

네가 들인 수고나 노력이 아무런 의미도 없는 건 아니야.

그렇게 오시노 씨는 말을 이어 나갔다.

"나는 전문가고, 업무내용을 구체적으로 말한다면 괴이담 수집을 주업으로 삼고 있어─어쩌면 몰랐을지도 모르겠는데, 나는 그것을 위해 이쪽저쪽을 방랑하고 있는 거야. 다른 사람의 이야기를 듣기 위해서 여행을 하고 있다고 해도 되겠지─그러니까 들려주지 않겠어, 반장? 네가 나를 발견하기까지, 대체 어떤 여행을 해 왔는지."

"⋯⋯."

"다른 사람도 아닌, 악몽 같은 골든 위크를 연출했던 너야, 분명 평범한 여로는 아니었겠지. 여기에 도달했다는 것만으로도 위업이지만, 그런 만큼 거의 설명이 되지 않는 신기한 체험도 하지 않았을까? 그런 이야기라면 내 업무의 대가가 될 수도 있어─나의 수집대상이 말이야. 까다로운 내가, 아라라기 군을 구할 구실이 될 수 있을지도 몰라."

⋯그런 이유로, 나는 이야기했다.

아라라기 군을 구하기 위해서─오기와 싸우기 위해서.

오시노 씨를 찾아내기 위해서─오시노 씨를 데리고 돌아가기 위해서.

어떤 여행을 했는가를.

어떤 땅을 밟고, 어떤 바다를 건넜는가를.

그것은 오시노 씨를 찾기 위한 여행이었고, 나 자신을 찾기 위한 여행이었고, 혹은, 아라라기 군을 잊기 위한 여행이었을지도 모른다.

002

그것은 독일의 고성에 유폐되었을 때의 일이었다.

'독일의 고성에 유폐? 아니, 잠깐, 반장, 갑자기 무슨 소리를 하는 거야?'

'잠자코 들어 주세요. 이 부분을 받아들이지 못하면 이야기가 진행되지 않아요.'

오이쿠라와의 사건을 겪고, 내가 처음으로 해외로 날아간, 그 직후의 일이었다―생각해 보면 그 무렵, 거의 동시에 일본에서는 센고쿠가 뱀에 얽혀 있었으므로, 그 일을 생각하면 내가 일본을 떠난 판단은 조금 성급했는지도 모른다.

과잉반응이었다고는 생각하지 않지만.

하지만 오기는 틀림없이 내가 없는 틈을 노려서 여기저기에서 암약할 테니까―암약이라기보다는 도량발호跳梁跋扈라고 말하는 편이 어쩌면 정확하겠지만.

'어라, 그 오기라는 애한테 상당히 엄한걸, 반장. 경위야 어쨌

든, 네가 그런 식으로 다른 사람을 나쁘게 말하다니, 드문 일인데 말이야.'

'그 뒤로 이런저런 일이 있었어요, 저에게도.'

'흐음. 너의 머리카락 색이 흑백이 뒤섞인 화이트타이거처럼 된 것하고 뭔가 관계가 있는 걸까?'

'그건 다음번에 이야기할게요―지금부터 이야기하려는 건 전혀 다른 이야기니까요.'

그렇지만 내가 만일 그대로 일본에 머물러 있었다고 해도, 아라라기 군을 지킬 수 있었으리라고는, 역시 생각되지 않는다.

오기의 존재를, 혹은 비존재를 근본부터 뒤집지 못한다면 상황에 변화는 없다고 생각했다―그러기 위해서는 행방불명된 오시노 씨를 찾을 수밖에 없다고, 그렇게 확신했던 것이다.

확신… 아니, 사실은 그런 건 아니었다.

그 무렵의 나는 자신의 행동에 대해 몹시 불안해 하고 있었다―뭘 하려 해도 기댈 곳이 없었다. 예전 같았으면 이 불안을 또 다른 자신에게 떠넘겨 버렸겠지만, 이제 나에게는 그것이 불가능하다.

그렇게 하지 않아도 된다.

또 한 명의 자신.

또 한 마리의 자신이라고 해야 할지도 모르지만―다만, 그래도 내가 과감하게 행동에 나선 것은 아라라기 군에 대한 보은이라는 마음이 있었기 때문이다.

그는 나를 은인이라고 말하지만, 나에게는 아라라기 군이야말로 은인이니까—그 은혜에 보답하기 위해서도, 나는 무슨 일이 있더라도 오시노 씨를 일본에 데리고 돌아가야만 하는 것이다.

'무슨 일이 있더라도, 말이지—뭐, 네가 하는 이야기가 업무의 대가에 상응한다면, 물론 나는 돌아갈 거야.'

'알고 있어요—그러니까 이야기하는 중간에 훼방 놓지 마세요.'

'어이쿠, 무서워라—그렇게 화내지 마, 반장. 기운이 넘치는구나, 뭔가 좋은 일이라도 있었어?'

원래, 내가 독일을 방문한 이유는 정보가 있었기 때문이다—이른바, 전문가가 일본에서 독일로 업무 때문에 향했다는 정보였다.

그것이 오시노 씨라고 단정할 수 있는 이유는 없었고, 애초에 정보의 출처부터 조금 수상하기는 했지만, 그러나 그 밖에 의지할 만한 정보도 없는 이상, 설령 틀린 정보라도 확인하지 않을 수 없었다.

'핫하~ 그런데 실제로는 틀렸던 거구나—난 독일에는 간 적이 없지. 그렇다기보다, 대부분의 외국에는 가 본 적이 없어.'

'네, 알고 있어요—이렇게 실제로 찾아내고 보니, 얼마나 엉뚱한 곳에서 우왕좌왕하고 있었는지.'

'낙담하지 마. 그런 헛걸음도, 딱히 헛수고는 아니었으니까—업무의 대가가 될 만한 내용일 경우에는, 말이지.'

'계속할게요.'

내가 유폐당한 것은, 고성의 지하감옥이었다.

바닥도 벽도 천장도, 돌로 만들어진.

설치된 창살은 쇠로 만들어져서, 흔들어 봐도 꿈쩍도 하지 않았다―문에 설치된 자물쇠는 원시적인 빗장 자물쇠로, 도저히 '열려라, 참깨' 같은 암호로 열릴 법한 구조는 아닌 듯했다.

아무리 지혜를 짜내도 자력으로 탈옥이 가능한 감옥이 아니었다―완전히 감금되어 버렸다.

"……."

아니, 감옥의 튼튼함은 말할 것도 없거니와, 이곳에는 보다 절실한 문제도 있었다―그것은, 4평 정도 되는 면적의 감옥에는 욕실이나 화장실이라는 설비가 없었던 것이다.

물론 이런 감금시설에 그런 호스피털리티나 어메니티를 바라고 있는 건 아니다―그뿐만 아니라, 쇠창살에 음식물을 집어넣을 틈새가 없다는 점에도 주목했다.

당연히 침대도 없다. 이불도.

요컨대 '인간이 생활하기 위한 설비'가 이 감옥에는 전혀 없었던 것이다―그것이 무엇을 의미하는가.

생각하고 싶지도 않았지만, 생각할 것도 없었다.

'그들'은 나를 이곳에 장기간 감금할 생각이 없다는 것이었다.

"'그들'? '그들'이라니?'

"'하이웨이스트'와 '로라이즈' 두 사람은, 잠시 후에 등장해요―하지만 그 전에.'

나를, 이라고 말했지만.

감옥 안에 있는 건 나뿐만이 아니었다.

"탈옥할 방법을 생각하고 있는 거라면, 소용없으니 포기하는 편이 좋을 거다."

소녀여.

그렇게, 감옥 안을 구석구석 샅샅이 체크하는 나를 보다 못해 말한다는 느낌으로, 같은 방의 그 남자는 그렇게 이야기했다.

"이렇게 붙잡혀 버린 시점에서, 우리는 이제 끝장이다―이후로는 저 둘에게 농락당할 뿐이지."

"…태도가 정말 깔끔하네요."

나는 그렇게 대답했다.

실제로, 감옥의 벽에 기대어 한쪽 무릎을 세우고 앉아 있는 그 남자의 모습에서는, 어떤 종류의 고결함마저 느껴졌다―그것에 비하면 나 같은 건 좁은 방에 감금당해서 완전히 이성을 잃고 허둥거리는 것처럼 보였겠지.

다만, 그렇다고 해서 그 남자와 마찬가지로 이윽고 찾아올 결말을 얌전히 앉아서 기다릴 생각은 전혀 없었다.

그렇게는 할 수 없다.

나에게는 아직 이루지 못한 목적이 있었고, 게다가―예전의 나라면 모를까, 도저히 그 남자의 어드바이스에 순순히 따를 기분이 아니었기 때문이다.

"확실히 당신은 아라라기 군하고 싸웠을 때도 그런 식으로 깔끔하게 포기했었죠―드라마투르기 씨."

"……."

말하지 않을 수 없었던 나의, 조금 빈정거리는 투의 말에 그는 ―흡혈귀 퇴치의 전문가인 드라마투르기 씨는 표정 하나 바꾸지 않고 "그랬었지."라고 끄덕였던 것이다.

003

'드라마투르기? 어라라, 이게 누구야. 아주 그리운 이름이 나왔잖아―키스샷 아세로라오리온 하트언더블레이드를 죽기 직전까지 몰아넣었던 세 명의 전문가 중 한 명이었던가?'

'맞아요, 오시노 씨. 당신이 봄방학 때 아라라기 군에게 부탁받아서 교섭했던 상대 중 한 명이죠.'

'흐흠. 그렇군. 그렇다면 반장이 생리적으로 반발을 느끼는 것도 당연하다고 해야 할까? 그 남자는 아라라기 군을 궁지에 몰아넣었던 사람 중 한 명이니까―그렇다고 해도 나의 동업자인 그 남자에게는 그것이 일이지만.'

'네, 그 말이 맞아요. 나무라고 싶은 기분이 드는 건 옳지 않다는 거, 알고 있어요. 알고는 있지만요.'

'핫하~ 아무래도 많이 인간다워진 모양이네, 반장―그러는 편이 좋다고 생각해. 즉, 일본에서 독일로 건너간 전문가라는 건 드라마투르기였다는 얘기네?'

'그런 얘기죠.'

아무래도 내가 가진 정보에는 치명적인 에러가 있었던 모양으로, 현지에서 우왕좌왕한 끝에 밝혀낸 곳에 있었던 것은 하늘을 찌를 듯한 거대한 덩치의 외국인이었다.

확실히 신장 2미터를 넘는 우람한 체격의 남자였다—그리고 나는 그 남자를 본 기억이 있었다.

　봄방학.

　나오에츠 고등학교의 교정에서 아라라기 군과 그가 싸우고 있는 장면을, 나는 목격했었다—생각해 보면, 아라라기 군이 '흡혈귀'로서 전투를 즐기고 있는 장면을 본 건 그때가 처음이지 않았을까.

　이른바 괴이 현상에 관련되었던 것도.

　그것이 처음이었다.

　그것이 시작이었다.

　그래서 또렷하게 기억하고 있다.

　당시, 아라라기 군을 '퇴치'하기 위해 인정사정없이 두 자루의 플랑베르주를 휘두르던 드라마투르기 씨를—아라라기 군과 사투를 벌이던 흡혈귀 퇴치의 전문가를.

　'뭐, 엄밀히 말하면 그때의 드라마투르기는 키스샷 아세로라오리온 하트언더블레이드에게 피를 빨린 것으로 흡혈귀화한 아라라기 군을 죽이려고 했던 건 아니었지만 말이야—내가 교섭해서 정했던 룰로는, 아라라기 군을 죽이는 건 반칙 취급이었으니까.'

　'그랬군요. 하지만 그때의 저는 그걸 몰랐고요.'

　'핫하~ 뭐든지 아는 건 아니라는 얘기로군.'

　'그 말이 맞아요…. 아는 것뿐이죠. 그리고 모른다고 하자면, 당연하지만 드라마투르기 씨는 저를 몰랐어요. 다른 두 사람과

는 달리, 저는 드라마투르기 씨와는 직접적인 접점을 갖지 않았으니까요.'

그랬기에 착각하고 찾아온 나를, 드라마투르기 씨는 몹시 의아하다는 눈으로 보았다. 다만, 낯선 아이가 자신을 찾아왔기 때문이란 이유가 아니다.

그때의 그는 일을 하고 있던 중이었으니까.

'일을 하고 있던 중—드라마투르기의 일이라는 건 즉.'

'네, 맞아요. 흡혈귀 퇴치죠. 그 사람은 그것을 위해 독일에 왔고, 그리고 잠입조사 중이었던 거예요.'

그런 사정을, 아무래도 어딘가에서 깜빡 잘못 판단해 버린 듯하다—납득이 가는 한편으로, 그렇다면 완전한 헛소문이었던 편이 어느 정도 나았을 것이란 생각이 들었다.

오시노 씨를 찾다가 드라마투르기 씨에게 도달해 버리다니—아라라기 군을 도와줄 전문가를 찾고 있었을 텐데, 아라라기 군을 퇴치할 전문가를 찾아 버렸다.

엉망진창에도 정도가 있다.

뭐, 가엔 이즈코 씨나 에피소드 군의 이야기에 따르면, 아라라기 군과 구 키스샷 아세로라오리온 하트언더블레이드였던 시노부는 현재 무해인정 되어 있을 테니 다시 싸우게 될 염려는 없을 테지만….

'글쎄다. 아라라기 군의 상태가 우리 반장의 이야기 그대로라고 한다면, 그 무해인정도 과연 언제까지 지속될지 알 수 없겠는데 말이야.'

'그렇게 생각한다면 저와 함께 일본으로 돌아가 주세요. 이야기라면 귀국해서 해도 되잖아요—계속 철야중이라 졸리다고요.'

'그렇게 너무 보채지 마. 베드사이드 스토리의 반대라고 생각하라고. 우선 이야기를 마저 들려줘. 사람을 착각했다고는 해도, 어쨌든 드라마투르기를 발견한 네가 어째서 고성에 유폐당하게 된 거야?'

'네, 그게 말이죠….'

"일본인… 음. 아니, 그 옷의 디자인은 본 적이 있군. 소녀여, 너는 혹시 하트언더블레이드의 권속의 지인인가?"

과연 프로라고 해야 할까.

드라마투르기 씨는 잠시 나를 노려보더니, 그렇게 간파했다.

'잠깐 기다려, 반장. 너, 혹시 나오에츠 고등학교의 교복 차림으로 독일에 간 거야?'

'네? 그런데요? 지금도 이 코트 아래에는 교복인데요… 그게 왜요?'

'아니…. 그건 딱히 드라마투르기가 프로라서 날카로웠던 건 아니라고 생각하는데… 뭐, 그건 됐어. 다음을 들려줘. 아라라기 군의 지인이냐고 물어봐서, 반장은 어떻게 대답했어?'

물론, 친구라고 대답했다.

친구이기 때문이다.

"그런가."

그렇게 드라마투르기 씨는 살짝 끄덕였다.

말투가 너무 무뚝뚝해서 그 동작에서 감정을 읽어내기는 어려웠다―그가 아라라기 군을 어떻게 생각하고 있는지, 아라라기 코요미라고 하는 '흡혈귀'를 퇴치하는 데 실패한 것을 어떻게 생각하고 있는지, 그것을 어떻게든 알고 싶은 상황이지만, 그러나 지금의 나에게는 그것이 불가능해 보였다.

상실한 상태다.

아라라기 군에게 원한을 품고 있지 않다면 그보다 더 좋을 수 없겠지만―안 그래도 복잡한 상황인데 이 이상의 개입은 사양하고 싶었다.

'뭐, 드라마투르기는 일에 철저한 전문가니까 말이야―아라라기 군이나 시노부… 하트언더블레이드를 사냥하지 못했던 것을, 적어도 표면상으로는 마음에 두고 있지는 않지 않았을까?'

'네…. 실패도 업무 중에 있는 일이라고 결론 내리고 있는 것 같았어요.'

'응, 그래. 개인의 감정이나 사명감으로 움직였던 다른 두 사람에 비해, 드라마투르기는 그나마 교섭하기 쉬운 상대였으니까―'

그렇다.

그러니까 나는 착각했다는 걸 안 시점에서 얌전히 퇴각하면 되었던 것이다―그랬다면 그 뒤에 고성의 지하에 유폐당하게 되지는 않았을 것이다.

하지만 나는 예전이라면 생각할 수 없을 법한 미스를 했다― 지금까지의 여비나 일정, 그리고 노력을 가능하면 쓸데없이 만들고 싶지 않다고 생각해 버린 것이다.

손절이 불가능했다.

드라마투르기 씨와의 이 만남에서 뭔가를 얻지 못하면 아깝다고 생각해 버렸다—분명 얻을 수 있는 것이 있을 거라고 생각해 버렸다. 오시노 씨는 아니라도 해도, 그 사람 역시 전문가니까.

아니, 물론 아라라기 군에게 원한을 품고 있든 품고 있지 않든, 흡혈귀 퇴치의 전문가인 드라마투르기 씨에게 설마 아라라기 군을 오기로부터 지키기 위한 방법을 알아내려 할 정도로 나도 태평스럽지는 않다.

어쩌면 예전의 나였다면 그런 일이 가능했을지도 모르지만, 업무였다고는 해도 아라라기 군을 퇴치하려 했던 드라마투르기 씨에게 솔직하게 도움을 청할 만한 정신의 강인함은, 이때의 나에게는 결여되어 있었다.

그런 결핍을 간신히 획득했다고도 말할 수 있겠지만—어쨌든 내가 드라마투르기 씨에게서 알아내려고 했던 것은 오시노 씨를 찾아내기 위한 실마리였다.

가엔 이즈코 씨가 총괄하는 그룹과는 다르겠지만 아라라기 군에게 듣기로는 분명 드라마투르기 씨도 어떠한 조직의 일원이었을 것이며, 그렇다면 나름대로의 규모를 갖춘 네트워크에 속한 전문가일 것이다.

네트워크에 있다면, 정보망이 있다.

봄방학 때 접점을 가졌던 오시노 씨의 동향을 파악하고 있어도 이상하지 않다고 생각했던 것이다.

단순한 착각에서 새로운 단서를 얻으려고 하는 것이니, 나의 발상도 꽤나 편의주의다.

'그렇지도 않다고 생각하지만 말이야. 편의주의가 아니라, 아주 합리적인 것뿐이야. 실제로 드라마투르기에게 단서를 얻을 수 있었기 때문에 너는 여기에 있는 거 아니야?'

'결론만 떼어 내서 보면 그렇지만, 그래도 상당히 멀리 돌아와 버렸다고 할까요―괴이에 얽힌 정보에만 휘둘렸다는 느낌은 있어요. 깜빡했던 거죠. 뭐, 그건 그것대로 또 다른 이야기고―'

역시 드라마투르기 씨는 오시노 씨에 대해 알고 있는 듯했다―아니, 정확히는 드라마투르기 씨가 알고 있는 것은 아니고, 그가 속한 조직에 물어보면 정보가 전혀 없지는 않을 거라고 짧게 대답했다.

그렇게 넓은 업계도 아니라는 이야기일까.

"알려 줘도 괜찮겠지만."

그렇게 드라마투르기 씨는 이야기를 꺼냈다.

이국에서 온 여행객에 대해 친절한 마음에서 그렇게 말하는 느낌이 아니라, 업무 중에 찾아온 방해자를 얼른 쫓아 버리고 싶다는 듯한 성의 없는 태도였다.

나는 지침을 잃어버린 상태였으므로 뭐가 됐든 다음 지침을 알려 준다면 이유는 뭐든 상관없었지만,

"공교롭게도 지금은 잠입수사 중이라서 말이다. 조직과 콘택트를 취할 수는 없다."

라고 했다.

"임무가 종료될 때까지 기다릴 생각이 있다면, 어딘가에서 맥

주와 소시지라도 먹으면서 기다려라… 아, 그 나이라면 맥주는 불가능하려나?"

맥주도 불가능하고, 기다리는 것도 불가능했다.

시간이 없는 것이다.

상황은 일각을 다투고 있다.

이러고 있는 동안에도, 일본에서 아라라기 군이 오시노 오기와 함께 행동하는 것에 의해 무슨 꼴을 당하고 있을지 알 수 없으니까.

'실제로 아라라기 군은 무슨 꼴을 당했는데?'

'센고쿠에게 죽고 있었어요. 몇 번이고 몇 번이고. 몇 번이고 몇 번이고 몇 번이고 몇 번이고.'

'핫하~ 그건 확실히 미적대고 있을 상황이 아니네.'

그래도 일단 나는 물었다.

"임무종료까지 어느 정도나 걸릴 것 같은가요?"

"뭐, 그렇게 오래 걸리지는 않아. 길어도 5년, 아마도 3년 내에는 끝이 나겠지."

기다릴 수 있겠냐.

청춘시대가 끝나 버린다.

다만, 아라라기 군이었다면 그렇게 딴죽을 걸며 실없는 대화를 주고받았을지도 모르지만, 실제로 이것은 진지한 이야기일 것이다―고교생 신분으로는 믿기지 않을 정도의 오랜 시간이지만, '일'로서 생각한다면 3년이나 5년은 결코 장기간은 아니다.

시노부의 전신인 키스샷 아세로라오리온 하트언더블레이드를 퇴치하려 했을 때도, 흡혈귀 헌터들은 상당한 세월을 보냈을 것이다.

…그것을 고작 2주 정도에 완전히 망쳐 버린 아라라기 군은, 역시 자신이 생각하는 것보다 훨씬 범상한 인물이 아니다.

'그런데 반장. 드라마투르기와의 대화는 어떤 언어로 한거야?'

'일본어도 통하는 것 같았지만, 현지의 업무는 현지 언어로 한다는 것이 그 사람의 스타일인 듯해서… 그래서 제가 말한 것은 더듬거리는 독일어였어요.'

'더듬거리는 수준이라도 말할 수 있는 것만으로도 대단하다고─깜짝 놀라겠네. 그래서, 그 뒤로 어떻게 했어? 드라마투르기의 일이 끝나는 걸 기다릴 수 없다고 해서, 그 사람에게 강요할 수는 없잖아?'

'네. 물론 일을 방해할 수도 없었고요─그래서, 반대되는 행동을 하자고 생각했어요.'

'반대되는 행동?'

'그러니까─일을 방해하는 게 아니라, 도와주기로 했어요.'

그것이 옳은 일인지 아닌지는 알 수 없었지만.

004

"'하이웨이스트'와 '로라이즈'."

드라마투르기 씨는 테이블에 앉은 나에게 담담하게 그런 말을 꺼냈다.

"현재 이 지방을 시끄럽게 만들고 있는 두 마리의 흡혈귀다—어느 쪽이 어느 쪽의 권속인 것이 아니라, 희귀한 쌍둥이 흡혈귀다."

"쌍둥이 흡혈귀… 보기 드문가요?"

어쨌든 흡혈귀 자체가 희귀한 존재이므로 판단하기 어렵다.

드라마투르기 씨는 무뚝뚝하게 내 질문을 무시했다—나의 협력 신청은 받아들여 주었지만, 사이좋게 지낼 생각은 없는 듯했다.

'쌍둥이 흡혈귀는 드물어.'

'아, 역시 그렇군요.'

'그건 그것대로 귀중종이라고 해야겠지. 추측하기로는, 봄방학 때에 추적했던 키스샷 아세로라오리온 하트언더블레이드도 귀중종이었고—아무래도 드라마투르기는 그런 특이한 종류의 흡혈귀 퇴치를 임명받는 경우가 많은 전문가였던 모양이네.'

'특이한 종…인가요.'

'성가신 임무만 떠안고 있다는 견해도 가능하지만 말이야. 일을 일로서 실행할 수 있는 성실한 남자 같으니까, 그런 괴상한 임무가 다가오는 거겠지—반장에게 아라라기 군 같은 남자가 다가오는 것처럼.'

'그런 식으로 말하지 마세요…. 다가간 건 제 쪽이고요.'

'하지만 그렇게 프로의식이 높은 드라마투르기가, 흡혈귀에 대한 지식은 있다고 해도 기본적으로는 아마추어인 반장으로부

터의 협력 신청을 간단히 받아들였다는 건, 어쩐지 의외의 전개네.'

'아뇨, 간단히는 아니었지만요···. 저에게는 제 나름의 생각이 있던 것처럼, 드라마투르기 씨에게도 드라마투르기 씨 나름의 생각이 있었던 모양이라.'

'자기 나름의? 흐음? 흥미로운걸. 얘기 계속하지그래?'

드라마투르기 씨는 나의 질문을 무시하고 이야기를 계속했다.

"이 지방을 시끄럽게 만들고 있다고 말했는데, 갑작스럽게 나타난 위협인 것도 아니다. '하이웨이스트'와 '로라이즈'의, 흡혈귀로서의 활동이 최근에 들어 무시할 수 없을 정도로 활발해졌다는 얘기다―흡혈귀 퇴치의 전문가인 우리가 무시할 수 없을 정도로."

"···즉, 무해인정이 해제되었다는 뜻인가요?"

"쌍둥이의 경우에는 애초에 그런 인정은 되지 않았다―현재의 하트언더블레이드나, 하트언더블레이드의 권속에게 내려진 건 어디까지나 예외적인 조치다."

드라마투르기 씨의 엄한 표정에서는 역시나 아무런 감정도 읽어 낼 수 없었지만, 다만 그 건에 관해서는 조금 씁쓸한 마음이 있는 듯 보이기도 했다―원한은 없다고 해도, 바라던 결과가 아니었다는 느낌이 배어 나오고 있다.

'뭐, 그렇겠지. 그때는 내가 가엔 씨에게 부탁해서 나름대로 억지를 부렸으니까 말이야―다만 그런 무해인정을 가볍게 무시해 버리는 녀석도 있지만.'

'?'

'아니, 그냥 혼잣말이야, 신경 쓰지 마.'

"굳이 말하자면 보호관찰기간 중이었다―오해하고 있을지도 모르겠는데, 우리들의 조직은 꼭 흡혈귀를 닥치는 대로 퇴치해 나간다는 사상을 내걸고 있는 건 아니다. 에피소드나 기요틴커터는 사상이 또 달랐지만, 적어도 우리들은 흡혈귀를 절멸시키려고 생각하지는 않는다―위협이 되지 않도록 수나 성질을 조정할 필요가 있다고는 생각하지만."

"……."

어쩐지 그건 야생동물 관리나 환경 보호와도 비슷해서, 생각하게 만드는 구석이 있었다―몹시 현실적이라고 할까.

아니, 현실적인 것이 아니라, 현대적인 건지도 모르지만―그리고 쌍둥이 흡혈귀 '하이웨이스트'와 '로라이즈'는, 말하자면 그 기준을 일탈했다는 이야기 같다.

"아무리 보호해야 할 대상이어도, 한 번 인간의 맛을 안 육식짐승은 처분해야만 하는 것과 마찬가지…일까? 너희 일본인에게 익숙하게 말할 경우이지만."

"네… 익숙하네요."

델리케이트한 문제이므로 섣불리 동의하기도 어려웠지만, 이해하기 쉬운 예시이기는 했다―덩치 큰 드라마투르기 씨가 무뚝뚝한 얼굴을 하고 있으면, 아라라기 군 사이에서 있었던 분쟁을 제외하더라도 상당히 인상이 안 좋았지만, 일단 그 사람의 입장에서도 협력을 제시한 나에 대해 좀 더 협조적으로 접근하려는 마음은 있는 듯하다.

그 접근이 성공할지 어떨지는 제쳐 두고.

'너무 그러지 마. 드라마투르기로서는 협력자와 너무 친해져 버리면, 여차할 경우에는 내버릴 수 없게 된다는 사정이 있다고.'

'그렇기야 하겠지만, 하지만 그건 전혀 '너무 그러지 마'라고 할 만한 얘기가 아니라고요. 내버리기 위한 계획을 세우고 있는 거잖아요.'

"구체적으로는, 쌍둥이 흡혈귀는 대체 무엇을 했나요?"

아무리 생각해도 섬뜩한 대답 외에는 돌아오지 않을 것 같은 질문이었지만, 그것을 듣지 않고서 협력할 수는 없다.

아라라기 군이나 그 파트너로서의 시노부를 이미 알아 버린 내 포지션에서는, 이미 '흡혈귀니까'라는 이유만으로는 흡혈귀 퇴치를 긍정할 수 없었다.

선악이나 이해득실의 문제가 아니라.

'오시노 씨도 '괴이는 무조건 퇴치한다고 좋은 건 아니야'라는 생각이시죠?'

'응, 뭐, 그렇지. 카게누이짱 쪽하고는 발상이 많이 다르지만.'

'그런가요―어, 잠깐만요. 오시노 씨는 카게누이 씨를 카게누이짱이라고 부르는 건가요?'

그런 나의 입장에 대한 배려를 드라마투르기 씨가 얼마나 해 줄지는 확실치 않았지만, 그러나 적어도 그런 부분의 사정을 제대로 알리지 않은 채로는 나의 파트너십을 기대할 수 없다고 생각한 모양인지, 최근에 밝혀진 '하이웨이스트'와 '로라이즈'의

악행에 대해 대강 설명해 주었다.

'파트너십을 기대? 애초에 갑자기 나타난 처음 만나는 여자한테 드라마투르기가 그런 것을 갖고 있으리라고는 생각되지 않는데…. 그 남자 쪽에서 보면, 이용할 수 있는 건 처음 만나는 여자라도 이용하자는 느낌이 아닐까?'

'그건 물론 그렇지만요. 하지만 처음 만나는 여자를 이용하려고 해도, 정보 제시는 필수적이었어요―한 번 들어 보세요.'

'네, 네.'

들어 보니, 그것은 아무래도 도시전설 같은 이야기였다―흡혈귀가 얽혀 있으니 괴담 느낌이 나는 건 당연하다고도 할 수 있지만.

어쨌든.

여행객의 실종이 잇따르고 있다고 한다.

독일에 관광하러 온 10대 어린 여행자들이 행방불명되는 사건이 유의미한 수준으로 많아졌다.

사건화되지 않은 것도 포함하면 실제의 피해는 더욱 많을지도 모른다―행방불명이 된 것은 여행자, 말하자면 외지 사람뿐이므로 현시점에서는 아직 지역 미디어를 떠들썩하게 만드는 정도지만, 만약 통계가 나온다면 국제문제로 발전될 수도 있는 대소동이 벌어지리란 것은 상상하지 어렵지 않다.

"여행자들이 행방불명이 된 상황은 전부 제각각이라 경찰도 지금은 동일범이라고는 생각하지 않는 모양이다. 하지만 '하이 웨이스트'와 '로라이즈'에 대한 상시감시를 게을리하지 않았던 우리가 보기에는, 사건의 진상은 불을 보듯 명백했다."

녀석들이, 끝내 선을 넘은 것이다.

그렇게 드라마투르기 씨는 심각하게 말했다.

"행방불명이 된 여행자들은 전부, 어디에 있는지 알 수 없는 그 둘의 아지트에 납치된 것으로 여겨진다ㅡ아마도 선원, 생존은 절망적이겠지."

"……."

그렇다.

아무런 목적도 없이, 흡혈귀가 인간을 납치하거나 할 리가 없다ㅡ몸값을 요구하기 위한 유괴범죄라고도 생각되지 않는다.

흡혈귀에게 인간은 그런 대상이 아닌 것이다ㅡ그러면 어떤 대상이냐고 하면, 그것은 무시무시할 정도로 심플한, 가공할 만한 먹이사슬로 귀결된다.

즉ㅡ음식.

먹을 것.

흡혈귀는 인간의 피를 빨고, 고기를 먹는다.

뼈를 빨아먹고ㅡ뇌를 핥는다.

'핫하~ 싫다는 듯이 말하네, 반장.'

'그야 아무래도…. 받아들일 수 있는 일이 아니니까요, 좀처럼.'

'하지만 알고 있지? 흡혈귀에게 그건 영양보충의 수단이자 생식활동이라는 것을. 그렇게 하지 않으면 살 수 없고, 살아갈 수 없어. 이니시에이션이라고 하자면 이니시에이션이겠지만 말이지.'

'네. 물론 곰이 산에서 길을 잃은 사람을 먹이라고 인식하는 것과 본질적으로는 큰 차이가 없죠—다만.'

'다만?'

'아뇨, 그것도 나중에 이야기할게요.'

'그래? 아무래도 뭔가 의미심장하네. 하지만 아라라기 군의 이야기보다는 훨씬 듣기 편해. 이야기가 탈선해서 잡담으로 흥을 내지 않는 만큼.'

'제아무리 아라라기 군이라도 드라마투르기 씨와 잡담으로 흥을 내거나 하지는 않을 것 같은데요… 알 수 없겠지만요.'

'그러면 하던 이야기를 계속.'

"흡혈귀로서의 절도를 완전히 넘어가 버렸다—먹지 않으면 죽는다고 해도, 아무리 그래도 너무 많이 먹었어."

드라마투르기 씨는 담담하게 말했다.

감정을 죽이고 있는 건지, 아니면 그런 부분의 '식량 문제'에 대해서는 처음부터 아무것도 느끼지 않는지, 판단할 수 없다.

"일단 대상을 여행자로 한정한 부분에서 그나마 범행이 노출되지 않도록 하려는 배려가 느껴지지 않는 것도 아니지만… 하지만 물론 그런 은폐공작은 이미 파탄 나 버렸다. 하지 않는 편이 나을 정도의 은폐로, 녀석들은 그 정도의 발상밖에 할 수 없게 되었다는 얘기다—이 이상의 죄를 더 저지르기 전에 처분해 주는 것이 쌍둥이를 위한 일이라고 말할 수 있겠지."

"쌍둥이를 위해서…인가요."

아무리 업무라고는 해도, 그러니까 잘라 내기 위해서인지도 모르지만, 그렇지만 그런 표현은 너무 위선적이지 않나 하고 반사적으로 품어 버린 마음이 표정으로 나와 버린 것인지도 모른다.

드라마투르기 씨는,

"적어도 나는 쌍둥이를, 인간을 위해서 처분하는 건 아니지."

라고 말을 이었던 것이다.

005

'식량 문제란 말이지. 그러고 보니 나는 요즘에 생선을 먹을 기회가 많았는데.'

'그야… 많겠죠, 이런 곳에 있으면.'

'어디에 있더라도 정들면 고향이란 말이 있잖아. 고향에 사는 것보다 몸에 맞는지도 몰라. 하지만 생선을 먹을 때, 그 생선 대가리를 보면서 생각하는 거지. 역시 이거, 이 표정, 어떻게 보더라도 시체구나, 하고.'

'생선의 표정을 구체적으로 관찰하지 마세요…. 하긴 뭐, '죽은 생선 같은 눈'이라는 말도 있으니까요.'

'인간은 다른 생물을 먹으며 살고 있구나 하고, 가장 실감하게 만들어 주는 것은 생선인지도 모른다는 얘기야―이거야말로 잡담이네. 하지만 이야기의 흐름은 보였어.'

'보이셨나요?'

'그래. 나는 프로 전문가인 드라마투르기가 어째서 처음 만난 여자애의 협력 신청을 받아들였을까 하고 이상하게 생각했는데, 그런 속사정이 있었던 거군. 그 사람도 꽤나 박정한걸—하지만 그런 전개도 예상하고서 뛰어든 반장도 장난 아니지만.'

'……'

어린 여행자가 납치당했다.

행방불명되어—돌아오지 않는다.

가담항설. 도청도설. 도시전설.

그 범인이 흡혈귀라면 괴담으로서 너무 깔끔하게 마무리되는 것 같기도 하지만, 그러나 그런 사정이라면 나는 안성맞춤이다.

어쨌든 젊고, 여행자다.

미끼로서—준비한 것처럼, 딱 맞는다.

"미끼라기보다는 문자 그대로의 먹이라고 해야겠군. 쌍둥이 흡혈귀를 유인하기 위한."

드라마투르기 씨는 엄한 투로 말했다.

"네가 '하이웨이스트'와 '로라이즈'에게 납치당한 뒤를 밟아서, 두 녀석의 아지트를 알아낸다—우리는 딱히 법집행 기관이 아니니까 특별히 증거가 필요한 것도 아니지만, 그래도 현재의 용의는 억측에 지나지 않으니 말이야. 쌍둥이가 결백할 가능성도 없는 것은 아니다—"

그러니까 현장을 덮칠 필요가 있다는 이야기일까—혹은 아지트를 수색해서 유괴당한 여행자들을 발견할 필요가 있다는 걸까.

"여행자들을 발견하는 건 불가능하다. 식욕이 폭주한 흡혈귀라면, 인간 따윈 뼈는커녕, 가죽 한 장도 남지 않을 거다."

"……."

"머리카락 한 올, 손톱 한 조각도 남지 않겠지. 다만, 둘의 현재 아지트를 알아내면, 어떠한 증거를 얻을 수는 있을 거야―그러니까 너는 납치당할 필요가 있다."

안전은 보장하지 않아.

내가 구출하는 것이 너무 늦을지도 모른다.

너는 잡아먹혀서 죽을지도 모른다.

그래도 협력할 생각은 있나?

의사 확인을 위한 말이라기보다는 나중에 소송이 벌어지지 않도록 하기 위한 고지문 같은 질문이었지만, 그러나 나는 즉답했다.

"네. 협력하겠습니다. 그걸로 오시노 씨가 있는 곳을 알 수 있다면."

"…우선 말해 두겠는데, 내 권한으로 확약할 수 있는 건 조직에 물어보는 것까지라고. 그 이상은 약속할 수 없어―아무것도 약속할 수 없어. 그 알로하 복장의 남자에 대한 최신정보가 반드시 조직에 있을 거라 확언할 수 없고, 있다고 해도 반드시 알려 줄 거라고도 단언할 수 없다. 지금의 나는 조직에 속한 전사 중에서는 말단이다―액세스할 수 있는 정보에는 한계가 있다."

"그래도 괜찮습니다. 부디 잘 부탁드립니다."

예전에 괴이의 왕, 철혈이자 열혈이자 냉혈의 흡혈귀, 키스샷 아세로라오리온 하드언더블레이드에게 '휴대식량'이라는 호칭을 수여받은 일이 있는 나는, 시간이 흘러 나라를 건너, 다시 음식으로서의 사명을 다하게 되었던 것이다—그러나.

006

뭐, 실제로 드라마투르기 씨에게서 오시노 씨에 대해 어느 정도의 정보를 얻을 수 있을까, 얻었다고 해도 그 정보에 어느 정도의 확실함이 있을까 하는 것은 이때의 나에게 상당히 불리한 도박이었지만, 그러나 그것은 생각해 보면 드라마투르기 씨 역시 마찬가지였는지도 모른다.

아무리 젊은 여행자이자 미끼로서—가짜 미끼가 아니라 진짜 미끼로서—이용하는 데 안성맞춤이라고는 해도, 역시 프로 전문가로서 다른 수단이 있다면 아마추어인 데다 처음 만나는 여자애를 일에 관여시키고 싶지는 않을 것이다.

논리나 도덕의 문제가 아니라, 불확정요소가 너무 많다—극론을 말하자면, 내가 쌍둥이 흡혈귀, '하이웨이스트'와 '로라이즈'의 앞잡이가 아니라는 보증도 없으니까.

신용할 수 있는가 없는가, 신뢰할 만한가 그렇지 못한가.

괴담보다도 괴이쩍다.

그래도 나의 협력 신청—거래 신청에 그가 응한 것은, 달리 쓸 방법이 없다고 판단했기 때문일 것이다.

이 이상 피해가 늘어나기 전에—본인의 말을 빌리자면 '쌍둥이를 위해'—사건을 해결하기 위해 다소 괴이에 대한 견식을 지닌 나를 이용해서 그 둘의 아지트를 밝힌다는 것은, 최선책은 아니라 해도 결코 어리석은 책략은 아니라고 판단한 것이다.

오기라면 그런 우리들의 마음속 생각 양쪽 전부를 보고, '어리석으시군요'라며 싹싹한 미소와 함께, 오싹한 미소와 함께 평할지도 모르지만—

'—결과적으로 보면 유감스럽게도, 그런 말을 들어도 어쩔 수 없다는 느낌이지만 말이죠. 저도 드라마투르기 씨도, 고성에 유폐되고 말았으니까요.'

'어째서 그렇게 된 건지는 제쳐 두고, 하지만 '하이웨이스트'와 '로라이즈'는 상시감시 대상이었잖아? 그런데 아지트의 위치는 미끼작전을 쓰지 않으면 알아낼 수 없었다는 소리야? 어쩐지 좀 멍청하게 들리는걸.'

'그 점은 저도 약간은 의문이었지만요—실제로 납치당하고 보니 이해할 수 있었어요. 아지트 자체가 괴이 같은 것이었어요. 즉, '하이웨이스트'와 '로라이즈'의 아지트인 고성… 이른바 성채도시였는데요, 그건 존재하지 않는 마을이었어요.'

'존재하지 않는 마을…. 이야기의 규모가 좀 커지기 시작했네. 과연, 그럴 만하네, 그렇다면 아무리 찾아봐도 행방불명된 투어리스트들이 보일 리가 없지.'

'그리고 아지트도 보이지 않을 만했던 거죠—패턴은 다르겠지만, 흔히 말하는 결계일까요?'

'성채도시 하나를 지배하고 있다면, 나름대로 거물 흡혈귀였겠네. '하이웨이스트'라든가 '로라이즈'라는, 아무리 봐도 성의 없는 이름으로 속박되어 있지만, 확실히 처분을 보류하고 싶어지는 것도 이해가 안 가는 건 아니야—사실은 보류가 아니라 보존하고 싶었겠지만.'

'시노부를 그렇게 하고 싶었던 것처럼… 말인가요?'

'핫하~ 전성기의 시노부라면 도시는 고사하고 한 나라도 지배해 보였겠지만 말이지. 어쨌든 쌍둥이 흡혈귀가 납치한 인간을 끌고 갈 때만 현재화顯在化하는 아지트였다는 말인가—오케이, 알 것 같아. 그렇다면 드라마투르기 같은 타입의 전문가로서는 방법이 없어. 미끼라도 사용하지 않는 한에는.'

'오시노 씨라면 다른 수단이 있었을까요?'

'나는 기본적으로 네고시에이터니까. 그럴 경우는 드라마투르기와 쌍둥이 흡혈귀 사이에 들어가는 것이 업무가 되겠지—끼어드는 것이 일이 되겠지. 반장과 같은 위치야. 다만 나는 스스로 미끼가 되기를 지원할 정도로 히로익하진 않지만.'

'…저는 히로익한가요?'

'누가 어떻게 보더라도. 다만 봄방학 때와 비하면 자기희생적이기는 했어도 헌신적이지는 않으니까 호감을 가질 수 있어. 제대로 원하는 것을 얻자는 속셈이 있는 만큼 말이지.'

확실히 그렇다.

불리한 도박이라고는 해도 거기서 승산을 찾아냈기에, 나는 응한 것이었다—결코 비용 대비 효과를 무시한 만행은 아니다.

현재 아라라기 군이 처해 있는 위험한 상황을 생각하면, 내가 하는 일 따위 완전 안전권의 범위 안이라고 생각했다.

'뭐, 그건 전혀 아니라고 생각하지만 말이야—다만, 무엇에 무게를 두느냐는 사람 나름이지.'

'네. 드라마투르기 씨도 그랬었겠죠, 분명.'

다만 그 도박에 나도, 드라마투르기 씨도 승리를 거뒀다고는 도저히 말할 수 없다—그 결과 두 사람 모두 감옥행이 되었으니, 무슨 말을 하겠는가.

꼴좋다는 말밖에 할 수 없다.

이렇게 도박은 신세를 망친다.

섣불리 계산하고서 확률대로 행동해 버린 것이 좋지 않았는지 도—일괄적으로 말할 수는 없겠지만, 도박에서는 차라리 아라라기 군처럼 자포자기하고 몸을 던지는 편이, 대승을 거두기 쉬운 법이겠지.

그렇다고는 해도 물론, 갬블러가 아닌 프로페셔널인 드라마투르기 씨가 전략적으로 세운 미끼작전이다.

전문가로서의 그의 명예를 위해서 일단 말해 두자면, 전혀 통하지 않았던 것은 아니다—오히려 중간까지는 완벽하게 계획대로 진행되고 있었다.

'중간까지는—이라. 그건 요컨대 어중간했다는 얘긴가?'

'엄하시네요, 오시노 씨….'

다만, 그것도 진실의 일면이기도 했다.

플랜이 완전히 실패했더라면, 적어도 나와 드라마투르기 씨가 탈출 불가능한 지하감옥에 감금된다는 전개가 되지는 않았을 테니까—그렇게 보면 의외로 전략적 행동이란 것은 완전히 실패해 버리는 편이 이후에 다시 시작하기 쉬운 법인지도 모른다.

반쯤 무너지고 반쯤 불타 버린 주택피해는, 완전히 무너지고 완전히 불타 버린 것보다도 손보기가 어려운 녀석이다—뭐, 예전에 집이 깡그리 불타 버렸던 내가 하는 말이니, 이 설에는 나름대로의 설득력이 있을 것이다.

순서대로 설명하자면, 내가 미끼가 된다는 안 자체는 제대로 성공했다—성공했다, 라는 것도 이상한 표현이지만, 젊은 여행자인 나는 일본인 관광객으로서, 말하자면 제대로 납치될 수 있었다.

마을에서 떨어진 어두운 밤길을 경계 없이 걷고 있을 때, 조우했다—'하이웨이스트'와 '로라이즈'.

두 흡혈귀와.

쌍둥이 흡혈귀와 조우했다.

'핫하~ 아라라기 군이라면 '경계 없이, 하지만 경쾌하게 걷고 있을 때'라고 표현했겠네.'

'아뇨, 경쾌하게는 걷지 않았어요. 꽤 긴장했었으니—팔짝팔짝 뛴다니, 말도 안 되죠. 상당히 조심조심 걸었어요.'

그야말로, 아라라기 군도 아니니까.

조우했다는 표현도, 엄밀히 말하면 틀렸다.

나는 앞뒤에서 협공을 당했던 것이다—문득 등 뒤에 기척을 느껴 돌아보았더니, 그곳에는 어둠처럼 새까만 드레스를 차려입은 금발의 여자아이가 있었다.

그 금발에 나는 잠시 시노부를 떠올렸지만, 가령 금발이 아니었다 해도 나는 그 여자애가 평범한 존재가 아님을 직감했을지도 모른다.

눈동자의 색은 붉었다.

'핏발이 돋은 것처럼'이라고 말해도 좋을까.

'아라라기 군이었다면 '이빨이 돋은 것처럼'이라고 표현했을 부분이네.'

'아라라기 군이라도 그런 소리는 하지 않아요. 이빨은 대개 하얗고, 붉은 이미지 같은 건 없잖아요.'

'하지만 이빨에 물리면 유혈사태잖아.'

'그 이상 말허리 끊고 장난치면 이야기는 그만둘 거라고요? 진지한 장면이니까요.'

실제로.

나는 반사적으로 도피행동을 취하고 말았다.

붉은 눈에 응시당한 것에 두려움을 느끼고, 그 여자애의 표정에 떠오른 엷은 미소에 완전히 공포에 질려 아무 생각 없이 달아나려 하고 말았다―나의 역할은 흡혈귀에게 유괴당하는 것인데, 그 임무를 포기하게 될지도 모르는 움직임을 취하고 말았던 것이다.

정말이지 아마추어다.

지식만 쌓여 있고, 전혀 실천하지 못한다―오기가 얕보는 이유다.

다만, 운이 좋았다고는 도저히 말할 수 없지만, 생각 없이 도 망치려고 했던 나는 앞을 돌아보고 그 발을 딱 멈추게 되었다.

협공.

방금 전까지는 절대 아무도 없었을 전방에, 역시 금발적안의 비존재가, 존재하고 있던 것이다―가로막고 있었다.

밀려오는 벽처럼.

가로막고 있었다.

새까만 드레스 차림이었던 등 뒤의 흡혈귀와 대조를 이루듯, 정면의 흡혈귀는 새하얀 턱시도 차림이었다.

멋지게 나비넥타이를 매고 있다.

역시 핏발이 돈은 눈으로―나를 응시하며, 옅은 미소를 짓고 있다.

날붙이처럼 차갑게, 살며시 미소 짓고 있다.

'과연 그렇군. 남녀 쌍둥이인가―이건 더더욱 희귀한걸.'

'아뇨. 지금 와서 생각해 보면, 남녀였는지 아닌지 솔직히 단 언할 수 없어요…. 편의상 '그 여자애'라든가 '그 남자애'라고 부 르려고 하지만, 성별이 제대로 판별된 건 아니에요. 양쪽 모두 너무나 아름다워서―성별 같은 건 완전히 초월해 버린 것 같았 어요.'

'흐음. 그건 뭐, 괴이로서는 그리 희귀한 일은 아니지. 다만 주 목해야 할 점은 그 둘이 역할분담을 하고 있다는 점일 거야.'

'역할분담.'

'성별의 자웅을 각각 담당하고 있어…. 단 두 사람의 커뮤니티

라고는 해도, 나름대로의 사회성을 갖고 있다는 식으로 볼 수도 있겠군. 흥미로워.'

'사회성… 그럴지도 모르겠네요. 그런 의미에서는 시노부하고는 전혀 다른 모습이었겠죠.'

어느 쪽도 나와 크게 다르지 않을 10대 소년소녀처럼 보였지만, 상대는 흡혈귀인 만큼 겉모습은 그다지 의미를 갖지 못할 것이다.

중요한 것은 내용물이고.

문제인 것은 내용물이다.

시노부처럼 500살이라든가 600살이라든가 하는 정도는 아니라고 해도, 풍모에서 상상할 수 없을 정도로 장생하고 있을 터이기 때문이다.

나중에, 그것을 실감하게 된다.

드라마투르기 씨의 이야기를 참고해 보면 용암溶暗 드레스의 소녀 쪽이 '하이웨이스트', 백광白光 턱시도의 소년 쪽이 '로라이즈'일 테지만, 그런 구별이 큰 의미를 가질 거라고는 생각되지 않았다.

나를 중심으로 점대칭의 포지션을 취하는 데 성공한 그 남자애와 여자애는, 그것으로 한 몸을 이루고 있다는 느낌밖에 받을 수 없었다.

붉은 네 개의 눈동자에 둘러싸여.

붉은 네 개의 눈동자에 가로막혀.

앞뒤에 있는 쌍둥이 흡혈귀의 시선을 받은 나는, 마치 못이 박힌 것처럼 꼼짝도 할 수 없었다―공포에 몸서리치는 것조차.

그렇다고 해도 쌍둥이가 나를 응시하고 있었다, 노려보고 있었다는 표현이 얼마나 정확한가는 의심스럽다고도 할 수 있다.

사실, 시선은 나를 그대로 지나쳐서 둘은 서로만이 보이는 것이 아닌가 하고 생각했다.

'하이웨이스트'에게는 '로라이즈'밖에.

'로라이즈'에게는 '하이웨이스트'밖에.

보이지 않는 것이 아닐까 하고 생각했다―시선 위에 있으면서도 완전히 무시당하고 있는 것 같은 기분이었다.

뭐, 이 시추에이션에서 무시당한다면 더 좋을 것은 없다고도 할 수 있겠지만, 역시 그렇게 마음대로 되지는 않았다―그 뒤에, 나는 납치당하게 되었다.

계획대로.

다만, 계획대로였던 것은 거기까지였다.

007

어떤 식으로 유괴당했는가는, 나는 인식할 수 없었다.

쌍둥이에게 납치되는 것이 나의 역할이었다고는 해도, 가령 저항하려고 한들 틀림없이 실패했을 것이다.

아니, 성공했을 것이다.

나는 짐짝처럼 그 둘에게 운반되어, 존재할 리 없는 성채도시

중앙에 자리한 고성 안으로 끌려 들어갔던 것이다―그리고 지하감옥에 처넣어졌다.

난폭한 취급을 받은 것은 아니었지만, 정중하다고 말할 수 있을 정도의 배려는 느껴지지 않았다―다만, 그들이 나를 감옥에 남기고 떠나갔을 때는 진심으로 안도했다.

괴이 현상과 마주하는 것도, 흡혈귀와 마주하는 것도 이번이 처음인 건 아니지만―좀 더 말하자면 무력으로 유괴당한 것도 이번이 처음은 아니었지만, 그러나 익숙해질 수 있는 일은 아니었다.

심장이 쿵쾅거리는 것이 멈추지 않는다.

'익숙해지는 쪽이 위험하지만 말이야.'

'프로페셔널이고 전문가인 오시노 씨라도 그런가요?'

'응. 그렇다기보다는 익숙해지고 싶지 않네. 무슨 일이든, 어떤 업무든, 익숙해졌다고 생각할 때가 은퇴할 때인 거야―그런데 지금까지 이야기를 듣기로는, 반장, 안 좋은 일은 전혀 일어나지 않은 것 같은데?'

'네, 그렇죠. 자기 입으로 말하기는 뭣하지만, 저의 유괴당한 모습은 미끼로서 상당한 수준에 달했었다고 생각해요.'

'핫하~〈슈퍼 마리오〉의 피치 공주 같네.'

'요즘에는 피치 공주도 납치당하기만 하는 건 아닌 모양이지만요.'

'그렇다는 건 드라마투르기 쪽에 미스테이크가 있었다는 얘긴가? 설마 반장을 미끼로 삼아 놓고 미행에 실패했다든가? 낚시로 따지면 물고기한테 미끼만 뜯어먹혔다는 패턴―만일 그랬다면 그건 프로로서 있어서는 안 될 추태라고 할 수 있겠는데.'

'그런 건 아니에요…. 드라마투르기 씨는 거기서 실패했던 게 아니에요. 쌍둥이에게 유괴당한 저를 실수 없이 쫓아와서, 출현한 가공의 성채도시에 순조롭게 침입할 수 있었던 모양이에요.'

'결계는 돌파했다는 소리군. 솔직히 그게 가능하다면 드라마투르기의 일은 이미 성공한 것이나 다름없다고 생각되는데… 요컨대 그 침입이 감지되었다는 얘긴가?'

'그게, 뭐랄까….'

뭐, 대충 말하자면 그런 일이 있었던 것이다―본래의 플랜에서는 쌍둥이에게 선제공격을 취해야 했을 드라마투르기 씨는, 역으로 선제공격을, 역시 협공 형태로 당해서 붙잡힌 몸이 되어 버렸던 것이다.

남은 것은 구출을 기다리는 것뿐이라며 돌로 만들어진 감옥 안에서 마음을 진정시키고 있던 내 앞에, 거한의 전문가가 '로 라이즈'와 '하이웨이스트' 2인조에 의해 난폭하게 집어던져졌을 때는 어안이 벙벙해지고 말았다.

솔직히 상정하지 않았던 케이스였다.

프로페셔널은 실패하지 않을 것이라는, 무의식 하에 있었던 나의 근거 없는 믿음을 뼈저리게 깨닫게 되었던 것이다―아마 추어인 내가 맡은 역할을 다하면 그다음은 전부 순조롭게 진행되리라는 건, 생각해 보면 드라마투르기 씨에게 너무 많은 것을 맡겼다는 이야기다.

아마추어와 함께 일을 해야만 하는 시점에서, 이미 그에게도 상당한 이레귤러한 미션이 되었을 텐데.

스탠더드하지 않게 되었다.

매뉴얼이 통하지 않는 일이 되었다.

그렇다면 내가 드라마투르기 씨를 실패하게 만들어 버린 측면도 있을 것이다.

'아니, 거기서 반장이 책임을 지려고 하는 것도 완전히 잘못 짚은 건데 말이야. 일단 아마추어를 플랜에 집어넣어 버린 시점에서 책임은 드라마투르기 쪽에 있어 ― 다만 나도 큰소리칠 수는 없겠지만. 반장을 위험하게 만든 적은 나에게도 있었어.'

'그렇게 생각하신다면 그때의 빚을 갚는다는 의미에서, 여기서는 아무 말 마시고 아라라기 군을 도와달라고요.'

'뭐, 그 일은 이미 깔끔히 정리되었으니까.'

'제가 모르는 곳에서 정리되었지만요….'

'여기서는 아무 말 말고, 이야기를 들을게.'

'아까부터 이야기 중에 계속 헤살을 놓고 계시죠.'

'그것보다, 어째서 드라마투르기는 임무에 실패한 거야? 이야기를 듣기론, 분명 실패요인은 없었다고 생각하는데… 머릿수로는 저쪽이 유리하고 지리적인 이점도 저쪽에 있다고는 해도, 쌍둥이는 뱀파이어이고 드라마투르기는 흡혈귀 전문의 프로페셔널이야. 전문가로서, 전문분야 중의 전문분야니까 그 남자가 승산이 있다고 봤다면 이미 불리한 도박은 아니었다고. 8할 이상의 승산이 있었을 거야.'

물론이다.

나에게도, 그리고 그 이상으로 드라마투르기 씨에게도 플랜에서 가장 어려운 공정은 끝난 것으로 생각했다.

그렇지만, 나를 미끼로 사용한 것으로 낚시로 예시된 이번 작전이었지만, 보다 정확하게 말하면 이건 낚시라기보다는 사냥이었다.

낚시와 사냥에 어느 정도의 차이가 있느냐고 하면, 물론 다른 생물의 목숨을 빼앗는다는 점에서는 동일하지만 사냥의 경우에는 역으로 사냥당할 수 있는 가능성도 적지 않게 있다―그렇다고는 해도, 나 같은 아마추어가 아닌 전문가인 드라마투르기 씨라면 당연히 그런 것도 상정했을 것이다.

사냥당할 리스크를 계산했을 것이다.

방심했을 리가 없다.

이 성채도시는 쌍둥이의 아지트이자 적지인 이상, 모든 위기적 상황을 상정하는 것이 당연할 테니까―다만, 그래도 상정 외의 사태라는 것은 일어나기 마련이다.

게다가 그건 위기적 상황이 아니었다.

상정했던 것보다 '좋은' 상황이었다.

"'하이웨이스트'와 '로라이즈'를 퇴치할 타이밍을 엿보고 있었는데, 전부 죽었을 것이라 생각했던, 납치당한 여행자 가운데 **생존자**를 발견했다―그 사람들을 결계 밖으로 도망치게 하다가 뒤에서 공격을 받고 말았다."

극히 담담하게, 드라마투르기 씨는 자신의 패인을 분석했다

—아니, 생존자의 구출에 성공하고, 게다가 결계 밖으로 도망치게 했으니 그것을 패인이라고 말하는 건 전혀 옳지 않을지도 모른다.

플랜은 파탄 나 버렸지만.

그래서 드라마투르기 씨는 프로로서 후회하지 않는 것일 테고, 하물며 자신의 행동을 부끄러워하지는 않을 것이다—여행자들 중 살아남아 있던 것은 젊다기보다는 어린, 아이들뿐이었다고 하니, 나로서도 그 사람의 판단이 틀렸다고 나무랄 생각은 없다.

나무랄 생각은 없지만, 그것으로 현재 상황이 나아지는 것도 아니었다—나와 드라마투르기 씨는 이렇게 고성의 지하에 유폐되어 버리는 결과가 되었다.

008

"탈옥은 불가능하다. 포기해."

계속 감옥 안을 조사하는 나에게, 드라마투르기 씨는 그렇게 무거운 어조로 말했다—그가 보기엔 나라는 아마추어는 정말 포기를 못 하는 것으로 보일 것이다.

"나의 의지는 그 아이들이 이어 주겠지—조직에 연락이 가면 다음 전사가 파견될 거다. '하이웨이스트'와 '로라이즈'가 퇴치된다는 미래는 이미 결정된 것이나 다를 바 없어—생각했던 형태와는 다르지만, 내 맡은 바 임무를 다했다. 더 바랄 것은 없어."

"……."

포기가 너무 빠른데요, 이분?

뭔가 깨달음이라도 얻은 건가?

그리고 나의 목적이 전혀 이루어지지 않은 것에 대해 조금은 배려해 주었으면 했다―미래를 아이들에게 맡기기 전에.

'뭐, 인생관이 다른 거야, 그 남자의 경우에는. 스탠스가 장기적이라고 할까―그리고 드래스틱drastic해. 피해자 여럿을 구출하는 데 성공했으니 반장 한 사람이 희생된다 해도, 덧셈뺄셈의 결과 플러스가 된다고 계산했겠지.'

'프로이기 때문인가요?'

'그래―프로니까. 아라라기 군과의 배틀에서 깔끔하게 물러난 것도, 그런 계산능력 덕분이라고 할 수 있지.'

"…포기하면, 여기서 잡아먹힐 뿐이겠죠?"

"포기하지 않아도, 여기서 먹힌다. 그렇다면 포기해 두는 편이 후회가 남지 않을 거다."

전사로서의 어드바이스일지도 모르지만, 도무지 받아들일 수 없다.

"너와의 약속은 지켜 내지 못했지만, 하트언더블레이드의 권속이라면 어떤 곤경에 처한다 해도 혼자서 헤쳐 나갈 수 있겠지."

"……."

프로의식이 너무 높고 정신력이 너무 강하기 때문인지, 아무래도 드라마투르기 씨는 모든 일을 '마음먹기'로 극복하려는 경향이 있는 듯했다.

미덕이긴 하겠지만, 납득은 할 수 없다.

나는 탄식하고서,

"포기하지 않아요."

라고 말했다.

"저는 이런 가공의 세계에서 죽을 수는 없어요. 가령 아라라기 군이 혼자 알아서 살아날 뿐이라고 해도—저는 거기에 관여하고 싶어요."

"…명예를 원하는 건가? 친구의 힘이 되었다는 명예를."

좀처럼 포기하지 못하는 내 모습이 상당히 어이없다는 듯한 말투였지만—그렇다, 뭐, 원하지 않는 것도 아니다.

그 명예, 엄청 갖고 싶다.

하지만 그것뿐인 건 아니다.

내가 이런 곳에서 흡혈귀에게 잡아먹혀 죽었다는 이야기를 들었을 때 아라라기 군이나 센조가하라가 얼마나 낙담할지를 생각하면, 그렇게 간단히는 자신의 목숨을 단념할 수 없다.

내가 여기서 발버둥 치지 않으면, 내 친구들은 사람 보는 눈이 없었다는 이야기가 된다—그것만큼은 피하고 싶었다.

'대단한 근성이네. 내가 그런 상황이었다면 얼른 포기해 버릴 텐데.'

'마음에도 없는 소리 하지 마세요—오시노 씨였다면 그 상황에서도 쌍둥이 흡혈귀와 교섭해서 살아남기를 꾀하시겠죠?'

'핫하~ 그걸 알고 있다는 건, 너도 역시 같은 방법을 취한 거

아니야? 그런데도 잘 풀리지 않았다는 건, 그다음에도 예상치 못한 전개가 있었다는 얘기겠지.'

'……'

"뭐, 그렇군. 운이 좋다면 너는 쌍둥이의 권속이 될 수 있을지도 몰라."

위로하듯이 그렇게 말하는 드라마투르기 씨였다―그건 굳이 말하면 운이 나쁜 케이스라고 생각했다.

"내 경우에는 그럴 희망은 없겠지만. 고문을 해서, 조직의 정보를 불게 만들려고 할 것이 틀림없다―다만 문제는 없어. 이럴 때를 위해, 어금니에 자결용 독을 감춰 두고 있지."

"드라마투르기 씨… 좀 더 희망적 관측을 갖지는 않으시는 건가요?"

견디지 못하고, 나는 말했다.

아무리 생각해도 연상이며 또 전문가인 상대에게 할 말은 아니었지만, 같은 방 안에서 그렇게나 음울한 분위기를 흩뿌리고 있으면, 떠오를 명안도 떠오르지 않는다.

안 그래도 회전이 나빠져 있다, 나의 뇌는.

'핫하~ '음울한'이라는 말을 적절히 사용하는 걸 정말 오래간만에 본 것 같아 '우물 안 개구리' 같은 형태로만 쓰이는 말이라고 생각했었어.'

'아뇨, 하지만 정말로 그런 느낌이었단 말이에요. 분위기가.'

"희망적 관측?"

그런 말은 처음 듣는다는 듯이 고개를 드는 드라마투르기 씨.

"그래요. 이번에도 반성해야 할 부분은 그거잖아요? 만일 처음부터 우리가 '생존자가 있는 케이스'를 상정하고 미끼작전에 임했다면, 뒤에서 기습당하는 일은 없었겠죠?"

"……."

"항상 최악의 케이스를 상정하고 움직이면, 확실히 최악의 케이스는 피할 수 있을지도 모르지요. 하지만 최고의 케이스에는 도달할 수 없는 거 아닌가요? 찬스를 붙잡고 싶다면 다시 한 번 찬스를 상정해야죠."

행복한 자기 자신을 이미지할 수 없는 인간은 행복해질 수 없다―곰곰이 생각해 봐도, 정말 그런 것이다.

"우리 입맛에 맞는, 유리한 전개를 예상하는 거예요. 갑자기 누군가가 구하러 와 준다거나―그렇지 않으면 누군가가 구하러 와 줬을 때, 그 손을 잡을 수 없어요. 안 그래요?"

솔직히 말해서 반론이나 소신의 표명이라기보다는 드라마투르기 씨의 지나친 음울함에 조금 화가 나서 한 말이었지만, 그것을 그는 어떻게 받아들였는지,

"그런가. 그렇게까지 말한다면, 너에게도 이것을 주도록 하지."

라고 말했다.

그리고 그가 대수롭지 않게, 마치 잔돈이라도 꺼내는 것처럼 주머니에서 꺼낸 것은―가시나무의 가시였다.

009

"나와라." ".라와나"

얼마간 시간이 지난 뒤, 쌍둥이가 지하감옥을 찾아와서 드라마투르기 씨를 남기고 나를 데리고 나갔다—여기서 처음으로 나는 '하이웨이스트'와 '로라이즈'의 목소리를 들었던 것이다.

아니, 나를 납치할 때에도 둘은 대화를 나누기는 했지만, 나에게 말을 걸지는 않았다—음식과 커뮤니케이션을 취하는 자는 없는 법이라고. 그때는 그렇게 이해했는데, 오해였던 걸까?

어쨌든, 나는 감옥에서 끌려 나왔다.

예상대로 장기체재용 감옥은 아니었던 모양이다—다만, 그건 굳이 말하자면 최악의 이미지 쪽이어서, 추측이 적중해서 기쁘다고는 도저히 말할 수 없었다.

'반장은 야식으로 끌려나왔다는 거야?'

'시간으로 보면 이미 거의 새벽이었지만요—다만, 그것이 아침 식사인 것도 아니었어요.'

'?'

솔직히 말해서.

아라라기 군을 위해서라고는 해도, 드라마투르기 씨의 일을 돕는 데 저항감이 전혀 없었다고 하면 거짓말이 된다.

낚시든 사냥이든.

흡혈귀를, 흡혈귀라고 하는 이유만으로 퇴치하는 것에 저항감이 있는 것은 이미 말했던 대로다—그리고 그것은 쌍둥이 흡혈귀 '하이웨이스트'와 '로라이즈'가 '인간을 습격하니까'라는 대의명분이 있다고 해도 망설임이 전부 사라질 정도는 아니었다.

인간의 맛을 기억한 육식 짐승은 처분당한다.

살처분당한다.

나는 지금까지 그런 말을 듣고 순순히 납득할 수 있을 정도로 엄격한 세계관에서 식사를 해 오지 않았고, 게다가 지식만을 쌓고서 살아온 나는, 이른바 먹이사슬을 자연의 섭리로 생각하는 구석이 있었다.

인간은 다른 생물의 생명을 먹으니까, 다른 생물에게 인간이 잡아먹힌다고 해도 그것은 어쩔 수 없다―라고, 그런 식으로 생각해 버린다.

애초에 먹는 것에 관해서는 센조가하라에게 따끔하게 지적을 받거나 했었다.

그래서 쌍둥이를, 그만큼 죄가 많다고는 생각하지 않았다― 여행자를 유괴한다는, 인간이 보기에는 용서할 수 없는 악행도, 흡혈귀라고 생각하면 용서하기 어렵다고까지는 말할 수 없었다.

아라라기 군을 구하기 위해서 쌍둥이 흡혈귀를 희생하는 것이, 좋은 일인지 나쁜 일인지 판단하지 못하고 있었다.

망설임이 있었다.

'그런 건, 반장이 협력하든 하지 않든 유해인정 시점에서 쌍둥이의 운명은 정해진 거니까, 그리 깊이 생각할 필요는 없지 않아?'

'네, 물론 그렇죠. 그 말씀대로예요. 그러니까 이런 건 갈등하

는 흉내 같은 거죠―어차피 저는 당연히 아라라기 군을 우선할 테니까.'

'하지만 미끼작전에 협력하는 데 있어, 생각하는 바가 있었다는 얘기로군.'

'생각하는 바가 있었던 것이 아니라, 생각한 사람이 있었던 거예요―하지만.'

그런 주저는 무용한 것이었다.

살기 위해 필요한 식사, 영양보충이라고 말한다면, 어쩌면 서로 마찬가지라며 잡아먹히는 것도 받아들이지 않을 수 없었는지도 모른다―그것이 자연의 섭리라며 포기할 수 있었을지도 모른다.

어쨌든 아라라기 군에게라면 잡아먹혀도 좋다는 생각까지 했었던 나다―여기서 쌍둥이 흡혈귀에게 잡아먹힌다는 인생의 끝도, 어쩌면 있었을지도 모른다.

만일 쌍둥이가, 먹기 위해서 인간을 납치했었다면.

'먹기 위해서가, 아니었어?'

'네. **놀기 위해서**―였어요.'

'놀기 위해서?'

'놀기 위해서.'

끌려갔던 곳은 식사를 위한 다이닝룸이 아니었다―휴게실 같은 넓은 공간에서, 나는 여차저차하며 당구대 위에 드러누운 상태로 묶여 버렸다.

그리고 그런 나를 사이에 두고, 두 흡혈귀는 역시 점대칭으로 당구대 양쪽 가장자리에 섰다―혹시 이것이 식탁에 묶인 거라면 지금부터 무슨 일이 시작될지는 이미지할 것도 없었겠지만, 그러나 당구대에서는 정말 의미를 알 수 없다.

아니, 당구공을 떨어뜨리는 구멍도 없으니, 정확히 말하면 이건 당구대는 아니겠지만… 다만 쌍둥이 흡혈귀는 친절하게도, 나에게 이제부터 무엇을 할 생각인지 설명해 주었다.

꽁꽁 묶은 나를 가지고, 대체 어떻게 놀 셈인지―

'장대 쓰러뜨리기'라는 거 있잖아요? 그것을, 저로 할 생각인 모양이었어요.'

'장대 쓰러뜨리기? 라니, 운동회에서 하는 그거?'

'그게 아니라, 해변이나 모래밭에서 하는 그거요. 모래로 산을 만들고, 그 가운데에 장대를 박아 넣고… 순서대로 모래산을 깎아 나가고, 그러다가 장대가 넘어지는 쪽이 지는 놀이요.'

'아, 그거라면 알아. 아라라기 군이 혼자서 자주 하던 거.'

'혼자서 자주 하지는 않았다고 생각해요….'

'장대를 쓰러뜨린 쪽이 지는 거니까, '장대 쓰러뜨리기 않기'라고 불러야 한다는 기분도 들지만 말이야. 하지만 그걸 어떻게 당구대 위에서 하는 거야? 반장으로 할 생각이라니….'

'그러니까….'

게임의 룰은 거의 원작 그대로다.

모래산을 나로, 장대를 목숨으로 보면 알기 쉽다―**양쪽 가장자리에서 나의 신체를 차례대로 뜯어내고**, 자신의 턴에 나를 죽게 만든 쪽이 패배.

쌍둥이는 그렇게 설명했다.

독일어뿐만 아니라, 친절하게도 영어로도 설명해 주었다―모래산인 나에게 그것을 이해시킨 상태로 게임을 하는 것이 포인트라고 말하는 것처럼.

식사가 아니다.

놀이다.

다른 생물의 생명을, 가지고 노는 행위.

인간을 납치해서 이런 식으로 놀고 있다고 한다면―그것은 도저히 받아들일 수 있는 일이 아니었다.

유괴된 여행자의 생존자가 있다는 상정 외의 이레귤러에 드라마투르기 씨는 발목을 잡혀 실패하고 말았는데, 그러나 그 이유를 알았다―어린아이만 살아남아 있었다는 것은, 요컨대 몸이 작아서 살집이 많이 붙어 있지 않고, 그리고 죽기 쉽기 때문이다.

놀이도구로 부적합했기 때문에.

어쩌다 보니 살아남아 있었다―그런 이야기다. 반대로 말하면, 여행자 중에서 주로 10대인 인간을 노렸던 것은 생명력이 강하니까―오래 갖고 놀 수 있으니까.

단지 그것뿐.

내가 납치된 이유는 단지 그것뿐.

"……."

나는―격렬한 분노를 느꼈다.

예전의 나라면 결코 품지 않았을, 완전히 역치를 넘어선, 그것은 격한 감정의 파도였다.

이런 것을.

그 아이에게 떠맡기고 있었다니.

그 일에 대해서는 후회의 마음뿐이다―하지만 그런 후회도, 이제부터는 내가 안고 가는 것이다.

끌어안는 것처럼.

아무래도 선공을 선택한 듯한 '하이웨이스트'가, '로라이즈'에 앞서 나의 신체를 잡아 뜯으려 했다―그 여자애는 아무렇지도 않게 나의 오른쪽 가슴에 손을 댔다.

그만둬. 떨어져.

거기를 건드려도 되는 건―아라라기 군뿐이다.

나는 어금니를 꽉 깨물었다.

010

"이 가시나무의 가시는 나에게는 그저 맹독인 자결용 아이템이지만, 너에게는 다를지도 모른다. 만일 잡아먹힐 단계가 되어도 도저히 포기하지 못하고 그런 희망적 관측을 버릴 수 없었을 때를 위해, 나처럼 어금니 쪽에 넣어 두면 되겠지."

"…이것을 씹으면, 그때 무슨 일이 일어나나요?"

"글쎄다. 알 수 없어. **무슨 일이 일어날지 알 수 없지만, 무슨 일인가는 일어나**―그런 아이템이다. 나는 죽음을 각오했을 때에 이것을 사용할 생각이었지만―너는 살고 싶을 때에 사용하도록 해라."

그런 대화가 있었다.

솔직히 사용하게 되리라고는 생각하지 않았지만, 그래도 그가 시키는 대로 가시를 어금니 쪽에 넣어 둔 것을 보면, 나는 그런 미래를 이미지하고 있었는지도 모른다.

이렇게 되면 독일이라고 하는 지역도 어쩐지 상징적이라고 말할 수 있었다―말할 것도 없이 『잠자는 숲속의 공주』의 무대다.

가시덤불로 뒤덮인 고성에서, 백 년 동안 잠을 자는 공주님.

그런 고귀한 공주와 자신을 비교할 생각은 없고, 물론 침대 아닌 당구대 위에서 왕자님의 입맞춤 따윈 바랄 수도 없겠지만―그렇지만, 그래도 각성했다.

'각성했다? 잠들어 있던 힘이? 그거 굉장한걸, 마치 소년만화 같은 이야기네.'

'그랬다면 얼마나 좋았을까요―이건 그렇게 두근두근한 전개가 아니에요. 그야말로 드라마투르기 씨 취향의, 리얼리스틱하고 비관적인 논리적 귀결이라고 해야 할까요….'

내가 연상한 것은 『잠자는 숲속의 공주』였지만, 전문가인 드라마투르기 씨에게 가시나무의 가시는 틀림없는 괴이 퇴치용 아이템이다.

십자가나 성수, 마늘, 은으로 만든 무기처럼, 악한 기운을 쫓는 식물로서의 가시다―그것이 어떻게 자결용 아이템이 될 수 있는가 하면, 드라마투르기 씨 자신이 흡혈귀이기 때문이다.

흡혈귀이면서도 흡혈귀를 사냥하는, 동족살해자인 전문가…
그것이 드라마투르기 씨의 정체.

'아, 그러고 보니 그랬었지?'

'잊어버린 척하지 마세요―전제잖아요. 대전제잖아요. 그래서 그 사람은 아라라기 군을 스카우트하려고 했었잖아요.'

'그러고 보니 '쌍둥이를 위해서'이지 '인간을 위해서는 아니다'라는 말도, 말 그대로의 의미로 받아들이면 되었겠네.'

그러므로.

흡혈귀 퇴치의 아이템은, 그에게는 무기임과 동시에 자결용 아이템이 될 수 있는 것이다―어금니 쪽에 끼우고 있으면, 그건 정말 청산가리 캡슐을 넣고 있는 것과 다르지 않을 것이다.

하지만 그것은 흡혈귀에게만 효력을 발휘하는 '부적'이며, 인간인 나에게는―때로는 먹이이며, 때로는 완구인 나에게는 아무 의미도 없는 식물 조각이냐고 하면, 그렇지는 않았다.

그렇지는 않았다.

'그렇지는 않았다?'

'네…. 그것도, 설마 잊어버린 척하지는 않으시겠죠? 배의 절반이 찢어져서 빈사 상태였던 저를 흡혈귀의 피로 구해 준 사람은 다름 아닌 오시노 씨였잖아요.'

흡혈귀의 피.

그야말로 한쪽 옆구리가 완전히 날아가서 죽을 수밖에 없었던 나는―그렇게 목숨을 건졌다.

…고 한다.

유감스럽게도, 그때의 기억은 없지만.

'이야, 나는 구하지 않았어. 네가 혼자 알아서 살아났을 뿐이야, 아가씨―굳이 말하자면 아라라기 군이겠지.'

그렇다.

흡혈귀의 피라는 건, 당시 흡혈귀였던 아라라기 군의 피였다―그것은 더 나아가서는 키스샷 아세로라오리온 하트언더블레이드의 피라는 의미이기도 하다.

철혈이자 열혈이자 냉혈의 흡혈귀.

괴이의 왕의 혈액이, 내 육체를 구성하는 요소.

피가 되고, 살이 되어 있다.

뼈가 되고, 내장이 되어 있다.

깊이 생각해 보면, 그런 구성요소가 묻혀 있었기에 봄방학을 마친 골든 위크에 사와리네코라는 괴이가 유인되었다고 볼 수도 있겠지만, 기본적으로 그 요소는 내 안에 잠복해 있다.

잠들어 있었다고 표현할 수도 있을 것이다.

그러나―가시나무의 가시가 그 혈육을, 그 뼈와 내장을 자극하면 무슨 일이 일어날 것인가.

무슨 일인지는 알 수 없지만, 무슨 일인가가 일어난다.

보통의 흡혈귀라면, 악한 것을 쫓는 가시에 자극을 받으면 그냥 대미지만 입을 뿐일지도 모른다―경우에 따라선 단순한 자결로 이어지게 될지도 모른다.

그렇지만 다른 자도 아닌 키스샷 아세로라오리온 하트언더블레이드의 피다―흡혈귀의 약점 같은 건 대부분 극복해 버린, 귀중종 중의 귀중종.

무슨 일이 일어날지 알 수 없다는 드라마투르기 씨의 말은 그 야말로 말 그대로, 액면 그대로 받아들이면 되는 것이었다―잠 들어 있던 괴이살해자의 피가 눈을 뜬다니, 사실, 나의 몸이 산 산조각 나도 이상하지 않았다.

'그러네. 불리한 도박을 넘어서, 위험한 도박이었어―목숨을 걸다니, 그래서는 하는 행동이 옛날하고 똑같잖아, 반장.'

'네, 분노에 몸을 맡겨 버린 것을 반성하고 있어요―하지만, 놀이대 위에서 잡아 뜯겨 죽기 직전의 목숨이었으니까요.'

'그래서, 무슨 일이 일어난 거야?'

무슨 일이 일어난 건지, 정확히는 모른다.

가시나무의 가시에 자극을 받아 순간적으로 활성화된 육체가 일시적으로 흡혈귀의 힘을 발휘했다는 것이, 이후에 이루어진 드라마투르기 씨의 전문가로서의 분석이었다―그렇다면 그때 나는 백발이 아닌 금발이 되어, 고양이 눈이 아닌 금색 눈이 되 어, 고양이 귀가 아니라 송곳니가 돋아났을지도 모른다.

도저히 거울을 볼 수 없을 듯한 캐릭터 디자인이지만, 다행히 흡혈귀는 거울에 비치지 않는 것이었다.

하여간 정신을 차렸을 때, 나는 놀이대의 구속 따윈 없는 것 처럼 뜯어내고 쌍둥이 흡혈귀를 때려눕히고 있었다―무슨 일이 일어난 건지 가장 파악하지 못했던 사람은 나였는지도 모른다.

'흐흠. 소년만화 같은 배틀신은 전부 커트된 건가―그야 뭐, 그렇겠네. 같은 흡혈귀라고는 해도, 그리고 같은 귀중종이라

고 해도 키스샷 아세로라오리온 하트언더블레이드는 격이 다르지.'

'확실히, 그 격이 다른 흡혈귀로부터 심장을 뽑아낸 인간도 있다는 모양인데요.'

'호오, 그건 또 누구지? 대단한 녀석도 다 있네. …하지만 리스키한 갬블에서 승리를 거두고 핀치에서 살아남은 것치고는, 반장, 좀 우울해 보이는 얼굴이네.'

'…….'

'그 뒤에 새로운 역전이 있었다든가?'

없었다.

압도적인 피아의 역량차에, 역전도 없었거니와 역습도 없었다.

쌍둥이 흡혈귀, '하이웨이스트'와 '로라이즈'는 마치 요괴라도 보는 듯한 눈으로.

핏발이 돈 눈으로 나를 응시하며―이번에야말로, 자기들이 아닌 나를 응시하며,

"누구냐, 넌". ".넌, 냐구누"

하고 물어 왔다.

"전문가냐.". ".냐가문전"

"아니면 흡혈귀냐.". ".냐귀혈흡 면니아"

"아뇨, 일본의 여고생입니다."

나는 대답했다.

"좋아하는 남자애가 친구와 행복해지게 도울 수 있다면 좋겠다고 생각하고 있지만요….”

"……." ".……”

그런 명쾌한 답을, 전혀 이해할 수 없다는 듯이 듣고 있던 쌍둥이는―다음 순간, 아무런 합의도 없이, 아무런 예고도 없이.

서로가, 서로를, 덥석 물었다.

말릴 틈은 없었다.

쌍둥이가 서로의 몸에 송곳니를 박아 넣고, 서로의 피를 빨고, 서로의 살을 먹는 그 장절한 모습을, 나는 그저 보고 있을 수밖에 없었다―그렇다.

나는 알고 있었을 것이다.

알고 있었던 일이니까 알고 있었을 것이다.

흡혈귀의 사인 중 9할은 자살이라고 들었다.

지루함에서 오는, 염세적인 자살이라고.

그 인자만으로도 이렇게 압도적인 파워를 발휘하는 전설의 괴이살해자, 키스샷 아세로라오리온 하트언더블레이드마저―자살지원의 흡혈귀였다.

자살하기 위해 일본에 왔다.

지루함은 사람을 죽이고, 지루함은 귀신도 죽인다.

'…먹는 것 이외의 목적으로 다른 동물의 목숨을 빼앗는 것은 인간뿐이라는 말이 있지요. 하지만 그런 이야기를 한다면, 놀이를 아는 생물도 인간뿐이라는 얘기죠. 지루함을 달래기 위한 놀이를—하지만 그건, 놀지 않으면 살아갈 수 없다는 것의 반대일지도 모르겠네요. 그래서 놀이를 방해받은 '하이웨이스트'와 '로라이즈'는, 문화와 취미를 빼앗긴 쌍둥이는 망설임 없이 자신들의 죽음을 선택했다.'

놀지 말라는 말은 살지 말라는 말과 같은 것이었다.

물론 그렇다고 해서 여기서 놀이도구가 되어 줄 수도 없고, 여행자를 유괴해서 놀이도구로 삼으면 된다고 말할 수도 없지만.

하지만 쌍둥이의 죄가 많다고 말한다면, 그들이 서로가 서로를 먹어 치워 존재가 사라지는 상황으로 몰아넣은 나 역시, 똑같이 죄가 많다고 해야 할 것이다.

죄 많은 그들에게 금욕을 강요한 나는.

지독하게 욕심 많은 존재였다.

011

"…뭐, 이런 느낌이에요. 딱히 결말은 없지만, 어떠셨나요?"

들어 주셔서 감사합니다, 라고 내가 말하자 오시노 씨는, "재미있었어."라고 대답해 주었다—재미있어하기보다는 우스워하는 느낌이었지만, 어쨌든 마음에 들었다면 다행이다.

"이래저래 감정적인 아라라기 군의 이야기와 다르게, 반장다운 시사가 풍부했고 말이야. 시사라기보다는 빈정거리는 것 같기도 했어. 전문가인 나로서도 배울 점이 있었어."

"당치 않아요…. 아는 것이 부족하다는 것을 뼈저리게 느꼈을 뿐이에요."

하지만 부끄러워하고 있을 상황도 아니다.

"그, 그러면 오시노 씨. 이야기도 끝났으니, 이제부터 저와 함께 일본에―"

"하지만 반장의 이야기는 그걸로 끝이 아니지?"

그렇게 말하더니.

오시노 씨는 품에서 담배 한 개비를 꺼내 들었다―불을 붙이지 않은 채로 그것을 물고서,

"가시나무의 가시에 의한 자극으로, 마치 극증반응劇症反應처럼 반장에게 잠복해 있던 하트언더블레이드가 일시적으로 각성했다는 얘기 말인데―지금의 너에게는 그런 잠든 요소조차 느낄 수 없어. 완전히, 너 자신이야."

그렇게 말을 이었다.

"……."

"아무래도 여기에 도착하기 전까지, 나와 만날 때까지, 잠든 자산이 아닌 잠든 피를, 모조리 사용해 버린 모양이잖아―그렇다면 그 이후로도 여러 가지 체험을 한 거지?"

그 부분의 이야기도 꼭 좀 듣고 싶은걸.

시간이 허락하는 한.

시니컬한 모습으로 그렇게 재촉해 와서, 나는 어쩔 수 없이 그 다음 이야기를 하게 되었다.

"어디 보자, 그래서 말이죠…. 그 뒤에 약속대로 드라마투르

기 씨가 조직을 통해 알려 준 정보에 기초해서 제가 그다음에
찾아간 나라는—"

　말은 끝나지 않는다—이야기도 끝나지 않는다.

　아라라기 군에게 바치기 위한 나의 여로는, 아직 끝날 것 같지
않았다.

   '빵이 없으면 케이크를 먹으면 되는데'라는 말은 마리 앙투아네트 왕비가 했다고 여겨지는 말입니다만, 그러나 이것은 사실은 그렇지 않은 모양입니다. 이런 일은 비교적 흔한 일로, 오다 노부나가는 '울지 않으면 죽여 버리겠다, 두견새'라고 말하지 않았다든가, 토머스 에디슨은 '천재란 1퍼센트의 영감과 99퍼센트의 노력이다'라는 말을 하기는 했지만 다른 의미였다든가, 나폴레옹 황제는 '내 사전에 불가능이란 없다'가 아니라 '불가능이라는 말은 프랑스어가 아니다'라고 말했다든가, 열거하자면 끝이 없어서 소수의 예외이기에 유명한 것이라는 이야기가 아니라, 역사상의 유명한 말은 대개 이미지로 이야기되어 버린 느낌이 있고, 만일 본인이 듣는다면 상당히 뜻밖일 것이라 생각됩니다. 에디슨 씨 같은 좋은 이미지의 경우라면 몰라도, 오다 씨 쪽은 상당히 어처구니가 없어 하지 않을까요. '허어, 나를 그런 소리를 하는 녀석이라고 생각하는구나~'라는 느낌일지도 모릅니다. 그런데 이런 것은 소설가의 경우에는 꽤나 성가시기도 해서, 역시나 옛 문호는 명언을 남겼구나~ 라고 감복하고 있었는데 조사해 보니 작품 속의 대사이기도 해서 어떻게 받아들여야 할지 당황하기도 합니다. '작가와 작품은 별개니까요. 어디까지나 픽션으로서 즐겨 주세요'라는 말을 들은 기분이 듭니다―그런 말도 듣지는 않았습니다만. 참고로 '하지만 기록에 남지 않았을 뿐 말했을지도 모른다'라는 의혹의 여지도, 악마의 증명으로 논한다면 있다고 할 수 있겠습니다만, 그러나 마리 앙투아네트 왕비가 멋진 사람이었다는 것은 사실인 모양으로, 칼로리가 다른 빵과 케이크를 똑같이 취급했다고는 생각하기 어렵겠지요.

그리하여서 이야기 시리즈 오프 시즌 제2탄입니다 「제0화 아세로라 보나페티」「제0화 카렌 오거」「제0화 츠바사 슬리핑」이라는, 전작 『바보 이야기』와 마찬가지로 제0화 모음입니다. 여기서부터 새로운 이야기가 시작된다, 같은 느낌의. 그리고 첫머리에 수록한 동화 「아름다운 공주」는 예전에 애니메이션 팬북에 게재된 오시노 시노부의 전일담으로, 또한 이야기 시리즈의 원점이라고 불러야 할 『상처 이야기』의 전일담이기도 하므로, 과거와 현재와 미래가 이어지는 듯한 한 권이 되지 않았나 생각합니다. 시간이라는 개념을 무시하고 여러 시계열을 동시에 읽는 듯한, 4차원의 독서를 즐겨 주시면 감사하겠습니다. 그런 느낌으로 이 책은 100퍼센트 취미로 쓰인 소설입니다, 이야기 시리즈 오프 시즌 제2탄 『업보 이야기』였습니다. 보나페티!

표지는 「카렌 오거」에서 유녀 버전의 시노부(열 살 정도)를 VOFAN 씨가 그려 주셨습니다. 감사합니다! 그러고 보니 시노부의 이름을 붙인 데스토피아 비르투오소 수어사이드마스터는, 작중에서 죽을 때마다 점점 육체가 어려져 간다는 숨은 설정이 있습니다. 서술 트릭입니다. 본인이 이야기해 주지 않으면 모른다는 이야기입니다만, 트로피카레스크는 '이렇게 애처로울 수가!'라고 생각했겠지요. 오프 시즌은 앞으로 두 권 정도 이어지므로, 잘 부탁드립니다.

니시오 이신

업보業報. 업業. 카르마Karma.

독자 여러분께서도 많이 들어보셨을 단어라 생각합니다. 깊이 들어가면 복잡해지므로 간단히 말하자면, 불교에서 사람이 과거에 저지른 행위로 현세에서 받는 응보를 가리킵니다. 불교의 윤회사상과 결합한 '착한 일을 많이 하면 다음 생에는 복 받은 삶을 산다'라든가, '나쁜 일을 많이 하면 다음 생에는 짐승이나 곤충으로 태어난다'라든가 하는 이야기는 유명하지요.

다양한 업보들 중에서 가장 눈에 띄는 것은 역시 살생殺生의 업보입니다. 불교에서 육식을 금하며 채식을 하는 이유이자, 이번 작품인 『업보 이야기』와도 연결되는 키워드이기도 합니다. 눈치 빠른 독자께서는 알아차리셨겠습니다만 『업보 이야기』의 세 가지 에피소드에 빠지지 않고 나오는 요소는 '잡아먹는 것'입니다. 흡혈귀가 생존을 위해 사람을 잡아먹거나, 인간이 생존을 위해 동식물을 먹거나.

다만 원어 제목 『業物語わざものがたり(와자모노가타리)』에서는 업業을 업보라는 뜻의 'ごう고우'라고 읽지 않고 'わざ와자'로 읽더군요. 아마 뒤에 오는 한자와 맞춰 언어유희를 만들기 위해서였겠습니다만, 어쨌든 그렇게 조합된 '業物わざもの(와자모노)'란 단어는 '잘

드는 칼'이라는 뜻을 갖고 있습니다. 그래서 저는 처음에 제목을 봤을 때 '칼에 대한 이야기인가? 시노부 관련인가?' 하는 생각을 하기도 했었죠. 뭐, 아예 관계가 없지는 않았습니다만.

　마지막으로, 작품 내용에 대해서 이 시리즈의 작가 후기 같은 느낌으로 말해 보자면, 엄밀히 말하면 식물도 생명체이므로 식물을 먹는 것도 살생이 아닐까? 라든가, 사실 불교의 궁극의 목적은 착한 행실을 쌓아서 '다음 생에서는 잘 살자!' 같은 게 아니라, 깨달음을 얻어 무한한 윤회의 고리에서 벗어나는 '열반'이므로 복 받은 생으로 다시 태어난 것은 어찌 보면 실패? 라고 할 수 있지 않을까? 같은 생각도 듭니다. 여기까지 가만히 읽다 보니, 문득 저도 〈이야기 시리즈〉의 고리에서 벗어나는 것이 성공? 이 아닐까? 하는 기분이 들지 않는 것도 아니군요. 그런 기분이야 어쨌든, 다음 권에서 뵙겠습니다.

현정수

FAUST BOX

업보 이야기

2019년 2월 7일 초판 발행
2023년 7월 30일 2쇄 발행

저자	니시오 이신
일러스트	VOFAN
옮긴이	현정수

발행인	정동훈
편집인	여영아
편집 팀장	황정아
편집	노혜림

발행처	(주)학산문화사
등록	1995년 7월 1일
등록번호	제3-632호
주소	서울특별시 동작구 상도로 282 학산빌딩
편집부	02-828-8838
마케팅	02-828-8986

ISBN 979-11-348-1972-9 03830

값 12,000원

오키테가미 쿄코의 비망록

니시오 이신
NISIOISIN
Illustration / VOFAN

나는 오키테가미 쿄코. 25세. 탐정.

"흰머리. 안경. 기억이 하루마다 리셋된다."

오키테가미 쿄코—별명은 망각 탐정.

하루가 지나면 모든 것을 잊어버리는 쿄코 씨는 사건을 (거의) 당일 해결!

수많은 사건에 말려들며, 항상 범인으로 의심을 받는 불운한 청년·카쿠시다테 야쿠스케는 오늘도 외친다.

"탐정을 불러 주세요—!!"

스피디한 전개와 망각의 허무함.

과연 쿄코 씨는 사건의 개요를 잊어버리기 전에 해결할 수 있을 것인가?

NISIOISIN 2014   Illustration by VOFAN

Carnival   값 12,000원

오키테가미 쿄코의
비망록

The Memorandum of Kyoko Okitegami

니시오 이신의
망각 탐정 시리즈, 만화판 등장!

수많은 사건에 휘말리는 동시에, 항상 범인으로 의심받는
불운한 청년 카쿠시다테·야쿠스케는 오늘도 범인으로 지목된다.
도움을 요청하기 위해 부른 사람은 명탐정·오키테가미 쿄코.
오키테가미 쿄코는 어떤 사건이든 하루 만에 해결하는
'가장 빠른 탐정'이자 기억이 하루마다 리셋되는 '망각 탐정'이었는데!

발행 (주)학산문화사   값 6,000원